U0660114

| 当代中国小说榜 |

瑛子之追忆

李巧英　李巧兰　著

中国文联出版社

图书在版编目（CIP）数据

瑛子之追忆 / 李巧英，李巧兰著. -- 北京：中国文联出版社，2018.1（2023.3 重印）

ISBN 978-7-5190-3462-7

Ⅰ.①瑛… Ⅱ.①李…②李… Ⅲ.①长篇小说—中国—当代 Ⅳ.①I247.5

中国版本图书馆 CIP 数据核字（2018）第 017116 号

著　　者　李巧英　李巧兰
责任编辑　刘　旭
责任校对　茹爱秀
装帧设计　中联华文

出版发行　中国文联出版社有限公司
地　　址　北京市朝阳区农展馆南里 10 号　　邮编　100125
电　　话　010-85923025（发行部）　　85923091（总编室）
经　　销　全国新华书店等
印　　刷　三河市华东印刷有限公司

开　　本　880 毫米×1230 毫米　1/32
印　　张　9
字　　数　210 千字
版　　次　2023 年 3 月第 1 版第 2 次印刷
定　　价　78.00 元

父亲的脊梁

定西市文联党组书记、主席

常　青

贫瘠的土地，破旧的窑洞，吃的苦咸水，身穿烂衣裳，在20世纪五六十年代乃至70年代的陇中是最贫困的人家。若家人头上再戴有“地、富、反、坏、右”任何一顶帽子，着实压得人喘不过气来，大人抬不起头，儿女挺不直腰。然而，就是在如此艰难的岁月，总有父辈们毅然用自己的双手撑起家中的一片天地，用自己的脊梁扛住了风雨飘摇的家，伴随着改革开放的春风把自己哺育长大的小鸟一个个放飞光明的天际……《瑛子之追忆》里的主人公，她的父亲李克林就是这样一位父亲。

作者以自己的人生经历记录了自己的父亲，情真真，意切切，这不仅是一个家庭的历史，也是我们所处的那个时代的一段历史，从艰难、忧愁、贫穷，一步步走向喜悦、兴奋、富裕！《瑛子之追忆》诠释出黄土就是养育他们的食粮，窑洞就是启迪他们的课堂，父亲就是挺起他们的脊梁。

李克林先生尽管“面朝黄土背朝天”，双手从贫瘠的土地上刨着吃，尽管最艰难的岁月也是衣不蔽体，食不果腹，却对儿女的学习毫不含糊，让儿女们边学习边劳动也好，儿女们半饱半饥也罢，他深知，“知识就是力量”，他背负着“臭老九”的黑锅，冲破“重男轻女”的世俗，忍受着“青黄不接”的煎熬，不仅拼力供自己的儿女入学，还苦口婆心动员乡里乡亲让娃娃们上学。“再苦不能苦孩子，再穷不能穷教育”在他身上体现得淋漓尽致。是父亲的严教逼出了儿女们的刻苦，是艰难的岁月教育了儿女们如何面对生活，是历史的轨迹磨炼了儿女们如何直面人生……

尽管穷，父亲却给了他们童年的快乐；尽管苦，父亲却给了他们少年的梦想；尽管难，父亲却给了他们青春的希望。困难时期磨盘上的快乐，过大年的喜庆，扎高烨的神奇，糊花盆的美妙，耍秧歌的畅快，舞狮子的豪情，土玩具的趣味……苦中有乐，酸中有甜！就是在这苦中他们增长了见识，就是在这乐中他们增长了才干，就是在这苦乐年华中父亲硬是用自己的脊梁把一个个儿女背进学堂，硬是用自己的脊梁把一个个儿女扛进大学，硬是用自己的脊梁把一个个儿女挺上人生之路……正是父亲的脊梁，才有了他们阳光明媚的今天。

习近平总书记 2016 年 12 月 12 日在会见第一届全国文明家庭代表时的讲话中指出：“家庭是人生的第一个课堂，父母是孩子的第一任老师，孩子们从牙牙学语起就开始接受家教，有什么样的家教，就有什么样的人……古人都知道，养不教，父之过。家长应该担负起教育后代的责任。家长特别是父母对子女的影响很大，往往可以影响一个人的一生。”

李克林先生的德范肯定会影响他的儿女们的一生，他的儿女们肯定会带着他的梦想实现自己的“中国梦”。

权为序。

2017 年 8 月 8 日于定西

父亲像

爸爸的聘书

父亲彩绘炕桌

黄土高原上的家

全家福，姊妹四家和母亲

姐妹四人和母亲

目 录
CONTENTS

引　子

冬天的风刮起来总是那么固执，那么没完没了。色彩斑斓的树叶犹如翩翩起舞的蝴蝶摇曳着投入了大地母亲的怀抱。我站在阳台上的落地窗前向外望去，楼下宽阔的道路两边是茂密的两排银杏树，此时树上、树下被舞动的金色蝴蝶相连，天地一片金黄。三五成群的孩子们正在伸手追逐着在空中飞舞的“蝴蝶”，远处不时传来孩子们铜铃般欢快的笑声。我凝视着那金色一片中欢快的孩子们，曾经的往事如久封的画卷，在眼前缓缓展开，如烟如梦，又如滔滔江水滚滚而来……

第一章　磨盘上的天使　脖子上的骑士

无论你贫穷还是富有，童年总是在欢乐和无忧无虑中度过，留给我们的是无限美好的回忆。

记得小时候的冬天，爸爸总是起得很早，摸黑在地上的石磨上推磨，我常常会被石磨的碾磨声吵醒。睡意蒙眬的我看到在地上的黑暗中，爸爸的身影在磨盘周围一圈又一圈地走着。

我喜欢坐在磨盘上体验旋转的感觉，好似在高空中展翅高飞，那种快速的旋转会带你进入梦境般的世界，让你忘掉周围的一切。我无数次坐在爸爸的磨盘上，玩得忘乎所以。看到爸爸又一次围着石磨一圈圈地走，我急忙从热腾腾的被窝中爬出来，胡乱地穿上衣服。爸爸停下脚步，抱起我放到磨盘上。我把两条胳膊伸在空中，闭上眼睛，让他推着转，此时我便成了磨盘上的天使。为了让自己“飞”起来，我让爸爸跑起来，爸爸迈开大步跑了起来，一圈两圈……我情不自禁地高呼：“我飞起来了！哈哈我飞起来了！”全然不顾还在炕上熟睡的妈妈及姐姐们。我闭着眼睛想象着自己就是一只在高空翱翔的小鸟，穿过山丘、穿过河道，来到了一个春暖花开的陌生国度，这里绿草茵茵、牛羊满山……爸爸的急促的喘气声惊醒了梦幻中的我，他已经被我折腾得上气不接下气了，不得不放慢脚步，然后把我从磨盘上抱下来重新放入被窝。姐姐们也早已被我的呼喊声吵醒，我们就嚷着：“爸爸讲故事。”爸爸一边推着磨一边给我们悠悠地讲着故事。他讲的故事很多，有“孙悟空三打白骨精”“桃园三结义”“白蛇传”“狐狸精”等等，爸爸用抑扬顿挫的声调，讲得绘声绘色，我们听得全神贯注，生怕错过精彩的片段。

这种欢乐的时间过得总是很快，不大会儿工夫，门缝里透进了刺眼的亮光，窑顶上的天窗里也透进丝丝白光，看样子天已大亮。这时爸爸又要换别的工种了——出门给山地里运粪。爸爸看着余兴未尽的我们，幽默地说道：“今天的故事片段就到此为止，欲听下段，明天同一时间再见。”失望中留有希望，姐姐们也不得不起床了，我则把头蒙进被窝里，准备来一个香甜的回笼觉。

20 世纪 70 年代，农村贫穷落后又闭塞，生活单调又乏味，看一场露天电影是人们最为期盼的事。若是在本公社放，人们高兴得晚饭都顾不上吃，太阳没下山就搬个小板凳去占场了。如果是别的公社放，那就麻烦了，有时要走上十多里的路。在山村，一出门不是山就是沟，所以看一场电影就要跋山涉水。尽管如此，我们还是不愿错过这少有的放映之夜。赶上有电影的夜晚，整个山沟就沸腾了，到处都是年轻人激动的口哨声及“看电影去了”的喊叫声，狗叫声，还有山崖的回声。那时，我和比我大两岁的二姐还不够利索，跟不上大部队的“夜行军”。哥哥和大姐怕被连累，饭都不吃，早早就和邻里的大孩子们偷偷跑了。听到各个山岔口的喊叫声，我和二姐急得跑出跑进，坐立不安。爸爸却不急不慌地收拾着他的那个四方的照明灯（刚开始四面是玻璃的，后来那四块玻璃慢慢地全换成白纸了），有条不紊。收拾妥当后，把我架到他的脖子上，他一只手把着骑在脖子上的我，另一只手牵着二姐，二姐手里则提着那个照明灯，我们出发了。

此时我有如一位“脖子上的骑士”，高高在上，悠然自得，惬意极了。我们边走边唱，就如一个小小的合唱队。歌声传过山谷，引来众多狗的狂吠声，我们经过的村庄已是人去屋空。有电影的夜晚注定是个大家的不眠夜，所以我们不怕影响别人的休息，放声歌唱，远处狗的狂吠声也是此起彼伏。爸爸架着我穿过山沟越过山岭，来到放映现场。那里已挤满了四沟八岔来看电影的村民们，大大的白色银幕高高地悬挂在场后面的埂垃上，银幕下面已坐满了老人和孩子。人海里时不时闪着手电筒刺眼的光，还有妇女们寻找孩子刺耳的喊叫声。现场一片混乱，也呈现着少有的热闹。前面的密实的人群里再也挤不进去，爸爸就把我和二姐放到场边的场墙上，虽然远点，但是对银幕也是一览无余。一会儿银幕的正前方十米开外的地方，有两束白光打在银幕上，银幕上出现了字幕，电影开始了。爸爸给我们讲着银幕上的字和故事情节，二姐听得认真，我却心不在焉。就如俗语说的“内行看门道，外行看热闹”，我只是个看热闹的外行，对故事情节不是太明白。一会儿，我的上下眼皮就开始打架了，坐在场墙上开始打盹。二姐还是很投入地盯着银幕，爸爸就把我揽在他胸前的棉衣里，让我睡得安稳。电影在我的睡梦中结束，人群散去。爸爸叫醒酣睡中的我，背在背上，拉起二姐开始回家，二姐手里依旧提着照明灯，我趴在爸爸背上仍然呼呼大睡。

第二章　写春联迎新春

六七十年代大西北的农村家家穷苦，一年到头就盼望着过年，因为唯有此时大人们才能轻轻松松过几天，孩子们能有好吃的，家境好的还会有新衣服穿，所以过大年是人人所期盼的事。

腊月三十是写春联的日子。每年的这一天我家从早上到午后一两点都是门庭若市，热闹非凡。熙熙攘攘的村民们都来让爸爸写春联，以迎接春节这个盛大节日的到来。爸爸是我们村子里的文人，不说琴棋书画样样精通，但爸爸的字和画的确很棒。村子里有人写信、写生平这些事都会找爸爸来写，因为爸爸的字好文笔好。

爸爸似乎也期待着这天的早早到来，因为一年三百六十五天里，唯有这天是他施展才华的一天，这天他才像一位真正的秀才，受到众人的仰望。所以这天，我们还沉睡在美梦中时，爸爸却睡意全无，早早起来，收拾他的“文房四宝”，泡上毛笔……为他这一天的工作做准备。

村民们也是赶早不赶晚，有的人不吃早饭就来了，生怕排队的人多，到迎祖先时连对联都没写完。他们和爸爸一起捣着罐罐茶，话着家常。喝完茶，吃完早饭，爸爸就开始在纸上尽情挥毫。他用那只满是老茧的右手拿起毛笔，很熟练地蘸墨捋笔，然后提笔在大红纸上书写，如行云流水，笔尖过处，那一个个刚劲有力、俊逸无比的大字落在红纸上了，粗细藏露变数无穷，气象万千，那一笔笔铿锵有力的笔画又如他成年累月生活的象征。一副写完，围在地上的人们拍手叫好，爸爸盯着他的杰作，幸福地微笑！赵家大爸开玩笑地说：“老李这双满是老茧的手明明是拿笔的么，拿锹真是可惜了。”只要有这么朴实的人们捧场，爸爸都乐意给大家写，拿不拿墨汁都无所谓，爸爸都给免费写。拿现在人的话来说，爸爸这事就是公益事业。爸爸既施展了才华，也给大家带去了欢乐，何乐而不为呢？爸爸的对联内容也讲究“去旧呈新，与时俱进”。每年他都会在街上买本日历，上面都会出新的对联，这样他的对联一年与一年从不重复，各具特色。别看爸爸平常就是个腰系草腰绳的粗农，但在这方面他却是细中还有细。爸爸每给一家写完时，都会细心地标注上是哪个屋的（厨房的或厅房的……），再标上“左右”，并且把每个屋的卷绑成一包。他知道村民们识字的并不多，这样才不会出现乱贴的现象。他老是想别人所想，服务贴心周到。

爸爸总是先把别人的对联全写完了，才给自己家里写。写完后也不忘告诉我们该贴哪个屋，哪个左哪个右。所有这些至今我也没有搞明白是怎么区分的。按爸爸的指示，我和哥哥姐姐贴上自家的对联，火红的对联预示着春节的到来。

年三十的下午3点左右，随着此起彼伏的爆竹声，家家都进入了喜庆的春节时刻。这时爸爸端着盘子，里面放上香表和冥币，我们四个跟在后面，出门迎祖先。爸爸点香、烧冥币，哥哥放着大炮，我和姐姐们只敢放小鞭炮，一阵鞭炮声后，我们迎来了祖先。爸爸把盘子里他用小楷写的祖先牌位摆在桌子上，插上香火，放上水果、酒水……想尽办法放上家里最好的，让祖先享用，但家里最好的也仅此而已了。我看着桌上摆放得越多就越高兴，我有我的小心思，祖先享用完了，就轮到我们享用了。摆上这些后爸爸生起他的小柴火盆，开始捣罐罐茶喝。第一罐当然是要献给祖先的，后面的爸爸才能喝，他喝着苦茶吃着年馍馍，也是一脸的享受。我们围坐在炕上，吃着年馍馍，玩着扑克牌，大家其乐融融。

那时，大西北的农村讲究除夕晚上吃臊子面而不是饺子，估计也是因为家家没菜包饺子的原因吧。煮第一锅也是先给祖先吃，家境好的人家也会给祖先摊上个鸡蛋饼，我家是没有的，即使有鸡蛋妈妈也都换成钱了。虽然没有特别好吃的，但过年也是我们兄妹盼着的事。吃完臊子面，熬夜到9点来钟，祖先就送走了，我们就可以分享美食了。往往是一个梨和一个苹果，爸爸会把这两个水果从顶上切两刀，分成四牙，我们四个孩子一人会分到一牙。爸妈总是说他们以前吃过，不馋，让我们吃。我们吃得津津有味，以为爸妈以前真的吃过。现在想想，那时穷以前更穷，爸妈怎么会吃过水果呢，只是爸妈为了让孩子们吃得安心而已吧。

除夕晚上乐不停，分享完祖先的供品后还有喜事呢，那就是“炸油饼”。这个城里人吃着油腻的食品对我们一年见不着油水的村里娃来说可是上好的佳品，一年也就在春节时才能吃上。为了守夜，村里人家家都把炸油饼这事安排在除夕夜，除夕之夜若你能从村庄路过，家家都会灯火通明，香气四溢。

我们家炸油饼自然是爸妈的事，我们四个玩扑克牌，可是注意力早被厨房飘出的香味吸引了。哥哥和大姐就指使我和二姐到厨房门口去探风，看有没有出锅的油饼。二姐是个鬼机灵，鬼点子多还胆子大。我在厨房门口只是站那儿听听里面的动静，二姐却直接推开窑门伸长脖子往里看，我吓得大气都不敢出。因为村里有个说法：炸油饼时不让闲人进厨房，说进去人油就会发病，既费油、油饼还炸不好。听见里面的脚步声吓得我拔腿就跑，我这一大动作，吓得二姐也不得不关上窑门撤退。

爸爸妈妈听到外面的响动，心跟明镜似的，爸爸就把出锅的油饼子端几个送到门口喊我们去取。这时哥哥不淡定了，已然忘记了我们两个小跑腿，抢先下炕自己去取了。当然先到先得，哥哥早已把那个既大又肥的油饼叼在嘴里占上了。看到哥哥嘴里叼着手里端着的模样，我们三个忍不住哈哈大笑。我们姐妹三人也抢着拿了自己认为最好的那个油饼，然后风卷残云般地吞咽着，都来不及细细品尝那久违的美味。

知足者常乐，小时候一个热油饼就足足让我们乐上一阵。那时妈妈身体不好干不了重活，家里重劳力只有爸爸一个，爸爸一个人挣工分，分的粮食少得可怜，所以炸油饼也炸不了多少，而且还是黑面的比白面的要多，不过黑面的油饼加了些糖精，吃起来甜丝丝却另有一种滋味。

从初一开始，家家吃年货串亲戚。一般都是男孩子串门走亲戚。我家自然就是哥哥了，初一走舅舅家，初二哥哥就翻山越岭去几个伯父家。过了初二，孩子们就开始疯玩了，这家串那家，无拘无束。

爸爸喜欢孩子，人也欢乐，所以我家就是孩子们的集聚地，尤其是大舅家的那几个表兄妹，聚齐了往往会有近十个。我们玩牌，捉迷藏，唱大戏。像哥哥一样的大孩子一般都玩牌，分分钱毛毛钱做赌资。我们小一些的孩子就玩捉迷藏。漆黑的冬夜，我们各自寻找着最黑最隐蔽的地方藏起来，最为成功的时候就是找人的从身边走过都不会被发现。有一次我藏在一个黑窑洞里，外面黑窑里更黑，真正是个伸手不见五指的黑窑洞。其他的人都被找到了，就剩下我了。我看到找人的进了黑窑洞，这儿摸摸那儿摸摸，我屏住呼吸，躲着他的手（因我长时间在里面已经逐渐适应了黑暗，我能看见他而他看不到我），摸了一会儿又出去了，嘴里还说着“没有啊”。这一局当然是我们这方赢了，我功劳大大的。

春节时，我们村里娃跑出跑进玩着自创的游戏，享用着一年中最好的吃喝，过得也是其乐无穷。到了正月初六七，另一个娱乐项目又即将开始，那就是春节的秧歌。这时家家又开始扎高烨糊花盆。

第三章　扎高烨糊花盆

那时的农村没有电视看，也没别的娱乐项目，过年最高兴的事就是耍秧歌。一个大队会组成一支秧歌队，条件好的大队耍狮子，耍中国龙。我们大队穷一些就只有高烨和花旦了，一般是十五六个小伙子掌着高烨，四个女娃手里拿着花盆。另外还有锣鼓队、唱秧歌队、吹响队。

高烨和花盆的制作都是手工技术活，先要用扫帚上的竹竿，扎出高烨和花盆的骨架，然后再糊上各种彩纸和彩色穗穗。装扮过的高烨和花盆一个比一个好看。扎高烨比较复杂，首先要从扫帚上抽下来八根长竹竿，将六根竹竿较细的一端在灯火上烤软慢慢折成弧形，一根在火上烤软后一点一点折成一个大圆，另一根折成一个小点的圆圈。然后把这六根竹竿上下两端交个小叉扎起来，这样下面就是个六面的锥形，上面是个六面的圆锥形。再把那个折成大圈的竹竿，放在锥形和圆锥形的过渡处，用麻绳扎在组成锥形的六根竹竿上。这样高烨的骨架就做好了，然后就该给高烨穿衣打扮了。在下面锥体六面糊上白纸，上面六根弧形竹竿上粘绕上纸剪的各色小穗齿，在最上端弧形扎的那个叉叉下面吊一个彩纸做的绣球花，在中间那个大圆上粘一圈纸剪的彩色长穗，穗长大约 10 公分。这时就剩最后一步了，把那个小圆圈穿过下面的锥形，用三根细麻绳吊在大圆圈的下面，小圆上同样也粘上一圈彩纸穗穗，一个高烨就制成了。剩下的是进一步装扮，这可是个技术活了：在高烨锥体的六面白纸上画各种画，或写上字，这些写写画画的活非老爸莫属。

每年的春节初五六开始，我家来画高烨的人络绎不绝。爸爸画的山水画惟妙惟肖，画的牡丹艳而不俗，画的仙鹤活灵活现。我哥也是秧歌队的高烨手，大姐是秧歌队的花旦。每当这时爸爸都会拿出他的五颜六色的彩纸，打上满满一碗糨糊，开始绝妙的制作。妈妈裁剪了许多一寸来宽的彩带，然后把三四条彩带叠在一起，用剪刀把彩带一侧剪成小穗穗，然后把这些一侧是小穗穗的彩带，涂上糨糊，斜绕着缠粘在高烨的上半部的圆锥竹竿上，这样圆锥的每根竹竿上便是彩色毛茸茸的小刺。爸爸则把宽约 10 公分的红绿蓝三色纸叠在一起，把彩纸折一下，但绝非对折，下面纸的上侧要留出半寸宽，以免剪透了。然后他用剪刀剪成均匀的穗穗，提起来唰唰一抖，彩穗打开，紧接着他对着折痕处，“呵呵”地哈着气，那个折痕慢慢消失，齐刷刷的彩穗犹如粗细均匀的丝带，非常好看。然后妈妈再把这长穗穗粘在高烨的大圈小圈上。爸爸又把各色纸剪成大小不一的圆形或方形，把方形（或圆形）纸片对折再对折，然后打开后，周边就会有四个折痕，用剪刀沿折痕把纸片剪成四个花瓣（中间不能剪透），然后再用简单的制作工具——一根筷子，把这些个扁平的普通纸片儿制作成立体的花朵。一会儿工夫，那些个堆在一起的各色纸片，在他的巧手下，变成了一朵朵活灵活现的花朵。一朵朵高贵的牡丹、饱满的红玫瑰争奇斗艳，美不胜收。爸爸和妈妈给哥哥姐姐做的高烨和花盆往往是秧歌队的精品。虽然主体的样子都差不多，但高烨和花盆上的花朵是爸爸制作的点睛之笔，高烨上的绣球花、花盆上的牡丹花，一朵朵形象逼真，漂亮好看。

花旦头上都会别上绸带编制的花朵或蝴蝶结，我家买不起绸带，当然爸爸也绝不会让自己的女儿逊色，而是用他独特的方式让女儿更加出彩。他用彩纸制成品种繁多的纸花，给大姐当头花。大姐今晚别这款明晚别那款，当然四个花旦里大姐的头花是最好看的了。

爸爸不但是一个画家还是一个花匠，画得好做得也好！真不知道爸爸的这些本事都是从哪儿学来的，可惜他的这种巧劲儿我们四个谁都没有继承。

第四章　耍秧歌

农村的秧歌主体就是大大小小各式各样的彩灯，大到中华龙，小到花盆，所以秧歌晚上耍，才能展现出民间艺术的美。

耍秧歌是一个大队一个大队轮流做东，最多的时候十二三支秧歌队欢聚一起，灯火辉煌，人山人海，锣鼓喧天。从正月初七开始，秧歌队今晚去这儿明晚去那儿，安排得满满当当，去的大队都不近，最近的也得5里地，远的就得差不多20里地了。我们大队是正月十三做东，一般都是在我家下面的平川地里耍，这天也是爸爸生日，真是所谓的赶得早不如赶得巧，秧歌队在自家门口耍就差不多是给爸爸祝寿了。

正月十三一整天我们都沉浸在喜悦的气氛里，白天亲戚朋友来家里给爸爸贺寿，妈妈也想法儿做些好吃的给客人，大多是烩菜加馒头。我们更期待的是夜晚的来临，这晚肯定是臊子面，也是爸爸的长寿面。我们匆匆吃完晚饭，大姐穿上大红长裙，头上别上牡丹，脸上用湿湿的大红纸抹上红红的脸蛋，抹红了嘴唇，也是妩媚动人。我们就早早地跑到大队秧歌坛所在的那家去了。

夜幕降临，高烨和花盆里点上煤油灯或者蜡烛（煤油灯或蜡烛都是固定在高烨和花盆里的），16个少年手撑高烨，4个少女手端花盆，个个精神饱满、容光焕发。锣鼓锵锵响起，提示着今晚秧歌的开始。16 个高烨和 4 个花盆排成了一队，后面跟上锣鼓手，在坛家小院转上两圈就前往我家下面的大平川地里扎坛，等待迎接其他秧歌队的到来。

夜色下，秧歌队从四面八方向我们大队进发。人们兴奋地数着从这山那山、这沟那沟来的秧歌队，人群中时不时会有“那边又来了一家”的激动声。远处看，每支秧歌队就如空中飘浮的一个个大灯，一会儿排成一字形，一会儿又排成“S”形，高低不一。一簇簇四面八方的彩灯在慢慢地向我们队飘移，我们每个人脸上都洋溢着幸福的微笑。

我们先后迎来了十支秧歌队，秧歌队休整半个小时，耍秧歌就要开始了。按先远后近列队(最远的排第一)，排成一个大圈。高烨被少年高高举起，少年轻轻晃动手臂，高烨随之舞动了起来。那个粘满彩穗的小圈左右摆动，就像少女摆动着她的腰姿。彩穗冉冉飘起，彩穗下面六面白色锥体就如羞涩少女的玉体若隐若现，白色玉体上的字画犹如文身点缀着少女曼妙的身姿，撑高烨的少年就像呵护自己的恋人一样呵护着他的高烨，都想让自己的“恋人”舞出最美的舞姿。大家步履加快，开始跑了起来。高烨前后两个结成了对子，绕着大大的“8”字，跑步向前。少年手中的“恋人”此时已全然没有了刚才的羞涩，她时而直立、时而平躺、时而倒立，又时而倾斜向外探着身子，交替变换着各种迷人的舞姿，乳白色的玉体时时展露给世人。

高烨前面的中国龙也毫不逊色，它时而昂首阔步，时而抬头望月，时而翻转着身子向前滑行，时而又像个淘气的孩子踮着脚跳动着向前跑去。

跟在高烨后面的花盆在“旦娃子”(少女)的手中左摇右摆，四位美丽动人的旦娃子步调一致地跳着大大的十字步，手中五彩缤纷的花盆也是非常一致地左摇右摆。旁边引旦的少男少女们齐声唱着“红麻花儿兰花花……”的秧歌曲，手中的“钱刷子”一上一下摇得唰唰价响。每支秧歌队的旦娃子旁都围满了“欣赏”的人群，因为旦娃子是秧歌队里唯一的美少女，身着红裙，脸化彩妆，头戴红花，楚楚动人，是秧歌队的一大亮点。

远处看，十家秧歌队两百多个各式彩灯在头人（领队）的带领下形成了一个快速移动的亮盘，就像一个移动的全身透亮的大蟒蛇一样盘绕，一会儿盘成一个里三层外三层的紧紧圆盘，继而又向反方向一圈圈地慢慢展开。透亮的它在漆黑的夜色里自由盘旋、嬉戏。一个多小时后，它貌似受到了惊吓，快速地将身子打开成一个单层大圆，迅速地在地上滑行。“嗖”，它伸头向前蹿出，划破长夜，形成一条长长的耀眼彩带，向世人展示着它柔软曼妙的身姿，随之消失在人们的视线中。

第一波秧歌耍完了，秧歌队成员经过大量的体力透支，需要彻底的放松休息。这时东家会用丰盛的午夜餐来款待远方的客人，热情的乡亲们把一桶桶热面送到各个秧歌队，让他们尽情地吃。

第五章　耍秧歌——舞龙、舞狮子

舞龙是我们中国汉族的传统民俗之一，在我们落后贫穷的山村里以舞龙来祈求平安和来年的丰收，所以舞龙也是我们耍秧歌的重头戏。

休息调整后就是第二波“舞龙、舞狮子”了。长长的中华龙再次点灯唤醒，它迈着矫健的步伐走向观众，它的大脑袋左摆右晃，大眼睛左顾右盼，在给观众亲热地打着招呼。锣鼓声锵锵响起，中华龙随着鼓点舞了起来，它扭动着身子慢慢向上盘旋，鼓点急促，龙便在夜空中上下翻飞，前后穿插，左右腾舞，它在高空中尽情地撒着欢儿。突然从高空中俯冲下来，就像坠入海底。人群中不断地发出掌声及欢呼声。鼓点变得轻柔，它开始在地面上时而翻滚身体、匍匐前行，时而蜻蜓点水，瞬息万变，让人应接不暇。猛然，它一跃而起，旋转着、摇着尾巴为大家拜年祝福，而后慢慢地退出人群。

旁边的狮子还在尽情地舞动着。领狮人手里拿着一个红色的灯笼，后面的狮子紧随红灯舞动着身姿，那双灯泡似的大眼左顾右盼，灵气十足。宽大的嘴巴时张时合，一身光滑的长鬃毛波光粼粼，它不时抖动身上的鬃毛，显示着它的威风。随着红灯的高高举起，它跃起身子扑向红灯；红灯在它眼前抖动，它则斜着大眼，张着嘴巴紧紧盯着眼前的红灯，好似张嘴欲吞，又是一脸的顽皮；那只红灯降至地面，贴近地面缓缓移动，它灵巧的身子也贴近地面匍匐前进，它身后的小尾巴不停摆动，表示着它欢快的心情。围观的人群里不时传来欢呼声。忽而，领狮人起身，红灯定在半空中，狮子灵敏跃起，张着大嘴给观众点头示好，然后离开了场地。

这摊散了，大部分人就围观各个秧歌队的旦娃子去了。十家旦娃子的摊上被人群包围得里三层外三层，旦娃子跳着一前一后的十字步，四人手中的花盆步调一致地时左时右地摇动。引旦的人们唱着各种秧歌歌谣，手中的“钱刷子”也是整齐地上下摇着，发出整齐清脆的“唰唰”声。人们一会儿跑去看看这家的，又去看看那家的，对比着哪家的旦娃子最漂亮。一时我们队的旦娃子被人围得水泄不通，我也跑过去想看个究竟。我从后面的小缝隙间挤了进去。以大姐为首的四个旦娃子齐刷刷地站在一排，身着大红拖地长裙，一张张精致的小脸都是重重的红妆（红脸蛋、红唇），头发都高高盘起，扎着漂亮的头花。手中都端着火红色圆圆的花盆，在红色灯笼的映衬下，那四张红通通的脸犹如四朵盛开的红牡丹。今晚的她们似仙女下凡，漂亮迷人。四个少女站在一起，用诗句“眉将柳而争绿，面共桃而竞红”形容很是贴切。她们迈着整齐的十字步，手中的花盆整齐地随着步伐时左时右。前面四个引旦的少男精神抖擞，手中摇着的钱刷子也是铿锵有力。四个少年和四个少女此时正唱着对歌。少年唱问：“我唱我的个一呀，你给我对上个一呀，什么花儿开在一月里呀？”旦娃子唱答：“你唱你的个一呀，我给你对上个一呀，蜡梅花儿开在一月里呀……”嗓音圆润好听。围观的人群里不时发出喝彩声，也有人在窃窃私语：“这个队的旦娃子真赢人！”

随着对歌的结束，旦娃子也熄灯休息，人群开始聚向各个秧歌队的扎摊戏，夜幕下，隐隐可见十个小摊泛出微弱的灯光，那就是十支秧歌队的十个唱摊，他们唱着《火焰驹》《探窑》《亲家母》《李彦贵卖水》等等。一家扎摊戏正唱着《亲家母》的民间喜剧，演员们绘声绘色的表演惹得观众开怀大笑，人群中也不断发出啧啧的赞叹声。

各种演出只为博得村民一笑，只要大家高兴了，演出就是成功的，在那个吃不饱穿不暖的年代里，村民最为缺失的就是“开怀一笑”。扎摊戏唱完，今晚的秧歌就进入了尾声，二百多盏灯火再次点起，在头人（领队）指导下绕成大圈，这时的人们已大多沉浸在蒙眬困意中，没精打采了，走了几圈就慢慢散去，收队回家了。

过了十三还有两天，耍秧歌就要结束了，无论大人还是小孩都希望时光能永远停留在这种欢乐的气氛里，让辛苦一年的村民们尽可能多地穷乐呵几天。可是欢快的时光总是过得那么快，转眼间元宵节已过，秧歌队的各种灯火在人们的留恋中随着一缕青烟化成灰烬。随着灯火的熄灭，人们的心也慢慢地沉下，村民们又回到了那面朝黄土背朝天及忍饥受饿的残酷现实中。

第六章　扣麻雀吃烤肉

大西北的冬天往往在零下十五摄氏度到零下二十摄氏度，外面是寒天，屋子里面是寒窑。屋子里唯一能取暖的就是热炕了，所以一进屋就是脱鞋上炕，再盖上补丁重补丁的棉被才能坐得住。

大人们常说我们大西北十年九旱，可是在我印象里，小时候的冬天总是飘着雪花，可能是由于不喜欢下雪，对少有的几场下雪记忆深刻的原因吧。孩子们不喜欢下雪，因为下雪了就不能出去玩了，但在那个靠天吃饭的地方，大人则天天盼着下雪，以期待来年有个大丰收，不是有句谚语说的“瑞雪兆丰年”嘛。

有一年冬天，在我们那个十年九旱的山沟里，普降大雪。午饭过后，鹅毛般的大雪从空中飘洒下来，霎时，天地相连，白茫茫一片，四周好似拉起了白色的帷帐，大地也瞬间变得银装素裹。我和二姐在雪花飞舞中跳格子，寒风夹杂着雪花吹打在我俩的脸上，但寒冷并不能阻止我们贪玩的心。我们把手插在袖筒里，用嘴巴接着雪花，让它在我们嘴里融化。我们企图接着所有的雪花，让我们的格子不被雪覆盖，但地上画的格子还是慢慢地被盖在了雪下，我们童真的愿望落了空。格子是跳不成了，这时我们看到大雪天里，成群的麻雀也躲在草窑里，一来能取暖，二来能在柴草中找到粮食，我们就有了新的游戏——扣麻雀。我和哥哥姐姐们，迫不及待地扫去院子里的积雪，拿出家里的大筛子，用一根短棍子把筛子一边支起（筛子立成差不多20度），在筛子下面撒上谷子，并在那个棍上系上一根长长的绳子。我们拿着长长的绳子趴在屋里暖和的炕上，等待麻雀上钩。真是“鸟为食亡”，它们三五成群地飞去吃谷子。看它们吃得正欢时，哥哥猛拉绳子，它们反应灵敏，一眨眼，它们已经“喳喳”叫着飞入高空。哥哥说扣住了，我说没有。我们走过去实地验证，走到筛子旁一看，真的有一只倒霉蛋急得在筛子下乱撞，我们大喜！哥哥把筛子掀起一条小缝，伸手活捉了那个倒霉蛋。才一只，扣麻雀还得继续，我们心想最好扣上四只，我们四个一人一只，最少也得两只，我们四个可以一人分得一条腿。第二次，又有一群飞到下面去吃，这次哥哥很神速，就在麻雀刚进去准备大饱口福的那一瞬间，他再次猛拽绳子，哈哈……我们高呼，这次我们扣住了两只。再接下来的几次中，我们都是有劳无获。天已经暗了下来，我们心急如焚，哥哥手里拿着绳子，我们四个眼巴巴地瞅着白茫茫的天空，希望麻雀再次飞来，等啊等，在等得快绝望之时，有两只麻雀飞进去觅食，它们刚钻进去，哥哥就拉动了绳子，一只飞走了，一只被囚在了里面，终于达到了最好——四只，我们一人一只。

哥哥熟练地把四只麻雀分别绑在四根铁丝上，每只麻雀用泥巴糊住。做饭的炭火已经生着，二姐拉着风箱，哥哥把四只麻雀从炉子通风口伸进去，放在火上烤。十分钟，四只麻雀烤成黑乎乎的一小团，我们各自拿着一只，剥去黑乎乎的泥巴，就露出里面白色的嫩肉。我们细心地一点一点地剥下小肋骨上的丝丝细肉，全部剥下放在手心里，也就一小撮，只够我的一小口，放进嘴里慢慢品味着肉的香味。然后揪下两只鸟腿，一条一条放在嘴里“啃”着腿根那块“腱子肉”。吃完了，咂吧着嘴吞咽着口水，仍然回味着刚刚的美味。雪还是下着，看样子今晚是停不下来了，吃了肉睡得一夜香甜。

第二天，爸爸喊起床扫雪了，我们一个赛一个地穿衣出门，因为我们都喜欢在积雪上第一时间留下自己的一串串脚印。打开门，足有一尺厚的白雪刺得人一时睁不开眼睛，我步入雪中，看着身后留的一串小小脚印，就像占了自己的地盘一样开心。然后在院子中间任意涂鸦，画两个大大的人头，一个是妈妈一个爸爸。但是想了想把爸爸妈妈画在雪里太冷了，不行涂掉。再画四只小鸟，我们昨晚吃的麻雀，画来画去画了四个“四不像”，只有我知道我画的是什么。

院外，积雪给整个山川穿上了厚厚的白色冬衣，整个大地在白色绒装下静静沉睡，让人不忍心去打扰，只有三两只饥饿的麻雀在空中飞过。早起的人们已在皑皑雪毯上用铁锹推出一条羊肠小道，在山间穿梭着伸向远方。

第七章　玩我们自制的土玩具

冬天村妇们围坐在炕上拉着家常纳鞋子、纳鞋垫，男人们则赶着毛驴给地里运粪。“玩”是孩子的天性，孩子们在寒风中用自制的五花八门的土玩具尽情地玩着：滚铁环、打陀螺、转风车、滑大冰墩子冰车、跳格子、踢沙包、镐油……

男孩子最喜欢的是镐油（就是用旧纸折成一个个四角，每人拿出几个四角放在地上画的圆圈里，然后站在十米开外的地方，用手里拿着的烂鞋子扔着打高高垒起的四角，打出圈外的四角就是赢得的，归自己所有了）。别看扔着打这一简单的动作，其实里面有好多的技巧呢，那个烂鞋子扔出去在空中旋转着打下去，效果就好，打出去的四角就多。

哥哥这一技术掌握得很好，所以他的镐油水平很高，他兜里揣上几个大小不一的四角作为“本”，再找一个最大的烂鞋子去“赌”。他们一般下的本较大，五六个孩子每人一次拿出三四个，垒起来就是高高的一沓，然后打砂锅（类似石头剪子布）决定打的顺序，第一个打的最占便宜了，因为垒得最高。直到圆圈里的四角都打完了这一局就结束了，接着放四角开始新的一局。

寒假时哥哥早饭后出去，天快黑才回来，那可真是战果颇丰，赢的四角多得兜里揣不下，他把棉衣下襟扎进裤腰里，再把“战果”塞进棉衣里，腰间就像拴着个游泳圈一样，手里提着烂鞋子回家了。一个寒假下来，他的战利品有好几百个，我们就按大小分门别类，然后爸爸用细绳捆起来挂在房顶上，抬头看着房顶上吊着哥哥的累累“战果”，我们就觉得哥哥是这个世界上最棒的男孩，全家为此而感到自豪！

我们家没有那种宽宽的铁环，爸爸就用粗铁丝给我们做了一个铁环，再把一个长铁丝一头弯一个钩，就可以用这个铁丝钩推着铁环往前跑了。爸爸手巧，做的铁环圆圆的，接缝处也连接得很好，滚起来声音也好听，只是这么细的铁环滚起来没有那么好把握，我们也慢慢从生手练成了熟手，自如地滚着铁环，铁环发出“锵啷啷”清脆的响声，听着铁环唱着“锵啷啷”的优美旋律，我们心里是满满的喜悦和成就感。

小时候最喜欢爸爸给我们做的风转（风车）。做风转先是用扫帚上的小竹竿做个风转架子，然后用旧报纸或旧书剪成两片儿类似眼镜片的纸片，两片儿纸上用广告笔画上彩色图案（因家里没有彩纸），再把纸片粘在风转架子上，再截一根粗一些的竹竿，把风转架下面的小竹竿插入粗竹竿上，这样风转就完工了。

我们手拿风车迎风跑动，大风车就转动起来了，转动起来的风车形成一个彩色的圆盘，这种漂亮新式的玩具吸引着村里娃的眼球。

看大戏也是我们最热闹的趣事之一。有戏班的社正月初五初六就开始搭台唱戏了，但最好的还是我们镇子上的戏。我们镇子上有个大戏台，时常请外地的戏班子来唱，进场要门票每人二角，我家穷得叮当响，哪有钱买票啊！我和姐姐就趁着大人进门时从胳膊肘下钻进去，管理混乱给了我们诸多便利。哥哥个子高这种办法混不进去，不过他有他的办法，就是从戏院后墙翻入。虽然镇子上的戏唱得好，但这种混的方法总是没把握，我们就成群结队地去凤凰山附近的社去看，那里不要钱，就是得走上 20 多里路，唱来唱去也就那么几出戏，《杨家将》

《白蛇传》《秦香莲》……我们看几遍也就学得差不多了，回家召集村里的孩子们唱秦腔，召集五六个同龄的小孩子，“戏台”就选我家庄后面的大深窑，因为窑深，说话唱戏有回声，回声就是我们天然的扩音喇叭。有次我们唱《秦香莲》中“包拯审陈世美一案”，厅堂之上，秦香莲的两个孩子抱着昏厥的母亲哭喊“母亲母亲”，我一个两三岁的小外甥女演秦香莲之女冬妹，爬到我（扮秦香莲）身上哭着喊“古今古今”，她太小了把“母亲”说成了“古今”，我们就一哄而散，跑到院子里去玩“冰车”。

农村家家都有个大水缸，吃水都是从碱沟里往上挑，碱沟的陡坡赶上冬天下大雪就滑得搭不住脚，所以冬天水缸老是存上好多水，以防下雪没水吃。爸爸常常把家里的水缸贮存得满满的。只要是不下雪，爸爸起床的第一件事就是去碱沟里挑水。数九寒天里，过不了几天，大水缸的缸底就结一个圆圆的冰墩子，大大地减少了贮水量，爸爸就设法把它倒出来。这个圆圆的冰墩就是我们的冰车，我们轮流坐在冰车上，后面一个人推着跑，推的人累得上气不接下气，坐的人开心得前俯后仰。玩会儿冰车，我们又把冰墩抬到院外一个陡坡上，然后坐在冰墩上往下滑，这个省力也刺激，滑下去又把冰墩推上来，周而复始，玩得欢天喜地。这就是我们自创的冰滑梯。一个冰墩今天玩了明天还得玩，玩完了我们就把它放在太阳照不到的地方，以防融化了。

寒冷的天气、冰冷的玩具，我们也快变成“冰人”了，我们冻得耸肩缩背。肿得像面包一样的小手冻得通红，手上的烂疮又开始流脓，烂棉裤已经湿透，屁股蛋也冻得发木。我们跑回家，妈妈看到我们的模样既心疼又生气，絮絮叨叨骂着，手却麻利地把我们的棉裤脱下暖到热炕上。我们也钻到热腾腾的被窝里取暖，冻肿的手脚放进热被窝里却刺痒难忍。我们挠着痒痒，突然二姐这个鬼机灵又出了个馊主意——偷吃饼干。

那时农村过节走亲戚都是拿盒饼干或一包挂面作礼品，这饼干和挂面就从这家串那家，不知过期多长时间了。我家里也总有亲戚送来的饼干，妈妈就把这些饼干藏起来，以备来年再走亲戚，但是不管妈妈藏哪儿，我们都会倒腾出来，尤其是我那个二姐，没有她找不到的地方。我俩穿上还未干透的烂棉裤，开始翻箱倒柜找饼干。就那么几个地方，经不住我们倒腾，一会儿我们便找到了深藏着的饼干包。我们小心翼翼打开顶端的粘贴处，拿出饼干偷吃，也不敢一下子吃完，不然就太明显了。这时，二姐就制订了个“长远计划”，她规定每天每人只吃两片，连着吃上四五天，直至吃完。最后还得把饼干盒子粘好放在原地。我俩严格按这个计划执行着。饼干吃完了，就接着找还有没有别的吃的。翻腾来倒腾去，就找到一个几近吃完的猪油小瓷罐，罐壁上还残留下不少猪油。我二姐伸手在罐壁刮刮，然后把手放在嘴里舔着白白的东西。看着她吃得香，我也拿过罐罐伸指头刮着舔，有点咸咸的油味儿，觉得也很好吃。偷吃猪油便成了我们吃完饼干后的主要“营生”，我们俩每天趁厨房没人时就偷偷刮油吃。

有一天，我俩正趴在灶台上刮着吃，妈妈进来了，二姐撒腿就跑，我没敢跑，妈妈就照着我的大腿掐。没痛先哭也是我的长项，妈妈一看我都哭了就追了出去，可是二姐早已爬到树上去了，妈妈也只能骂骂就拉倒了。

那时候家里一贫如洗，“贫穷汲汲求衣食”则是大人们的事，孩子们却吃了这顿不管有无下顿，照样快乐地过着每一天。我们打着麻雀吃着“烤肉”，偷吃着早已过期甚至变味长小虫的饼干就以为吃到了人间美味，滑着天然的冰墩子滑梯，光着脚丫跳着自己编的草腰绳，唱着自编自演的大戏，童年就在欢声笑语、无忧无虑中度过了。

第八章　爸爸疾苦相伴的童年

20世纪二三十年代，中国还处在半殖民地半封建社会，帝国主义、封建主义、官僚资本主义“三座大山”沉重地压在旧中国人民的头上。

大西北的农村，仍处在地主恶霸的掌控之中，我的祖辈只是地主家的长工，我爸爸就出生在这样一个年代。1928年正月十三日，祖母生下一男婴——我的父亲，对于已经食不果腹的祖父母，此时再添人丁，犹如雪上加霜，但是孩子就是父母的心头肉，无论怎么艰难，祖父母总要把孩子抚养成人。

爸爸的出生，让祖母只能“待业”在家，做长工的事就交给祖父一人了。祖父做长工也只能混个半饱，分得的粮食少得可怜，远远不够一家人的口粮，祖父就在割麦子的时候捡些麦穗揣兜里拿回家，日积月累下来也算是个接济。生活一天难似一天，祖父母却百般呵护着爸爸慢慢地长大，转眼爸爸已经能牙牙学语，蹒跚走路了。

私塾是旧社会私人开设的一种教育机构，那个年代的中国私塾教育盛行。1936年，8岁的爸爸跟随给地主做工的父母开始了他的私塾生活，尽管他每天都是吃着野菜和谷糠，身上穿着补丁摞补丁的衫子，脚上是双已经露着“大舅哥二舅哥”的布鞋，就这双烂鞋也只能在走进教室时穿在脚上，无论天多么糟糕，只要出了教室，他就光着脚，把烂鞋子当宝贝一样夹在腋窝下。在夏天赤脚走在地上还算舒服，相当于日光浴了，要是在刺骨的冬天，那可就不好受了。爸爸还真聪明，一出教室便抱着他的那双“宝贝”一路狂奔，他说跑起来就感觉不到冻了，到家也不敢把脚放到热炕上捂，不然会痛得钻心。但在爸爸心里只要能跟着先生识字，这些苦都算不了什么。

艰难而平淡的日子一晃两年过去了，爸爸快要上三年级了。但“天有不测风云，人有旦夕祸福”，就在 10 岁那年不幸降到了爸爸身上，他得了眼病。家里没有粮食，更没有钱，祖父母搜肠刮肚也想不出能换钱的东西，祖父从村里找来了个巫师，跳了跳大神。但是爸爸眼病愈来愈重，从红肿已发展到了流血流脓，祖母心急如焚，但又无能为力，爸爸痛在身上，祖父母痛在心上，这种揪心的痛苦折磨得祖父母夜不能眠，祖母抱着 10 岁的儿子整天嘤嘤哭泣，眼睁睁地看着那个眼球溃烂从眼眶里掉了出来。

我曾经问爸爸：“为什么不借点钱治眼睛呢？”爸爸说那时的穷人都没钱，钱都在地主家，地主却视穷人如粪土，怎么可能将钱借我们呢？如果你不得病就是万幸，得了重病就看阎王爷收不收你了。这就是那个看病靠巫师、生死靠运气的年代。

事后爸爸常感念老天对他的眷顾，给他留下了一只健康眼睛，使他未在黑暗中度过一生。善良的爸爸遭遇了如此大的灾难，但是他还是不忘感恩。此劫并没有使他丧失学习的信心，反而使他更加刻苦努力了，几乎达到了头悬梁锥刺股的境界，加上他天资聪明，16 岁那年爸爸就成为一名辛勤的园丁——人民教师。

第九章　爸爸的第一次婚姻

父亲中了秀才，对于世代农民的祖父母来说就是天大的喜事，“一人得道，鸡犬升天”，祖父母在地主眼里的地位也有所改观。

爸爸成了我们镇的小学老师，他教算术、语文、画画。无论什么课他都要提前精心备课：备教材——熟练驾驭教材，备方法——用通俗易懂的方法让学生理解掌握，例如：算术课，他用自己的十根指头作为教具，这种简单形象的方法使初学的孩子很容易掌握，使学生从实物的计算逐渐过渡到心算。

他对古诗词的讲解更是一绝：声音抑扬顿挫，动作形象逼真……把平仄押韵讲解得淋漓尽致，把作者写作背景和诗的内涵像讲故事一样讲给学生们听，把一首五绝或七绝用通俗的语言讲出来，让学生们真正体会到诗句的美，从而引起他们浓厚的学习兴趣。

珠算也是那时主科之一，但穷学生多，有算盘的少，上课前爸爸就把仅有的算盘收集起来，让学生把加法口诀背熟，谁先背完就先发给他算盘作为奖励，这种激励办法真不错，学生们争先恐后地背，很快大家都背得滚瓜烂熟，他就安排二人甚至三人一组，一个打一个看，轮流使用。

爸爸嘴里念着口诀并打着算盘：“一上一、二上二……”

他耐心地讲解着这些口诀怎么对应地运用到算盘上。他还采用“优生带差生”的办法，让先学会的学生指点学困生，爸爸的教学口号是“不放弃任何一个学生”。

智力的差异不可否认，对智力实在低的学生爸爸用课余时间加班加点给他补课，目的只有一个，就是让他掌握。在那样落后贫穷的山村，爸爸清楚地知道父母送孩子上学是为了什么，作为地主长工出身的他，更能理解家长供孩子上学的不易，他不能让家长失望，也绝不能误人子弟。

看到穿着补丁摞补丁衣服的学生，爸爸就能想起当年的他，他多么希望他的学生若干年后也能像他一样站在讲台上，他希望能培养出更多的人才，这样才能拯救这个贫穷落后的山村。

他在教学中一丝不苟，不断总结经验、改进教学方法，以便更专业地为孩子们传道授业解惑。

爸爸有了一个稳定的工作，虽说薪饷微薄，但有了他的添补，家里生活有了略微的好转。但爸爸并不仅仅满足于自己的“半温饱”生活，他要让更多像他一样的农民娃娃接受教育，长大后有口饭吃。爸爸一个 20 岁的青年就挨家挨户地去给邻里乡亲做思想工作，游说读书的好处，让他们把孩子送入学校读书。但那时的农民吃都吃不饱，送孩子上学是想都不敢想的事。有了孩子还想着做工养家呢，他们的思想已经长久地被这种模式（养娃 - 做工 - 结婚 - 养娃 - 再做工）固化。

爸爸的游说工作没有收到良好的效果，但是他并没有泄气，还是一如既往地为孩子们的上学忙前忙后。为了娃娃们有一个“良好”的学习环境，在爸爸的提议下政府先后在当地创建了两所学校——也就是现在仍然屹立在家乡的古城学校和通安中学。尽管当时的教室都是土坯的，所谓的桌子就是两个泥墩上架一块木板，但毕竟孩子有了一个避风挡雨的学习场所。之后乡亲们送来了很多孩子就学。看到教室里诸多学生的微笑，爸爸感到欣慰。

爸爸全身心投入到教育事业中，转眼间他已度过了四年的教学生涯，不知不觉中他已到了谈婚论嫁的年龄，周围像他一样大的青年都已成家当爸爸了，尽管他是一名有“铁饭碗”的人民教师，但收入的微薄加上眼睛的残疾，村里的姑娘们都相不上他。

“父母之命，媒妁之言”是当时的婚姻习俗。看着一天天长大的儿子，祖父母着急，就让媒婆四处张罗着给爸爸介绍对象，最后托亲戚在邻村给爸爸说了一门亲事。就这样20岁的爸爸娶了一个大字不识的女子为妻。

有了家的爸爸变得成熟了，他要为自己的家担负起应有的责任，不管妻子有没有文化，只要嫁给他，就是一家人，就应好好疼爱她，他决定好好经营自己的婚姻。

他想：这个家就是他忙完累了时的港湾，进门时有妻子笑脸相迎，工作时有人研墨相伴，饭桌（炕桌）上“汤菜”齐全，进餐时你夹我让，能同床共枕，相濡以沫。他希望他的她是个相夫教子的好妻子。

随着时间的慢慢流逝，他逐渐发现妻子和他想的相差很远，她是个好吃懒做的人，就连一个热炕也不给他填。

有天下班回家，他的妻子就蜷缩在刚做完饭的灶坑里取暖，整个脸被锅墨抹得五麻六道。看到眼前滑稽的一切，爸爸自嘲——他对家的美好勾画只是个奢望而已，刹那间，幻想全部破灭，心脏似乎要停止跳动，他五雷轰顶，但他还是强压制住了怒火，一句话也没说，就和衣躺在了冷炕上。

白天爸爸上班，他的妻子就在家偷偷地宰鸡吃，为了不让爸爸知道，就把骨头埋在灶坑里，直到鸡骨头把烟道堵塞，爸爸才知道鸡的去向。他顿时觉得心凉，心想：你吃鸡肉总该给我留口汤喝吧。娶了这样的妻子爸爸真是心痛不已，但在那个年代里，婚不是说离就离的，再说他们已经有三个孩子了，所以他还是决定就这样将就下去吧。

有一天爸爸拖着疲惫的身子回到家里，眼前的一幕让他惊呆了。他 3 岁的女儿在锅边上趴着，脚底下一摊血，站在旁边的妻子好像也吓得不知所措。爸爸扑过去抱住女儿，可是她已停止了呼吸。爸爸哭着喊着女儿的名字，但是无论怎么哭喊，女儿再也没有回音了。

女儿走了，留给爸爸的是悲痛、无助。原来是女儿在抢吃粘在锅上的剩饭时，她妈妈将拿在手里的铲勺随手打下去，恰好打在女儿头上，锅边切断了脖子的主动脉，一个无意却要了孩子的命。爸爸悲愤交加，他爆发了，打了妻子，致使早如一潭死水的婚姻几近崩溃。从此，家就是一个只能为他提供栖息的地方。

第十章　爸爸妻离子散的遭遇

不求有人爱但求一人懂，爸爸在这个家求不到爱更没人懂，工作之余他便把更多精力放到他的两个孩子身上。在学校里他兢兢业业教学，在家他要做一个合格的父亲。他把学校发的补济粮拿回家给孩子存着吃，给他们讲着各种童话故事，讲着学校里学生娃学习的事，教他们认字。

有时爸爸脖子上架着女儿，手拉儿子带他们去学校，在他教学的教室当个“旁听生”。两个小家伙看到自己的爸爸管着那么多的小孩子，觉得自己比爸爸还威风。

虽然和妻子不能相濡以沫，但有两个可爱孩子相伴，这给爸爸的心里带来莫大的安慰。日子就这样在平淡中度过。

之后女儿没了，妻子带着儿子离家出走了，四处打听没有音讯，无奈，爸爸又回到了祖父母身边。半年后，妻子托人带信，信上说他们在陕西渭南的一个光棍家安了家，生活比家里宽余些，而且那里地势平坦，雨水也多。总的来说就是不想归家了。爸爸也能理解，他们就办理了离婚手续，爸爸第一次婚姻宣告结束了，爸爸又回到了十年前的状况——光棍一个。

僵而不死的婚姻，折磨了爸爸十年，发展到离婚这一步，其实对爸爸来说是种解脱，只是女儿的死和儿子出走，给爸爸带来了沉重的打击，人生最大的痛苦也莫过于此。夜里他常常思念自己的儿子和已经没了的两个女儿,心到痛处便是泪流满面。

1962年年初，爸爸经人介绍与已有两个女儿的妈妈相识，并且重新组建了家庭。妈妈也是一个大字不识的农村妇女，但她勤俭、坚强，最重要的是她有颗慈母的心。在大饥荒的近两年里，妈妈孤身一人靠野菜、树皮和麦糠拉扯着她的两个孩子，幸免于死。就凭这一点，爸爸认定妈妈是可以相扶到老的女人，是他终身的伴侣！

爸爸更精心地经营再次步入的婚姻。还好，有两个继女绕膝依偎和勤劳妻子的惜疼，日子过得有滋有味。在当年的腊月妈妈诞下了我的哥哥——一个双眼皮大眼睛男婴，哥哥的出生给家带来了无穷的欢乐。

第十一章　爸爸一直坚持下去

爸爸和妈妈刚结婚时借住在邻居家一个土窑里，结婚后爸爸就着手搭建一处自己的家。

社里批了一块宅基地，爸爸白天上班，下班后就跑去打庄，不管是中午还是晚上妈妈都会提着做的热饭去送给爸爸，然后陪着爸爸吃完才回家看孩子。爸爸起早贪黑，夜以继日，有时打到半夜才回家，眯一小会儿再起身去打。他一个人既是装土工又是夯实工，跳上跳下地反复着。靠一个人打一个高5米、边长10米的正方形围墙谈何容易！可是看着家里可爱的孩子们、还有贤惠的妻子，爸爸觉得不管多苦多累都是值得的。

这个庄爸爸抽时间整整打了一年半，庄是有了，里面还得箍上窑才能住，爸爸又开始打“基子”（箍窑用的长方形土块，就像大型的砖块一样）。箍一个窑最少得用上1000多块基子。爸爸打基子又用了半年时间，直到1965年年初爸爸才建好了自己的家。有了新院新窑，终于结束了四处游离的日子。

这个家才真正是他累了时的港湾，没想到他勾画的美好家园这时才变成了现实。他爱他的孩子们，不管是妈妈带来的还是他亲生的，他都视如己出，有时他甚至在想，老天带走了他的两个女儿，又送给了他两个女儿，这是何等的“公平”。

他决心要好好装扮这个家，他在家的周围种了好多的小树苗，在大门的右手边种上了花卉，有红刺玫、牡丹、芍药、黄刺玫，他在养育孩子们长大的同时也精心呵护着这些花苗树苗的成长，他心里无数次想象着几年后他的家将会是：庄后绿树茵茵、庄前姹紫嫣红，他可爱的孩子们在庄前的花海里追蜻蜓、捉蝴蝶，想着想着他就会沉醉于其中，脸上不知不觉露出了微笑，他期待这种日子早点到来。人常说：“男儿有泪不轻弹，只是未到伤心处”，他常常在夜深人静之时偷偷地流泪，看着静静睡着的妻子和儿女，他又给自己打气，为了这个家，再难也要坚持下去，一定要好好活着，活着就有希望。

第十二章　爸爸坚信知识改变命运

俗话说："三十年河东，三十年河西。"爸爸从一名人民教师一夜间变成了耕牛汉，真是造化弄人。但是他还是坚信唯有知识能够改变命运，他要让知识重塑我们的家。

当时我的哥哥已经 8 岁，到了入学的年龄。爸爸倍感焦虑，爸爸的确也不忍心把他的宝贝儿子放到一个与他背道而驰而且如此陌生的环境。可是学不得不上，于是他给他 8 岁的儿子进行了第一次正式的谈话，爸爸用没有商量余地的口气给儿子说："孩子，你明天就要去上学了，还有关于爸爸的事你暂时还小，一切等你长大了就会明白。不过你要相信爸爸是好人，爸爸是清白的。对于别人的风言风语，你不要管，要保护好自己。"

当说完这话时爸爸竟然已泪眼朦胧。我的哥哥忽闪着他的那双大眼睛，听得似懂非懂。

是的，"我是好人，我是清白的"这句话在他的心里不停地呐喊，可是他没有一个说明他清白的机会，也没有人给他一个解释的机会。爸爸只有面对他的亲人、面对他 8 岁的儿子说自己是清白的，自己是好人，当时的凄惨只有深受煎熬的爸爸才能真正地明白。

由于爸爸的原因，哥哥姐姐们备受排挤，没有孩子和他们玩，动不动还挨别人的打骂。

可怜的哥姐们白天出门时还要左顾右盼，瞅着没人时便风驰电掣般地跑出去拾驴粪、割野草，回家时要等到夜幕降临，其他孩子已到家后才敢回。尽管如此，时常也是防不胜防。因此一提到上学，那还真是“一朝被蛇咬，十年怕井绳”，哪还敢上学去。哥哥对学校也产生了畏惧，去上学他打心眼儿里是拒绝的，可是爸爸的话他不敢不听，就在他极不情愿的情况下，爸爸给他缀了作业本，准备好了书包，让他走进了学校，他开始了学习生涯。

哥哥遇到的第一位老师是刘老师，对于这位和蔼可亲的老师，哥哥心里还是充满了戒备，他不敢靠近刘老师，因为在哥哥的记忆中，这些成年男人除了爸爸之外再很少有人和他亲近过，他认为这位老师也是一样的。哥哥上课时不敢发言，只能默默地坐在教室里听他讲课，下课了也不敢和别的同学玩，时常躲在不易被人发现的角落里，他不自觉地把自己封锁在自己的世界里。

哥哥的这些异常引起了刘老师的注意，有一次下课后刘老师走到角落里的哥哥身边，亲切说道：“你是老李的儿子吧，下课了你要出去玩呀！”哥哥点点头接着又摇摇头。刘老师看得出哥哥的心思，他抚摸了一下哥哥的头离开了。

从那以后刘老师上课提问时总是给哥哥机会，哥哥的回答也总是不让刘老师失望，别人想不到的他能想得到，别人答不上的他能答得上。哥哥的聪明伶俐更让刘老师刮目相看，慢慢地也得到了同学们的认可。

一年级的期中考试哥哥在班里排名第一，从此荣升为班长，这样哥哥便渐渐地成为他们班的核心，同学们有不会的题哥哥帮他们讲，甚至有些不爱学习的孩子作业也让哥哥做，当然哥哥也不能白做，哥哥给谁做作业谁就得给哥哥白面馍。对于当时老是饥肠辘辘的哥哥来说这种交换是太值得了!

回家后哥哥总是把学校里的事情讲给爸爸听，他最得意的当然是他能换到白面馍吃，可是这件事爸爸听了后义正词严地说：“孩子，你这是在害人家娃娃，你要帮助他，给他讲明白，让他自己做，你做了他什么都不会呀！”

哥哥也明白爸爸说的那些道理，但白面馍对他的诱惑的确太大了，所以他还是时不常地帮他们做，为了敷衍爸爸他就说：“是他们非缠着我，我也没办法呀！”

爸爸知道孩子饿，孩子馋啊。此时因为妈妈肚子里孕育着我，再加上吃不饱，妈妈身体十分虚弱，无法下地干活，家里只有爸爸一个劳力，挣不了工分而分不到粮食。每到秋收过后，分粮时别人用袋子装，而爸爸只能用草帽碗去装，“一草帽碗”就是我们全家五口人的口粮啊!

家里没有吃的，哥哥每天早上都是空腹去学校，就等着吃中午的一顿棒子面糊糊，对于换吃白面馍的事爸爸也就不怎么去追究了。

当然哥哥也少不了给爸爸讲他的那位刘老师。由于刘老师对哥哥的关心，才使他很快从阴影中走了出来，也是由于刘老师的关照才使他有了自信，成了班里的佼佼者。

刘老师对哥哥的关照爸爸心存感激，但是他又无法向他表达，他只能把这份感激深深地埋在心里，以免刘老师受到牵连!在当时那种环境里还是有刘老师这样的人能认同爸爸，多少对爸爸的心灵是种安慰!

哥哥在学校的优异表现和有了刘老师这样的知己，爸爸精神上有了一点点支撑。家里依旧是吃了上顿没下顿，偏偏在这“青黄不接”的时候妈妈分娩了——一个皮包骨头的我来到了这个世界。

看到只有巴掌大的小人儿，再加上又是个女孩，妈妈有点泄气，给爸爸说：“我看这娃活不成。”爸爸心里也明白妈妈的意思，嘴上却倔强地说：“不试试怎么知道呢。”7月月的天气很热，爸爸找了一块布把我包好放到了妈妈身边，他多希望这个小人儿也能长大成人，他再也承受不起失去爱女的那种撕心裂肺的痛。

我的到来使早已一贫如洗的家更加不堪重负，妈妈奶水少得可怜，巴掌大的小人儿急需长大，能吃能喝，嘬着妈妈的“空粮袋”还在哇哇大哭。没有办法，妈妈只能给我喝红糖水，满月的我已经能喝饼干糊糊了。一家人食不果腹，妈妈也因吃不上粮食而久久不能康复，为了我们还能活着，爸爸决定让哥哥去乞讨，哥哥便成了一个小乞丐。

第十三章　爸爸让哥哥去乞讨

生活陷入那种揭不开锅盖的窘迫，爸爸妈妈唯一能想到让一家人活下去的出路就是乞讨。

此时妈妈身体仍然虚弱，无法下炕，身边还躺着襁褓中的巴掌小人儿，所以爸爸出门是不现实的，此重任就只好落在我 9 岁哥哥这个“大男子汉”身上。让 9 岁的孩子一个人出去要饭，做父母的怎么也不放心，这倒让爸妈为难了。外公看到我家的这种情况，他说：“总不能让一家人就这么等着饿死呀，我带着双儿（我哥的小名）去讨饭吧。”

有了外公陪伴，爸妈才算踏实。穷人家的孩子早当家，从此 9 岁的哥哥假期里就成了一个小乞丐。外公背个大背篓哥哥背个小背篓，爷孙俩出去讨饭了。

已过百日的我，由于营养跟不上的原因还是红红瘦瘦的，妈妈看着嗷嗷待哺的我，心力交瘁，她时刻为我揪心，她怕已在她怀里睡了百天的小人儿熬不下去，急得直哭。外婆看在眼里痛在心里，她想：“再这样下去这娘俩的命只怕不保了，得想办法救救她们。”正好这时大舅妈也刚生下我的表弟，家里条件好一些，大舅妈奶水也多，外婆就每天抱着我去吃一顿舅妈的奶，还时不时偷点饼干给我泡糊糊吃，同时还时不常偷偷拿些舅妈的“营养品”给妈妈。有了外婆“拆西墙补东墙”的接济，我俩慢慢逃离了死亡的边缘。

哥哥他们一走就是十天半月，但有外公在身边，爸妈也还放心。哥哥还真是不错，十天以后回来时，把他的那个小背篓装得满满当当，哥哥要的有面，也有馒头，还有白薯干，馒头有的已经发霉长绿毛了，哥哥没有舍得扔，当然妈妈更不舍得扔，她不管好的还是坏的馒头全都晒成馒头干存起来，再慢慢地给大家分着吃。

有了这些乞讨来的面和馒头，我们才勉强维持生计。爸妈对这个渐渐长大并已经能为家里分忧的儿子欣赏有加。生活有了着落，日子终归平静，妈妈的身体也逐渐康复，全家人正为妈妈的康复而高兴，可是这份来之不易的快乐却在一个炎热的正午消失殆尽。

像往常一样，外公还是带着哥哥出去要饭了，但是这次与前几次不一样的是，走了快半个月了，爷孙俩还没有回来，爸爸似乎预感到有事要发生，他的心在不停地祈祷，祈祷他们能平安回来。就在走了第十五天的一个炎炎正午外公一人回来了，大背篓后面的那个小背篓不见了，哥哥丢了。

据外公说哥哥出去后和他走散了，外公边找着孩子边讨着饭，四处寻找也没有找到哥哥，外公心想这么长时间了，可能孩子已经回家，外公也就想着先回家看看再说，但哥哥根本没有回家。

儿子丢了，这个噩耗几乎把爸妈击垮，家里似乎也已乱了方寸。久经挫折的爸爸压抑着内心的痛苦说："现在最紧要的是去找孩子。"

外公和爸爸分头去找，到天黑却都是无获而返，他们只寄希望于家，可是回到家里看到的却是妈妈同样期待而又无助的眼神。

大千世界，不知道哥哥去了哪个角落。爸爸的心纠结在了一起，嘴上却安慰妈妈说没事的，他会回来的。

夏天就如小孩的脸说变就变了，白天还是艳阳天呢，黄昏却乌云四起、电闪雷鸣、狂风大作。整个天空被沉重的黑色取代，爸妈的心也沉沉坠入深渊，大家的眼睛在黑夜搜索，希望奇迹能够发生。

雷声过后，爸爸听到远处有歌声飘来，歌声夹杂在风声里忽高忽低，他心跳在加剧，那是激动，他确信那是儿子的歌声，没等到大家的认同，爸爸已经迈着大步向歌声飘来的方向跑去。跑着跑着，那歌声越来越近，爸爸也注意到黑夜里好像有人影在晃动，爸爸扯着嗓子喊开了："双儿，是你吗？我是爸爸。"爸爸的喊声响彻黑夜。"是我，爸爸我回来了。"

父子俩都三步并作两步地跑向彼此，哥哥扑到爸爸的怀抱，爸爸紧紧抱着他，体验着"失而复得"的欢乐和激动。哥哥再也抑制不住心里的委屈，趴在他已经久违的怀抱里失声痛哭，爸爸替儿子拭去泪水。

哥哥还是背着他的背篓，背篓里还有他的成果——馒头和面，手里却多了个大木棍，脸抹得黑得已分不出五官，只有两只噙满泪水的大眼睛在黑夜里忽闪着。

看到眼前的一幕，爸爸铁一样的汉子也是泪水滂沱。那一夜爸爸一直抱着哥哥睡到天亮，生怕一撒手哥哥又不见了。

原来哥哥和外公走散后，开始也是到处找外公，可是后来实在找不到就干脆不找了。已和外公乞讨过几次的哥哥也有了经验，他就开始在后家店的建筑工地上乞讨。机灵的哥哥看着那些民工休息吃饭时，就往跟前凑，从这人跟前要点，那人跟前要点，先把自己吃饱了，再给他的背篓里装。哥哥长得虎头虎脑，漂亮可爱，再加上嘴甜，一声一个"大爸爸"叫着，大多数民工都会大方地施舍。晚上也还能蹭民工房里睡一宿。

不几天下来，他装满了他的小背篓，他背着沉甸甸的背篓扒火车到了通安驿火车站（镇火车站）。到站时天已大黑，哥哥背着背篓打算在候车室的椅子上睡到天亮再回家，因为从镇子到我们家还有近六里地，走的都是山沟里的路，据说沟里到晚上老是闹鬼，他一人不敢回家。

就在哥哥刚准备就睡时，一位车站的叔叔叫起了哥哥，问明了原因，他觉得一小孩子睡在这儿太不安全了，就给哥哥一根大木棍劝哥哥回家。尽管手里有了大木棍，可是走在阴森的河沟里，哥哥还是觉得毛骨悚然，于是他就一路“高声凯歌”，给自己壮胆。

这个装着馒头和面的背篓是哥哥的宝贝，在他看来无论发生什么他都要保护好他苦苦求来的成果，这个背篓里全是一家人活下去的希望！无论如何他要把这个希望送回家。这就是一个 9 岁大男子汉的责任！

好的是，贫穷的人们也有自己的道德底线，他们从来不会再去打劫一个要饭的，所以哥哥还是安全地把他的“宝贝”背回了家。

爸爸的信念一直没有改变，再难，孩子的学是不能断的，哥哥上学时是个学生，放假了就是个小乞丐，这样的日子一直持续到我 3 岁。那时妈妈基本康复了，又能出去挣工分了。有了爸爸妈妈两个人挣工分，分到的粮食多了一些，哥哥的乞讨生涯也渐渐结束了。

第十四章　爸爸在黄土地上挥汗洒泪

随着冬天的到来，那高高矮矮的山丘褪去了金黄的秋装，换上一层稀疏透薄的冬衣，幸好有了落叶的覆盖才不会显得那么单薄。

太阳升起，贫穷的人们拿着扫帚扫走了落叶和枯草，留下光秃秃的山脊，此时它多么希望迎来一场鹅毛般的大雪，积一张厚厚的白色“绒毯”覆盖在它的身上，以备来年能改善憨厚老实的农民们的生活。

冬天的老北风夹着雪砸打在它光秃的身体上，击得它打了个趔趄，痛得刺骨，它把外表凝结上了厚厚的铠甲，以御寒过冬。黄土高原显得是那么的静谧，静得它只能沉沉睡去。

这个冬天不只是个严冬还是旱冬，整个冬天只是飘了几次零星的小雪，黄土地体表多了层龟甲，甲与甲之间的裂缝大得有些夸张。

为了睡上热炕的村民已经扫尽了山丘的枯草，有的地儿甚至铲去了草皮。春风卷起的黄土在空中肆意飞舞，整个山村笼罩在飞舞的黄土中，使人们不由得哼唱起了《我家住在黄土高坡》这首曲子。

贫瘠的黄土地养育着的是贫穷的村民，它看着它身上的龟甲和空中飞舞的黄土陷入深思……它不知道拿什么来养育它的炎黄子孙，它也不知道怎么才使他们摆脱贫穷走上富裕。

惊蛰一过，冻土化开。在那荒凉的羊肠小道上，看到的是一群群赶着牛马、扛着铧犁的汉子，还有三五成群背着粪篼的男子和肩扛刨子（一种打土坷垃的农具，一个长约 1.5 米的木柄前端垂直嵌有长约 40 公分、直径约 10 公分的圆木）或端着脸盆的婆姨们，村民们上山下地，开始春播了。

三人一组，一人犁地（两个牲口牵拉，一人在后面把犁，在地里犁出一个 10 公分左右的浅沟）、一人撒子（女人端的脸盆里装上种子，把种子用手尽量均匀地撒在犁开的浅沟里）、一人铺粪（把背在胸前篼里的粪土铺撒到土沟里），其他的婆姨及孩子们就在犁过的地里用刨子把大土疙瘩打碎，以让种子轻松地破土而出。

在这播种希望的季节里，大家在黄土地上干得热火朝天，我的爸爸也不甘落后，他赤着脚，挽起裤脚，搂起袖子，把着一对毛驴拉的铧犁，揩着汗水，妈妈跟在后面撒种子。

人们在这片黄土地上来来回回地撒播着希望，编织着梦想，都希望在秋后的碾麦场上能尽可能多地分到养家糊口的粮食。

人们的吆喝声、牲口的嘶叫声给沉寂多半年的黄土高原带来了生机。它看着勤劳的人们流下一滴滴汗水，滋润它干裂的肌肤，它被感动了；看着勤劳的人们再次给它揭开龟甲碾压成松软的黄土，它兴奋了起来，它立志要育出更壮的麦苗，以回报他们。

在这春忙时节，哥哥仍旧上着他的学，两个姐姐在家看着 3 岁多的我，爸妈出门前给我们留点干粮——甘薯和豆面饼子，还嘱咐姐姐们在吃干粮的时候（大约早上 10 点）“用糖水泡上饼子给我吃”。糖水只是我一人的“专供”，两个姐姐看着冲开的糖水垂涎三尺，她俩商量着每人舔上一口，然后再给我吃。

妈妈把甘薯藏在一个窑洞里，门上着锁，姐姐们就想方设法地偷点出来吃，锁打不开，好在窑上有个填炕用的洞，窑里火炕打（拆）了，这个洞便成了我们偷甘薯的通道了。姐姐们身子大洞口小钻不进去，这时我就派上用场了。她们俩指点着我钻进洞，又声控我偷着里面的甘薯。

爸妈不在家的时间过得总是那么慢，姐姐们看着地上太阳照射出的斜影猜着时间。

地上的斜影越来越长，我们就越来越急，夕阳西下，我们从急变成了怕，我们三人缩在大门口的门檐下，焦急地等待着爸妈回来，姐姐们悄声哄着哼哼唧唧的我，可是适得其反，我的哼唧声变成了哭声，一天没见到妈妈了，也一天没嘬奶了，怎么可能不哭呢?

于是姐姐们从扫帚上抽下几根竹棍，撑在手里耍秧歌以哄我开心，这些对我都于事无补了，哭声越来越大，无奈之下，大姐只能背上我，二姐像尾巴一样跟在后面，一块儿去找妈妈。

我们爬到半山坡上，才看到还在地里忙活的妈妈，我踢蹬着一双小脚从姐姐的背上滑下来，跑步钻入妈妈的怀里，不管有人没人，掀起衣服熟练地嘬住那个粮袋。妈妈揶揄我道：“不知羞的乖娃子！”

第十五章　春雨贵如油

转眼到了农历四月，可是干旱的黄土山丘依旧没有一点点绿意，干旱使黄土高原失去了应有的生机，连绵不断的山丘还是光秃秃地静默着，干旱已使这片土地失去了羞涩。

在靠天吃饭的黄土高原上，播下种子的农民们天天盼老天能下点雨，照顾下埋在土里的种子，可是老天偏偏要和这帮穷农民作对似的，竟没有施舍一点雨水。

谷雨过后，爸爸坐在庄下面的田埂上，盯着那块麦子地里稀稀拉拉长出的几个幼苗发呆，嘴里吧嗒着老旱烟。他狠狠地嘬着，烟火都快烧着胡须了，他却浑然不知。这时嘴里叼着个水烟锅子的大舅也来到这块麦子地，他伸手攥了一把地里的干土疙瘩，捏碎撒在了地里，随手又攥起了一把……他似乎想要捏碎这黄土高原上全部的土疙瘩。

两个衣衫褴褛的汉子都坐在田埂上，相对而无言，只顾吧嗒着各自嘴里的烟。大舅抽完后在他烂鞋底上磕了磕烟锅，一疙瘩黑乎乎的烟灰滚落在地，甩下一句：“这老天是要人命呀！”就起身回家去了。

爸爸从衣兜里掏出一张纸条，重新卷上旱烟，划根火柴点烟，同时嘴在使劲地嘬着，一根火柴着完了，旱烟依然没有点着，划了第二根，这次爸爸快速地使劲地吧嗒着，火柴着完了，爸爸终于换成了均匀的吧嗒声，此刻爸爸的眼睛里流下了泪水，我们就姑且认为是烟熏的吧。他在田埂抽完了第二根旱烟，还呆坐在那儿没有回家的意思，夜幕降临了，哥哥喊他吃饭的声音才把他从“梦”中惊醒。

第二天，天不紧不慢地下起了小雨，村民们情绪高涨，可是只怕欢呼声太大，吓走这来之不易的雨点，都尽量屏住呼吸，心里不停地在祈祷雨下得再大一点再大一点……田里的幼苗此时肯定在欢呼：“下吧下吧，我要长大。”

不紧不慢的细雨下了多半天，降水量不到10毫米，“春雨贵如油”，下总比不下要好得多。这下大家就有活干了，家里的劳动力都出工给幼苗除草松土了。家里的汉子、妇女们都拿上铲子，提上竹筐上山锄草去了。

在雨水的滋润下，土皮下面的幼苗都快速从土里探出了脑袋，一夜间的工夫竟然长出1公分左右，远处看地里也绿茵茵了。婆姨们都绑上用各种烂衣服缝制的、结实的护膝，双膝跪在地里锄草，男人们都圪蹴在地里锄。爸爸圪蹴在地里，笨拙地铲着野草，一会儿就被其他人落下一大截，爸爸知道这是他的弱项。野草都顺手扔到身边的竹筐里，既能喂猪，晒干也能当柴火烧。村民们小心地除着田苗里混长的野草，生怕一铲子下去铲去豆苗。锄去野草的田苗一身轻松，齐刷刷地长了起来。

端午节的前夜，我们都早早地钻进被窝，以准备第二天早起抢露水。天刚刚灰蒙蒙发亮，妈妈便叫醒了我们，这天谁都不想赖炕，一个个神速地穿衣出门。

抬眼望去，天边的星星刚刚退去了亮光，瓦蓝瓦蓝的天空云雾缭绕，远处的山丘一片朦胧，天边云雾相接，东边是一团团红色的云海，一切就好像童话里的仙境。

我们来到最近的麦田边，刚刚抽穗的麦子在微风的吹拂下形成了小小的麦浪，同时发出“唰唰”的声音，好像在欢迎我们的到来。我们站到田埂边齐膝深的麦子旁，弓身弯背地用双手接着麦子上的露水，然后手捧着露水洗脸，露水很多，我们不但洗了脸还“洗”了鞋子。

太阳已从东边的云团里挤了出来，水雾也渐渐散去，这时村子里各家的屋顶上都飘着袅袅炊烟，妈妈们都在为孩子准备着端午节的美餐。

今天的黄土高原上山丘也穿上了盛装，它身着草绿色的军装，军装上点缀着五颜六色的小花，就好似它的肩花，层层叠叠的山峰就像一个个身着军装的军人一样耸立着，捍卫着这片黄土地的安危。身着军装的它是威严的，有了它，生活在这里的人们才觉得安全。

我们家也炊烟袅袅。我们跑回家，四人轮换着给手腕上系上花线（即五彩线，据说防蛇），耳朵里用竹筒吹上雄黄（以防虫子进去），脖子上挂上荷包（里面装上香草）。这天妈妈破天荒地给我们烙了白面馍。吃着白面馍、戴上各种“首饰”，心里乐开了花。爸爸在各个门上插上了柳枝，院子扫得一尘不染，迎接着这个盛大的节日。

第十六章　黄土地上的夏收秋获

爸爸种的红刺玫已经长得足足有两米多高，枝条斜向上延伸着，一簇一簇的。黄刺玫是灌木，长得不是很高，但根系发达，长出的枝条越来越多。栽下的芍药也有七八十公分高了，牡丹树被爸爸修剪得像个巨型的圆盆。

4月底，牡丹树上的花蕾一个个饱满得就像少女嘟起的樱桃小嘴，此时它们再也不会安分守己，它们争香斗艳，争当出类拔萃的第一朵。在一个温和的春夜之后，有一朵已经迫不及待地打开了那艳丽丰满的红唇，她终于占了第一，成了一枝独秀，此时她变成一个花枝招展的姑娘，带着灿烂而自信的笑脸，尽情地、充满野性地展示着她的美，没有一点点的拘束，在绿叶及其他含苞待放的花蕾的映衬下她是那么的艳冠群芳、风华绝代、雍容华贵。

紧接着，一朵两朵……很多的牡丹花开了，这个巨型的“圆盆”上面无数朵火红色的牡丹花盛开着，远处看就像一个巨型的“奥运火炬”，花香四溢，引来了无数的蜜蜂和蝴蝶，它们穿插着飞舞着，形成了又一道美丽的风景线。

牡丹盛开十天后慢慢凋谢，一片一片曾经那么美的花瓣随着微风翩翩而下，这时，俗称“气死牡丹”的芍药已经打开了花苞，竞相绽放，两米多高的红刺玫和灌生的黄刺玫再也坐不住了，她们都悄无声息地开放了，我和姐姐们在花海里玩耍，贪婪地呼吸着花香，追捉着蝴蝶。

爸爸说芍药花名贵，而且种得少，我们不敢随意揪，刺玫花多，我们就把红的和黄的刺玫花揪下来插在头上当头花，可惜的是我们没有一件像样的衣服，不然当时头上别着鲜花的我们肯定就像童话故事里漂亮的小公主。可能用“鲜花插在牛粪上”形容当时的我们更为贴切。

贫瘠的黄土高原同样绽放出了最美丽的花朵，带给孩子们无限的欢乐。看着这些鲜花，我们全家沉浸在虚幻般的梦境中，要是在梦中不醒该是多好啊！可惜的是，在东边第一缕阳光射向这片土地之时，爸妈不得不走向已成熟的麦田。

庄稼并非人们所希望的那样长得一人深，远处看，田地里都露出了土皮，庄稼又稀又短，麦秆头上只结着“苍蝇”一样大的麦穗，麦穗并没有重得弯下脑袋，而是直直竖立着，显得有些“趾高气扬”。

看着田地间的景象，今年又是个饥荒年，聚在田间的村民们一个个唉声叹气，蔫头耷脑，看样子这一年又是白白辛苦了。

田薄了，活还是不得不干，婆姨们又把那个又重又厚实的护膝扣在膝盖上，用两根很长的麻绳左三圈右三圈地捆了个结实，然后双膝跪在地里开始拔麦子，男人们仍然圪蹴在地里拔。细细的麦秆深深地扎在干硬的黄土里，拔几下手就勒得生痛，有人就干脆双手攥住一撮麦秆往外扯。

社里的牛马等牲口被赶来了，每家的娃娃也跑来了，牲口和孩子们在拔过的麦地里抢着野草和麦穗，当然我们也在其中。我们在拔过麦子的地里抢着柴火，捡着麦穗。麦子又短又稀，不一会儿工夫就拔完了一大片地，光秃秃的黄土地上稀疏地摞起了几顶麦垛。

中午各自回家胡乱填一下肚子，休息会儿仍然赶到麦子地。农民在黄土地上起早贪黑地操劳着，几天下来妈妈的手上勒出许多血泡。俗话说“十指连心痛”，白天麦子勒过的手到了晚上就发胀，生痛，妈妈睡觉时不知这双手怎么放才能舒服些……

第二天出工时妈妈就用长长的破布条把手指头一层压一层地缠裹住，然后再用线绕上好几圈绑住，这样拔起麦子时虽然不太灵活，但能保护破裂的手指。爸爸手上满是厚厚的老茧，有这层厚实老茧的保护此时还没有破。

夏收在全体村民的共同努力下，不到十天就收完了。大家又把各类庄稼挑到碾麦场上，开始碾场分粮。看着整个麦场上小小的几个麦摞和豆子摞，村民们对今年的收成没抱多大的希望，个个愁眉苦脸地想着度过这个年关的办法。

一年的期盼最终在失望中结束了，黄土地上的炎黄子孙们每年都是在希望和失望的交替中度过。时令已接近深秋，黄土高原上各个山丘已换成了土黄色的秋装，这身秋装已被储备填炕（烧炕用的各种干柴草）的村民们铲得千疮百孔。

第十七章　爸爸的子女观——重男也不轻女

天气渐渐转冷，辛苦劳作一年的村民们也进入了农闲时节，当太阳升起时，三五成群的老人们找一个向阳的墙圪崂晒着太阳，谝着闲传，抽着旱烟或水烟。

隔壁家 80 岁的张大爷解开烂棉袄脖领上的扣子，把贴身的汗衫拽出来老长，翻里翻面地捉着虱子、挤着白森森的虮子，光这样还不够带劲，他干脆把汗衫襟子放在嘴里咬得嘎巴嘎巴响，才显得一脸的满足。

爸爸却没有他们这样的"闲情逸致"，他盘腿坐在土炕上的炕桌后面，把一张张暗灰色的纸折成十六开或三十二开，拿着刀子认真地裁着，然后把一张张裁开的纸张在炕桌上左砘砘右砘砘，砘得齐得没有一点儿"参差"，然后小心地放在炕桌上，生怕动作一大会前功尽弃，紧接着找个足够重的尺子压在上面，在第一页边上折起约 1.5 厘米宽边，他用锥子在这条折痕线上比画着扎上几个眼，就用白线穿着缀起来，缀的同时他还尽量将针脚交叉出几朵"花"来。

在他的手工制作下，一个个漂亮的写字本诞生了。这时他满脸的轻松，拿出他的小楷笔分别写上"算术本""一年级""李兰兰""语文本"……然后一本一本整整齐齐地摞起。他看着一个个漂亮的杰作，喜上眉梢。爸爸是在为即将上学的大姐做准备。

大姐看着一个个精致的写字本，她高兴地跳起来大声喊着：“我要上学了，我要上学了……”

这时，墙圪崂里晒太阳的那些老人们议论开了，老李要让女娃子也上学去，这年月还把女娃供上学去？都觉得自己听错了似的，个个把头摇得像拨浪鼓。一个个地跑到我爸爸那儿去证实，结果证实他们听到的是真的。

老李真格要把女娃供到学校去……他们一个个因听到这样的话而感到震惊，都觉得这老李是不是被批疯了，男娃什么时候都是自己家的，女娃迟早是人家的人，就是有饭吃念书也划不来，更何况现在是这个情况，最好就是让女娃帮家里挣上几年的工分，找个人家引走就行了……

一时院子里众说纷纭，妈妈听着也有道理，用“就是的”附和着大家，爸爸不好打乡亲们的脸，就说“娃娃爱念么”，搪塞着大家。

乡亲们说归说，但爸爸有他的想法，他深知在这没文化的偏远山区，知识显得尤为重要，要改变目前这种穷困潦倒的状况，就只有上学这条路。男娃女娃都是自己的娃，重男也不能轻女，不管是男的还是女的，他都不能让他们一辈子憋在这穷山僻壤里，为吃一顿饱饭而发愁。这些大道理一时给这些世辈耕田种地的乡亲们讲不明白，得以后慢慢给他们讲。铁打的主意已定，谁说都不能改变。他在这群人的反对声中更坚定了自己的信念。他依旧准备姐姐们上学的东西，铅笔、书包等。妈妈就剪开一个装粮食的尼龙编织袋，洗洗一折，两头一缝，再找两条布条缝个书包带，书包就做成了。虽然所有的上学用品是那么的简陋，和其他学生的相比简直太寒碜，但是只要能上学大姐还是异常兴奋。

就在哥哥要上五年级的那一年，大姐要去上学了。爸爸和大姐、哥哥一起开了个开学小会。爸爸说："学我让你们上，但既然上就得上好，兰兰你就得像你哥哥一样，样样功课学在前面，班上要争取排到第一第二。吃的上面可以让人但学习上不能让人，穿得破点烂点没关系，在学校就要以学习成绩赢人。"

大姐听着爸爸的要求这么高，顿时觉得这学也不是那么好上的，心里有些忐忑。

报名第一天，大姐起了个老早，早春时节还是很冷，她空膛（光身）穿着她那件两年前做的旧蓝碎花棉袄，袖子和衣襟下面都已经让妈用黑色旧布接长了两回，蓝黑相接显得很不相衬，并且那袖子的黑布上已让清鼻涕抹得发亮，春风灌进去吹得她透心凉，她不由得把棉袄用两只胳膊夹了夹紧。

妈妈也给大姐做着"精心"的打扮，她拿起那个老得掉了齿，满是豁豁的塑料梳子，麻利地用一个竹签刮掉齿上的垢痂，在梳子上啐着唾沫把大姐的头发梳了个溜光，又把大姐眼角的眼屎用手指甲抠干净，大姐又很熟练地用袖子擦了擦鼻涕。认真地打扮一番后，大姐屁颠屁颠跟上哥哥去报名领书了。

大姐和哥哥把书领回来后，爸爸就翻出他平时积攒的牛皮纸，开始给哥哥和大姐包书皮。他折来折去细致地包着，书本包得棱角分明，包好的书一本本摞起来就像一块"金砖"，再压在枕头下面去定型。

哥哥已经上五年级了，老师夸他是"学习的天才"，所以对于他爸爸是放心的，爸爸就把刚上学的大姐叫到他跟前预习着课本，教着"1+1=2、1+2=3……"的算术和"a、o、e……"的语文。

已不记得爸爸讲这段历史用了多少个傍晚，也不记得爸爸讲这段回忆时曾多少次因哽咽而中断。只是爸爸泪眼蒙胧的模样依然历历在目。他那斩钉截铁的决定——让知识重塑我们的家，深深地根植于我们四人心中。

我怕上学，怕老师怕同学，所以“上学”一直是我心里的隐痛。可是当我不得不背起 书包走进校门时，种种可能我都猜想过，可是我没有想到的是，我的第一课是让我知道了我有个“黑爸爸”，我也有个特殊的名号是“黑娃”。

听过爸爸详细的回忆，我知道了“黑”隐藏的含义，我也有了惊人的成长。我知道我有与别人不同的历史烙印，这个烙印可能会给我带来很多的嘲笑和羞辱；我也知道了我有一个与众不同的爸爸，一个百折不挠的爸爸。我们的幼翼会慢慢成熟，在以后成长之路上，我们会遇到各种困难，都需要爸爸的呵护和指引，直至我们能飞得更高更远。

不管是黑人还是黑娃，我们的生活还得继续，我们的学还要好好念下去。爸爸说得对，唯有知识才能改变我们的命运。

第十八章　我要适应学校生活

大姐上学了，二姐就成了娃娃头，我永远是个小跟班。

她领着我们五六个孩子找了个向阳的土坡，用手扒去地上的浮土，圪蹴在土地里寻找刚刚发芽的辣辣（铃铛草）。

人群里不时地发出吸鼻涕的“吸溜”声，大舅家的表弟顺子的鼻涕掉得快要接触地面了，他还在使劲地“吸溜”着，可是重力的作用似乎比他的吸溜力大了很多，那根“透明状的绳”顽固地一动不动，他干脆用手一揩抹到棉袄襟子上，显得一脸的不耐烦，因为它直接影响了他找辣辣的效率。

浮土下面的辣辣露出了黄黄的嫩芽，看样子埋在土里的辣辣也不够“茁壮”，已经管不了那么多了，我们用手慢慢抠出个深窝，小心地往外揪，生怕揪断在土里了。我揪出一根又细又长的辣辣，用满是黄土的手把刚从土里揪出的细辣辣捋了一下，就直接塞进嘴里，细细品尝着辣丝丝的味道。这是春季带给我们这些孩子的第一个惊喜！

这个春天过后，二姐结束她无忧无虑疯玩的日子，背着书包开始上学了。自从二姐上学后，我一直担心着上学一事，生怕这事有一天也轮到我的头上。天真的我一直希望爸爸能把我落下，不给我提上学的事，可是我的希望最终还是落了空，爸爸还是按他的计划安排着。

就在二姐要上二年级的那个学期，爸爸把我叫到他跟前，指着他准备好的本子和书说："瑛子，你也该上学了，这是我新做的本子，书我看就用你二姐用过的这个就行。"看着一脸失落的我，爸爸以为是因为旧书的原因，立马又改口道："明天你跟你姐姐去学校领新书吧。"

虽是一万个不愿意上学，但是又不敢违抗爸爸的命令。

开学的那天，我照样还在炕上睡着不起，看着快要收拾好的姐姐们，妈妈有些急了，我才蔫蔫地从被窝里爬出来，穿上那件二姐退下的，两个胳膊肘上补了一块大白布的绿格子汗衫。

妈妈又拿起那个破塑料梳子啐着唾沫给我梳头发，多天没梳没洗的头发快要结成毡了，看着妈妈拿起的梳子我已经吓得发颤，她扒拉着我的头发，在梳子上啐上了足够的唾沫，慢慢刮着梳，我还是痛得缩了缩脖子，梳到最后我已哭成了泪人儿，头发也扯下来了一大团，然后我用已经分不清颜色的毛巾擦了擦脸。

学校在河沟斜对面的阳山脚下，我背着书包，慢悠悠地跟在两个姐姐的后面。下了我家门前那个土坡，穿过二舅家的庄顶，一直沿一条下坡路走到河沟。

碱沟两边的坡上露着白茬茬的碱，寸草不生，碱坡中间是一条宽宽的河道，一条混浊的溪流在河道间穿行。白的坡、黄的溪，夏天没有给这条河沟染上一点色彩。我们穿过这条没有色彩的河沟，再上一个长土坡就是学校了。

我跟在两个姐姐身后，闷头琢磨着学校的种种，有老师、有许多的学生，都是不认识的人，越想越担心。可是没想到的是，一进校门便被一群男生堵住，叫我们黑娃。

上课铃声响了，叫我们黑娃的半大小子跑进了教室，获得"自由"的我们三个黑娃也该进教室上课了。大姐指了指一年级的教室，让我去，随后她俩也跑进了她们的教室。我看着姐姐们消失的背影，顿时眼泪吧嗒吧嗒地掉了下来，看着空无一人的校园，我擦干泪水，不紧不慢地走进了教室。

教室里摆放着几张陈旧得分不出颜色的木课桌和几张简易课桌（就是两边两个土墩子，上面架一张木板），还有能坐两三人的长板凳。那几张木桌子早已占满了学生，老师把我安排到靠前面的简易桌上。

坐在一年级的教室里，心里想的全是姐姐，姐姐会不会不等我就回家了，姐姐这会子在干吗呢？什么“a、o、e、i、u、ü”根本就进不了脑子。真是“身在曹营心在汉！”老师一问三不知，老师一说就哭，所以姐姐们给我起了外号“哭包”。

走在放学的路上，看到曾经在一起的玩伴还在土堆堆里玩耍，心里真是羡慕，心想要是不上学该多好啊，不用早起，不用梳头，不用坐在教室里受老师的约束，还可以继续地玩土，挖辣辣……真是想不明白爸爸为什么非得让我在学校活受罪呢？

农历八月的天依然很热，我和二姐脱了那双烂得碍事的条绒鞋，大姐却仍穿着那双破了几个洞，脚后跟也快裂开的烂鞋子。我俩光脚走在上学的碱沟地上，感觉比穿着耷拉的烂鞋利索了好多，把穿鞋的大姐远远地落在了后面，她看着走远的我们，也连忙脱下鞋跑着追上来，一直到校门口她才穿上她的烂鞋子，走进了校门。

放学回家的路上，天突然下起了雷阵雨，大姐不得不脱下她的宝贝鞋，提在手上，和我们一样光脚片子泥巴。白茬茬的碱经过雨水的“滋润”好似有了脾气，把踩在它上面的好多学生摔了个大马趴，光脚片子踩在上面更是滑得搭不住。

大姐两手分别提着她的一只烂鞋，走在前面的碱泥上，刺溜就给摔了个屁蹲，两只拿鞋子的手还在空中高高举着，生怕把她的那两个“宝贝”给沾上泥巴，结果她就像展翅的“雄鹰”一样一直“俯冲”到沟底。一看这架势，我和二姐就只能手脚并用地慢慢爬下去，到上坡时大姐也像我们一样爬行了。

回到家，大姐有点不服气，撩起她的单汗衫给我们显摆着她肚脐周围的“福垢痂”。不过说起来她那垢痂长得的确有点奇特，因奇特大人们才说是“福垢痂”，说这娃娃是个福人。

她的肚脐周围结成的不是一片，而是像刺一样的一根根的黑垢痂，直直地扎在肚皮上，就像刺猬身上的刺一样，只是比它密实了好多。

可能也是因为人说是“福垢痂”的原因，她一直没有舍得洗下来，而是在她和我们比优点或特长时撩起来给我们显摆显摆（今天她摔大屁蹲了，有点失面子，就又拿出来显摆了）。我和二姐也希望能长上大姐那样的福垢痂，可是始终没有长出来。

我们每天在这碱沟里穿行，我也慢慢适应了上学的日子，时间过得也越来越快，期中考试在不知不觉中来到了，对于一问三不知的我来说，考不考都是一个样，上课糊里糊涂，下课也是稀里马虎。

结果我算术考了20分，傻得竟然不知道20分是多还是少，只觉得和零比的话还是很多的，回家就兴冲冲地告诉老爸：“我算术考了20分。”

爸爸笑着说不错。听爸爸这么一说心里更是美滋滋的，因为数数我最高就能数到20，所以在我脑子里20就是最高的了。

第十九章　三姐妹受欺负，哥哥打抱不平

在学校里，数我们三姐妹穿得最破烂，姐姐穿的是街上故衣摊上买的旧衣服，妈妈给姐姐们接长过一两回，实在没法再接了就轮到我穿了，衣服到我身上真正能算得上“色彩斑斓”了。夏天大多数时候我们都是光脚片子。衣着破烂成了我们被欺负的“资本”。

我们家和三家亲舅舅，还有两家远舅舅住在一山包脚下，叫卡吧营（据说以前打仗扎过营）。山包后面的躺弯子里住了好多的赵姓人家，叫赵家湾（也叫湾合里），是赵姓族人。和我们这个山包连着的另一山包脚下住着很多侯姓人家，叫野狐湾。河的对面是上阳坡和下阳坡，我们的学校在上阳坡。我家庄底下那条土路是湾合里人去上阳坡、下阳坡和野狐湾的必经之路，按现在人来说我们家还住在一个交通要道上呢。

每天早晨，我们姐仨看着湾合里的半大小子已经走了，我们才敢出门去上学，要么早早地就往学校走，总之要躲开他们走。到放学就没法躲了，这帮半大小子可有事干了，我们走在前面，他们拿着柳条跟着后面，再用柳树条条在我们头上扫来扫去，走一路喊一路，骚扰一路。我们只能吸鼻涕抹眼泪，不敢言传。这样受欺负的次数多了，我们就回去告诉了上初中的哥哥。

有天放学时，哥哥手里拿着推耙把（填炕用的）就在我家

门前那个土坡上等着。这时那帮小子吆着我们三人从二舅家庄顶的那条土路上上来了，哥哥抡起推耙把就追，跟在我们后面那几个小子吓得撒腿就跑。

哥哥大、跑得也快，追几步就把那个领头的赵定平从领豁口给揪住，一顿暴打，这会儿换成他吸鼻涕抹眼泪了，哥哥还让他当场就写个保证书。

赵定平就趴在路上的塘土里，从他的书包里掏出一个烂本子——作业本的两个角都被窝成了翘起的纸卷卷。他边揩着鼻涕边抹着眼泪在纸上歪七扭八地写，保字才写到一半，鼻涕没有“吸溜”住掉到了纸上，定平麻利地用袖子揩着，哥哥说不行换一张，他顺从地撕下来又换了张，这次他用袖子使劲地揩了下鼻子，以免碍事的东西再掉下来。

“保证书，我以后再不 qifu（欺负二字不会写）李家三个女子了，保证人：赵定平。”写完后小心地撕下来交给了哥哥，他起身拍了拍身上的塘土，在哥哥的允许下极速逃跑了。有哥哥为我们出气，我们真是扬眉吐气了一回。

挨打后，赵定平好久不敢在我们庄下那条路上走了，放学他就穿河沟绕个大圈圈回家。我们的上学路上也归于“太平”，毛主席说过“有压迫就有反抗”，真是太对了。

一年级上到第二学期期末，老师宣布升留级学生名单，我的名字出现在了“留级”的名单里，这时我也明白了原来20分不多。两个姐姐一人挣回来一张奖状，爸爸拿着奖状欣慰地笑着，我灰溜溜地给爸爸说：“我留级了。”

爸爸一点也没有责怪，而是用那满是老茧的大手在我头上摸了摸，算是安慰，说：“没事，这一年我就是让你先跟到学校玩玩，熟悉熟悉的，下一年你可要好好上了。”

看着爸爸拿着奖状高兴的样子，我心里暗暗下着决心——下次也一定要挣回来一张奖状。

再次上学时，我开始认真学习了，结果我期中考试也考到了 90 多分，100 分，我也挣上了奖状。这回爸爸拿着我们三人的奖状高兴得合不拢嘴。他用黑面搅了一勺子糨糊，把三张奖状结实地贴在窑墙上。

第二十章　挖刺根卖刺皮凑学费

虽说那时上学学费不是很多，但对于连一顿饭都吃不饱的我们家来说也是个不小的开支。老天好像故意要捉弄这家人似的，四个学生的学费还没有着落，妈妈却在这时得了肝病，这真是“屋漏偏逢连夜雨”。爸爸再次陷入了困境。

妈妈需要住院治疗，可是就靠一个人在土里刨食养活一家六口人的爸爸，能从哪儿凑得上住院费和孩子的学费？爸爸平塌子坐在医院门口的土台子上，紧锁着眉头，用颤抖的双手卷着他的老旱烟，此时他卷烟的动作显得那么生疏、笨拙，已失去了往常的灵巧，他点燃烟紧嘬了两口，好像突然有了主意，起身走进大夫的办公室。爸爸给大夫说：“这院实在是住不起，您开些药我们回家吃，打针的事，您就教给我的大女儿来打。”

医生抬头端详着站在他面前有点拘谨的爸爸——爸爸穿着他那件压箱底、旧得已经发白的蓝卡其上衣，衣襟上的两个衣兜也揪下来补在了胳膊肘上，此时襟子上揪下衣兜外的那两块蓝色显得格外的蓝。再往下是一条旧得分不清颜色的裤子，裤子短得过了脚踝，两个膝盖上顶起了两个大大的鼓包。大夫再不忍心往下看脚上那双用麻绳当鞋带的烂黄胶鞋。他点了点头，表示认同爸爸的意见。

爸爸跟着医生来到了妈妈的病房，这个好心的大夫就开始耐心地教大姐打针。第一针手软扎到表皮，大夫让拔出来重扎，针拔出的同时血也顺势冒了出来，邻床的病人就念叨：拿自己妈的屁股练手呢，真能下得了手。大姐本来就吓得心惊肉跳，有了这些人的嘀咕，她越发紧张了，可大夫严厉地说："扎！"姐姐猛地使劲扎了下去，这次整个针头全没入了肉里，大夫鼓励她说："好样的！暂用左手稳住针头稍往上提三分之一，然后开始匀速推药。"

大姐照着医生的嘱咐提针、推药，最后酒精棉球垫着针头快速拔出针。大夫欣赏地看着姐姐，赞扬道："孺子可教也。"

爸爸从裤兜里掏出他全部的家当——有几张旧旧的毛毛钱，一元以上也就那么一两张，他手指放在嘴里舔了下，开始捻着给大夫数钱，说："您就给我按这个钱数开药，吃完了我再来取。"

大夫按爸爸的要求开了药，妈妈就回家了。从此姐姐就成了妈妈的打针"大夫"，也成了我们村的打针能手，时不时有人请她去打针，还能混上白面馍馍，有的家还给"大夫"做长面吃。

学费的事爸爸安排给了我们，让我们自己挖刺根、剥刺皮卖了交学费。我们四个就漫山遍野地找长着红刺颗颗的刺（野枸杞），大姐一人单干，二姐和哥哥合伙，我是两面派，一会儿巴结下大姐，一会儿巴结巴结那二位，想着他们都能给我分点。二姐眼疾手快，看见几棵枸杞树，就跑过去把胳膊伸成半圆（就像老母鸡护小鸡时张开翅膀的那个样）圈住，还说这是她和哥哥的，幸亏她人小胳膊短，不然就得全圈住了，气得大姐直跺脚，我就把二姐没占完的几个给占上，献殷勤般地给大姐说这是我给你占的。等哥哥用镢头开始挖了，二姐又跑着去占。

在悬而高的黄土崖上往往会有枸杞树，这些崖上一般都是寸草不生的，它却长在崖上来个一枝独秀，长得还非常壮实，上面挂着几片片小绿叶，却结了好多个红丢丢的枸杞，看着十分诱人。大姐肯定是没有办法挖到的，哥哥是男娃胆大劲足，就在悬崖上挖出好多个脚踩的深窝，再像攀岩似的慢慢爬上去，那个高高在上的宝贝就被哥哥挖到了。我们都不知道那红丢丢的红疙瘩还有那么多的用处，揪下玩玩就扔掉，把树干和根拿回家剥皮。

晒刺皮时就更得小心了，自己得看着摊，生怕对方给偷走了，二姐看着他们的一摊，大姐看着自己的。有一次大姐看着看着就在刺皮旁的阳圪崂里睡着了，醒来硬说二姐偷了她的刺皮，还比画着：早是圆圆个，现在成扁的了。二姐和哥哥死活不认账，气得大姐平塌子坐在煤窑前面的地上号啕大哭，在她心里那刺皮比她的命都重要，边哭两只手还把膝盖和小腿抓得血肉模糊。

看着大姐难过的样子，爸爸脱下他的烂鞋子，在哥哥的屁股上跺了两鞋底，打挨了，哥哥还是说："你就是打死，没偷就是没偷。"大姐还在哭，直到哭不动了才消停。开学时各自把刺皮卖掉凑齐了学费。

第二十一章　包产到户，姐姐们边耕边学

70 年代末 80 年代初，随着包产到户在全国的全面展开，我们村也实行了包产到户制。我家分了十八垧地，两头毛驴，一把犁。

农民终于能当家做主了，个个精神饱满，肩扛耕地犁，手握牛鞭吆喝着自家的牲口，随口哼唱着“东方红，太阳升……”好不容易扬眉吐气了，人人兴奋不已，热情高涨。这下农民们终于可以在自己的地上自由发挥了。

爸妈也沉浸在前所未有的喜悦之中，可是让爸妈为难的是，耕田种地至少得三个人（把犁、撒子、铺粪各一人），我家就爸妈两个。爸爸想无论怎么样孩子的学得上，妈妈这时肝病已好，爸爸和妈妈商量把种子和粪搅到一起，爸爸犁地，妈妈连种子和粪一块儿铺。

在偌大一块近 60 度名叫死牛坡的地里（这块地因太陡起名为死牛坡），爸爸妈妈开始了第一天的春播，爸爸把着犁，三寸金莲的妈妈背着一个大粪篼铺拌有种子的农家肥，被爸爸落下好远。她深一脚浅一脚在港沟里走着，因地陡、脚小、人矮、篼重，她卖力地背着那个大篼，走两步向港沟里用一只手铺粪时，她脚底下就开始拌蒜，还时常打着趔趄。来回走上两趟，他们两人差不多一个在地的这头，一个在地的那头。

在这春播的时节里，别人的地里往往有四五口子人干得热火朝天，耕地的耕地，打糊积的打糊积（土疙瘩），我们家的地里只有两个人，还东头一个，西头一个，显得是那么冷清，别人在这块地上都看不到有春播的迹象。

春播第一天，别人老早就播完回家了，爸爸妈妈差不多在地里折腾了一天才完成计划，驴子也跟着一天没吃上草料。这一天的春播已使爸妈精疲力竭，回家后爸爸又卷起了他的老旱烟。他觉得这种办法根本不行，妈妈吃不消，但让哪一个孩子弃学从农都不是他想要的，他吧嗒着旱烟，坐在大门门槛上陷入了沉思。

他把四个孩子从大到小想了一遍，哥哥已上高中，大姐刚上初一，二姐上四年级，我上二年级，哥哥耽误不起，我又太小，思来想去，他想到的最好办法就是姐姐们边耕边学，大姐和二姐轮换着铺粪种田。大姐一三五，二姐二四六，早上上学，下午上山种田。整个春播要一个月的时间，请假前前后后差不多一个月，姐姐们不敢找老师请，爸爸就给她们两人一人写一张请假条，让交给老师。在我们乡镇上爸爸也算是小有“名气”，老师看到爸爸的笔迹也都给准假了。

二姐呢这时又有了个鬼主意，她看到以前的玩伴不上学自由自在地玩，早上还能睡大觉，就不想上学。以前是没借口提出来，也不敢给爸爸说，现在看到爸妈正是缺干活人手的时候，她想现在机会来了，便给爸爸说她不念了，要帮家里种地。

爸爸当然不答应她这一要求，可是我二姐也是倔脾气，有天早上，她给我说她不去了，让我自己去。那时我一人还不敢去学校呢，就一个人走两步退一步地往学校走。我心里也真希望爸爸好好教训教训那个倔脾气还特厉害的家伙。果然不出所料，爸爸看到该上学的时候了她还在门口磨蹭，就拿起了打牛放羊的长鞭子，二话没说就抽了两鞭子，嘴里还说我看你给我别上去。

姐姐吓得背上书包就往学校跑，我心里暗自高兴：看你给我张狂！但这个家伙，有气没地儿撒全撒我身上了，她边哭边走边骂我，没哭一路但是骂了一路，说都是因为我不赶快去学校的原因，爸爸才打她的。我心想你骂就骂，反正你身上也疼着呢，只要能陪着我上学就好了。没这个厉害姐姐壮胆我还真不敢去学校，我真是有点怂。

就这样，在爸爸的长鞭之下二姐最终没有圆了她的辍学梦。姐姐们就在学校和庄稼地里来回奔波，边耕边学，虽然是半天上学半天务农，但姐姐们的学习也并没有落下，所以老师也就一路开了绿灯。

爸爸这两鞭子的确把二姐打痛了，几天后腿上还留着那条鞭子抽打的紫色鞭痕。过后爸爸说当时二姐的确是把他给气糊涂了，不然他也不会下那么重的手，打完后就后悔了。孩子疼在身上他却疼在心上！

第二十二章　我们家的小黄金

包产到户后，农民们尽其所有地买化肥种庄稼，种麦子买这种化肥，种土豆又要买另一种化肥……都想方设法地把地务起来，多产粮食。

我们家每年都被我们四个孩子的学费掏得空空的，哪还有钱买化肥呢，只能是地薄人穷。

眼看着到夏收了，我家的麦子地里还露着锤大的土糊积（土疙瘩），麦秆上结着像苍蝇一样大的麦穗。我家地旁边赵家地里的麦子却长得一人高，麦穗足有 10 公分长，微风吹来，形成了金黄的麦浪，长长的麦穗碰撞发出了很响的唰唰声，好似在讥讽边上长的“侏儒”。

爸爸在自家田埂上放驴，看着地里稀稀拉拉的麦子，不由得发出一声长叹，他清楚地知道靠地里长的这么个庄稼，不可能让一家六口人吃到明年田熟，他不知道该怎么度过这一年。

他跳到自家的麦地里，使劲地用脚踩着一个锤大的糊积，踩了一个又一个……他好像要踩完地里所有碍事的糊积，让麦子再稍稍长长个儿。他怜惜地用手捧着一个小麦穗端详着，这些小穗穗能否养活一家人的命呢?

他不相信地摇了摇头，满脸的忧伤。

他成了土地的主人，却没有能力把地务起来，此时他真心觉得对不起这些养活一家人的土地，也是第一次对他供全部孩子上学的决定产生了怀疑，内心充满了矛盾和困惑。

他也知道“投入和产出成正比”的道理，可是爸爸他不知道拿什么给这地里投入。

火盆似的太阳悬挂在高空，爸爸撩起衣襟揩了揩脸上的汗水，然后盘腿坐在地里的一个大糊积上，熟练地从兜里拿出纸条卷了根老旱烟，点燃的旱烟烟雾缭绕，随即他的眼角滚下了泪珠，他用粗大的双手抹去眼角的泪水，抬头凝视着旁边赵家高高的麦秆。

过了一会儿，他自言自语道：没有错，让孩子上学没有错，孩子的学不能停……然后起身走向正吃得欢实的毛驴。

别人路过我们家的麦田时，都讥讽似的说这是老李家的“小黄金”。

随着我们假期的开始，夏收也正式开始了，好的是夏收时我们家不缺人手，我们兄妹四个齐上阵，加上妈妈，一共五个人。

稀稀拉拉的麦子长在干结的黄土里，我们圪蹴在地里使劲地拔着细细的麦秆，大半天的时间，手上已勒出了好多水泡。缓干粮时（早上 10 点左右），妈妈从她的烂衣服袖子上撕下来一条条的布条，给我们一个个地缠着包住。

吃完干粮，我已经拔不动了，他们虽然只给我留下不到一尺宽的一道麦地，但我仍远远地落在他们后面。我拔一阵铲一阵，妈妈看着我实在拔不动了，就干脆在前面将留给我的这一道给拔断了。

夏收的每天早上，妈妈天黑黑的就起来准备早饭和午饭，抽空把我们四人挨个儿喊一遍，第一遍肯定起不来，第二遍喊完，我们才一个个从炕上爬起来。

大家在一脸盆水里轮换着洗把脸，二姐比较懒，她只蘸点水把嘴和眼睛洗一下，然后就披星戴月地出山了。

人多干活就是快，没几天我们的庄稼全部拔完了，晒上几天就开始往场里背。家里情况好些的有架子车，我们没有，就得全靠我们四个人力背了。

我一趟背三四捆，噔噔地跑得快，姐姐们一趟十捆八捆地背，就像老牛一样在坡上慢慢往上挪蹭，哥哥担着也走得快些，我先跑回家扔下麦子就缓着，等姐姐他们到家时已经休息好了。

背第一趟时天还没亮，怕刺扎着脚，所以脚上还套着双烂鞋子，碍事的烂鞋子直接影响着我们走路的速度，到第二趟时天就亮了，我们把鞋子脱掉这儿扔一只那儿扔一只，背到最后一趟时又把烂鞋子穿回家。

我们四个光脚片子走在田间的羊肠小道上，讲着笑话，说着学校及队上的趣闻趣事。

我们队上有个叔叔姓王，村民们都叫他“水娃儿”，有次哥哥碰上了，就问：“水家爸，你租色七呢（干啥去呢）？”问得王叔面红耳赤，他以为王叔就姓水呢。

队上还有个张叔，是个罗圈腿，家里排行老三，村民都叫他“弯三”，哥哥就走在前面，肩上扛着肩担“跨拉”着双腿学“弯三”，我们仨在后面笑得直不起腰来。

我们四人说说笑笑，原本很累的苦力活竟也是那么开心快乐。

在我们四人的努力下，两三天的工夫，庄稼都背到家里了。我们每个人肩上勒出的、肿得老高的红印子，诉说着劳动人民的辛苦。

看到我们干活干净利落，村里的人都夸我们：李家的四个娃学习成呢，这劳动也泼实得很。

第二十三章　衣衫褴褛的尴尬

农村包产到户的政策让大多数农民解决了温饱问题，但还有一部分农民也像我们家一样，人口多，劳力少，生活仍然处在穷困状态，每年还是青黄不接，年前借年底还，周而复始。

穿新衣服更是奢望，好的是1979年改革开放在全国拉开了序幕，中国由计划经济转变为市场经济，扩大了市场营销，市场也活跃了，有经济头脑的人跑到兰州、西安等城市，用自家的鸡蛋换些城市人穿过的旧衣服（那时农村人叫故衣），拿到镇子卖。

故衣摊解决了我们家的穿衣问题，哥姐们穿的都是妈妈在街上买的故衣。

一个深秋的早上，爱臭美的大姐穿着一件军绿色的裤子（妈在集市上买的故衣），脚穿一双塑料底的方口布鞋，背着花布书包美滋滋地去上学。

她一不小心被地溜子（落在地上的霜）一滑，双膝跪地，糟了——“新裤子”的膝盖那儿蹭破了个大洞，像现在时髦的乞丐裤，膝盖也蹭破了皮，大姐全然忘了膝盖的疼痛，而是心痛第一天穿的“新裤子”。沮丧的她站在原地，犹豫不决：是回家补裤子还是去学校呢？学习上从不让人的她最后还是选择了去学校。

但是磨蹭迟到了，第一节语文课已经开讲一会儿了，打报告进了课堂，老师有点儿生气，可当他看到大姐的膝盖处时笑了："你挨绊了？膝盖好着吗？赶紧回座位去。"顿时一股暖流注入大姐的心底，眼泪毫不掩饰地夺眶而出，老师安慰大姐道："衣服烂了还能补，学习落下可不好补。"随手把姐拉到座位，然后拿起语文书又从头讲起《木兰诗》："唧唧复唧唧，木兰当户织……"

姐姐们穿的是故衣，我穿的是姐姐们退下来的"旧故衣"。

二年级的期中考试，我数学考了100分，我同桌董雪娃考了50分，恰巧那天她穿了件新上衣，老师说："董雪娃你把新衣服还不如给李瑛子穿上呢。"

我低头看了看我身上那套行装——那件姐姐穿过的绿格子衣服，此时妈妈又在下面弥了一圈旧黑布，下身是姐姐退下来的那件军绿色裤子，此时已褪色成了垢痂色，并且短得成了自然的七分裤，光着两只干瘦的脚丫子。

老师一句褒奖我的话，此时竟深深地刺伤了我的自尊心，我和同桌一样窘得脸红一阵白一阵。

虽然爸爸常常讲"宝剑锋从磨砺出，梅花香自苦寒来"，但此时我却因为一身不体面的衣服而感到前所未有的自卑。

可是这一身的不体面是我不能改变的，我能改变的就是我的学习成绩，衣服上没法赢人，就在学习上赢人吧！

有次学校"六一"活动，要求穿白衬衣，我心想我这次总能穿上一次一手的故衣了。

于是就盼着赶集，盼着漂亮的白衬衫，无数次想象着自己穿上白衬衫时的模样……终于盼到了赶集，妈妈去集市了，回来时却拿着两件白衬衫，是两位姐姐的（因为她们俩是花儿队的）。

刹那间，我的梦想化成了泡影，已经听不见爸妈的任何解释，平塌子坐在地上伤心欲绝，号啕大哭，饭也不吃，学校也不去，边哭边喊："我也要白衬衫也要白衬衫……"

爸爸拿着鞭子吓唬着打，妈妈在我前面护着不让打，有妈妈的袒护我更不怕了，坐在地上腿脚蹬的频率更快了。

爸爸一看这样子，打肯定是行不通了，就找了两元钱给我，让我先拿着下回赶集买，我竟然把两元钱扔到了地上，哭着说不要钱就要白衬衫。

爸爸实在没辙了，就干脆冷处理，任我在地上坐着，回屋不管了。我哭了会儿哭累了，坐在墙圪崂睡着了。

等下次赶集时妈妈真的也给我买了件白衬衫。

我穿着白衬衫去找了老师，让我也进花儿队跳舞，可是老师依然没让我进花儿队，因为年纪小个儿也小。

不让跳也罢，反正穿一件白衬衫也是梦寐以求的事。在我的"反抗"之下，我穿上了第一件自己的（不是姐姐穿过的）白衬衫。

从那以后爸爸就知道打在我这儿行不通了，对于我的管教办法就采用冷处理，我这一"反抗"居然使我这辈子再没受过皮肉之苦。

不过爸爸对孩子都是疼爱有加，不到万不得已是不会动刑的。爸爸是个乐天派，他幽默、爱开玩笑，平时也总是嘻嘻哈哈，但是他发起火却也"威震四海"，所以我们一看到他情绪不好，脸色不对，就会乖乖地各干其事，一点儿也不敢招惹。

虽然家里年年还是青黄不接，但爸爸终始坚持着自己的信仰——重男也不轻女。所以尽管我们穿的是破衣烂衫，天天吃着粗粮，上学时常常光着脚丫，但爸爸始终没有放弃对我们三个女娃的供读。用他的话来说，吃不好穿不好，只是对我们意志的磨砺，只要学习好这些又有什么关系呢。

第二十四章　做生意赚学费

改革开放政策使通安镇上倒腾故衣的人赚了不少钱，家境也富起来了。随之好多山区农民也挖空心思地想着去做个小生意，赚点小钱。他们先把自家的鸡、猪等家畜吆到集市上卖，以此作为本钱，再到深山老林去收集别人家的家畜，然后又去赶集贩卖，赚个差价。这让哥哥看得好眼馋！

有一年的暑假，哥哥筹划着做生意，爸爸拿不出本钱来，家里两头猪，有一头怀猪崽儿的母猪妈妈舍不得卖，母鸡妈妈也是舍不得卖，妈说你们上学靠卖鸡蛋呢，万一你给我全赔了，学还能上吗？

妈妈说的也不是没有道理，但哥哥是铁了心要做，妈妈也只好成全了他，但终了，妈妈还是舍不下她那只爱下蛋的大乌鸡，哥哥只好留下了，卖了家里的一头猪和另外六只鸡，然后拿着这些本钱跟着大舅去倒卖。

那一年，刚过满月的猪娃子价钱好，哥哥就跑到后山里专门收小猪崽儿，收完了担到镇子上去卖，每只猪崽儿赚上个块八毛的，一次也能赚上七八块，积少成多，一假期赚的钱够交我们几个的学费呢。

随着市场经济的不断改革，生意人可以走出省做买卖，这种好事哥哥当然不会放过，只要是假期，哥哥总是不着家地赚钱。

我家有两棵大接杏树，都是爸爸吃杏子时觉得哪棵树上杏子好，就折回几条枝芽嫁接的树，这两棵树结的杏子既大又甜。一到夏天，两棵接杏树上挂满了红艳艳的大接杏，一看就让人流口水。但是从哥哥做生意那年开始，我们就只能看不能随意吃了，大接杏成了哥哥的生意本钱。

有年夏收之时，有几颗大接杏已经迫不及待地熟透了，微风吹过，它们争先恐后地离开了母亲的怀抱，来到了大地人间，刚从麦子地回来的我和二姐兴冲冲地跑到树下，捡着咧开嘴笑的大接杏，亲吻着它的小嘴，吸吮着它甜甜的杏汁，满脸的兴奋。

午饭过后，哥哥召集我们几个摘杏子，我们全家人兴高采烈地来到树下，妈妈踮着小脚指挥着高高爬在树上的二姐和哥哥："这边这边……那边那边……"不一会儿工夫，给哥哥装了两大篮子，准备晚上出发，担到西宁去卖。

这时大姐不知从哪里也找出来两个小篮子，风风火火地拿到树下，嚷嚷着给她也装上两篮子，大家才明白她也要做生意去。哥哥嫌她还不利索，不领她，妈妈说大舅也要去，这样有大人的照顾哥哥就勉强同意了。

大姐装满她的两个小篮子，提着和哥哥的大篮子并排放在树荫下，一会儿跑去给上面盖些绿树叶，一会儿又找块破布盖在上面。第一次做生意的她兴奋得不知所措，焦急地等待着出发的时间。随着夕阳西下，他们担起杏子出发了。大姐担着她的小篮子，噔噔地走在最前面，以证明她的"利索"。

到通安驿火车站就要扒材料车（货车），他们恰好遇上的是卸完煤的货车，车厢空空的。哥哥先爬上去，站在车厢里，然后趴在车厢边上，大舅就把六篮杏子逐个转给哥哥，哥哥再逐个吊到车厢内，哥哥把姐姐拽上去，大舅最后上去。

大舅找了个车厢旮旯盘腿坐下，汗水从他黝黑的脸上流淌而下，他着急地用他的一双沾满煤的黑手，左一把右一把地揩着，使得他原本黝黑的脸上又多出几道黑手印。接着他从上衣兜里摸出水烟块，揪下拇指肚大的一疙瘩，压在烟锅里，点燃吧嗒吧嗒地抽着，微闭着双眼，满脸的享受。

第一次扒货车的大姐激动得在车厢里跑前窜后，指着远处星星点点的灯光，不停地问这问那，哥哥对着好奇的大姐耐心地作答。不一会儿，车厢旮旯的大舅已发出了均匀的鼾声，哥哥回答问题的声音也停了下来，这时大姐发现哥哥也平躺在车厢里睡着了，她就坐在车厢里仰望着天空数星星，数着数着她也进入了梦乡。

三人在车厢里晄当了一晚上，天蒙蒙亮时就到目的地西宁了。大舅叫醒了睡得四仰八叉的哥哥和姐姐，他俩用两只黑手使劲揉着眼窝，以使自己清醒一些，然后就开始拿“行李”下车了，哥哥先把大姐吊下车，接着他下去，大舅又得把杏子一篮一篮地转给哥哥放在地上，大舅最后跳下车。

三人互相看着黑得已分不清五官的脸，不禁失笑，三人同时用自己的黑手揩了下自己的脸，确实是越揩越黑，干脆就这样吧。

三人担起各自的篮子向市区进发了，到市区后摆好摊，一边啃着自带的干饼子，一边吆喊着：“自家的杏子，又大又甜，便宜卖了……”路过的人看着脸如黑炭的他们，掩面而笑，看得出这是三个老实憨厚的农民，便不嫌弃地拥上来买走了杏子，差不多下午四五点就卖完了。

他们兜里揣着钱，满怀喜悦地赶到火车站，扒货车回家。货车停的站不定，如果在通安驿的上一站马河站停了，那通安站肯定不停，可那次在马河没停，是慢行通过，大舅害怕通安不停被拉远了，他指挥着说：“准备好跳车。”

先把篮子扔下车，怕把大姐丢了，所以让大姐先跳。大姐在大舅的指挥下，下到最后一个台阶后，大舅说顺着车走的方向跳下去，再跟着车往前跑几步（虽然大舅没学过物理上的惯性，但实践出真知）。没经验的大姐双脚着地后，没跑，瞬间哥哥看见她像个球一样滚了。他俩急忙跳下车往大姐的方向跑去，还没跑到跟前，大姐一骨碌站起来害羞地说："阿门着（为什么）滚了？"大舅提悬的心复位了，松了口气说："我的天爷哟！"

有了大姐第一次的良好表现，哥哥每次都领着大姐出去。有他俩做生意，我们的学费不再那么紧张了，他俩就成我们家的"生意人"，但凡假期总是不着家，自家没得卖了，就学着倒卖，什么赚钱快就倒什么。

更奇葩的是在大姐初三那年，暑假他俩还倒卖起了蔬菜，他们白天扒货车去陇西文峰镇或甘谷武山县去批发蔬菜，晚上乘坐票车（客车）迎天亮就到我们通安驿、云田镇或马河镇了，他们就在这三个镇赶集去卖菜。哥哥说每次一上客车，大姐就开始丢盹（打瞌睡），这倒没事，令他难堪扫兴的是，大姐坐着坐着睡着了，就直接滚到走廊里，引起周围人的哄堂大笑，大姐被笑声惊醒，迷迷糊糊爬上座位坐好，可不到五分钟，"喜剧"重演了。

在哥哥和大姐两个生意人的倒腾下，我们家的生活也有了些许改观，但毕竟是小打小闹的生意，四个人的学费能赚够就很不错了，人口多、劳力少、买不起化肥的事实还是没有改变，地还是务不起来，每年打的粮食还是吃不到来年的田熟（夏收）。

第二十五章　爸爸的名言

记得，小时候每学期开学前，爸爸都会把我们四个叫一起开个会，给我们说好多的名言哲理。让我们的耳朵都“起茧”的几句是：

人穷志不短。

不吃苦中苦，难为人上人。

宝剑锋从磨砺出，梅花香自苦寒来。

逃出农门的秘诀是要善于高瞻远瞩，不拘泥于现状。

对于成功要有正确的思维态度，不要认为成功靠运气，其实成功的要素掌握在你们自己的手中。

你能飞得多高，是由你的态度决定的。

吃的上可以让人，学习上决不能让人。

每个人心里都要定个目标，目标能给你一个看得见的射击靶。你们的目标我来定：就是考大学。

娃们时刻记着笨鸟先飞，未雨绸缪，不要亡羊补牢……

啊哟，我佩服老爸，说起来是滔滔不绝，没完没了的。哥姐听得全神贯注，可我听得昏昏入睡（不懂得深奥的道理）。

在老爸的灌输中，这些名言哲理在我们兄妹的心里生根结果了。我们在学习上个个争先恐后，朝爸爸定的目标奋斗着。

那时候农村的房都是土坯房，房子里的墙一般都是用报纸或书纸糊。稍微好些的家庭在用报纸糊完后表层再用白纸糊上一层，显得清亮好看。我们家买不起白纸，也没有什么报纸，我们用的都是些哥姐用过的旧书。

我们用旧书糊完后再在上面贴上我们的奖状。这些上墙的奖状无意中成了我们几个竞争的见证，在学校里我们要和同班同学争，在家里还要在兄妹们之间争。

晚上我们在昏暗的煤油灯下学习。尤其在轮流种庄稼那会儿，下午的课整个听不上，只有在晚上开夜车自学，不懂的就在第二天问老师。家里只有一张旧桌子，那是哥哥和大姐的，从来没有我和二姐的份儿。

土炕既是睡觉的地方，也是我和二姐的“课桌”，我俩趴在炕上写，妈妈睡在我俩身边，不时地注视着我们。

二姐趴一会儿就睡着了，妈妈总会提醒似的说：“家个（这个）红红眼睛闭得严严个么，看色（啥）着呢？你看人家几个眼睛睁得圆圆的。”

我们四人都不甘落后，每学期下来我们每人都能捧回来一张奖状，到我小学毕业时房子的正墙都贴满了奖状。爸爸时时会望着满墙的奖状欣慰地笑，那是爸爸最开心的时候了。

因为我们兄妹的学习一直是名列前茅，出类拔萃，在我们那个小地方还真有一定“名气”。哥哥的年级比我高得多，我们姐妹三人都是一个比一个高上两级，所以待我上初一时前面两个姐姐已经给我铺就了一条很有优势的路。

老师一提到我的名字，就会夸我的两位姐姐，同样也将我夸上一番，没办法，为了证实我也是好样的，我就得老老实实地学，幸好每次的考试都证明了这一点——我们都是好样的！

我上初一时新增了“英语”这一新的科目，以前就老听两位姐姐时常“叽里呱啦”说英语，这下我终于可以和她们一起“叽里呱啦”了。

我们都对这门课程很感兴趣，一回到家，我们三个便用英语对话，日常的事尽量用英语讲，家里就成了一个小小英语角。

有次大姐的同学来家里玩，看到我们在家时常用英语对话，他便把这传成了一段佳话，人人称赞我们家的学习氛围的确是好，在玩中就能把英语学好了。

因为家里劳力少，我们一回家就会给牲口去拔草，但是这并不耽误我们练口语。我们三人就会边拔草边练英语，不但学会老师讲的，还从姐姐那儿学来不少高年级的知识，所以我的英语每次考试都是顶呱呱。四邻八舍看见了就说，李家的那几个娃走横摸路地念书着呢，怪不得学习好。

上初中那会儿真是记性好，老师讲的英语单词或者是短文，讲完也就能背下来了，短文我主要是先把汉语意思记下来了，这样就是翻译也能把英语说下来，再多读两遍也就熟悉了。

初中时学校举办英语演讲比赛，我和二姐都被老师推荐参加了。我们俩把这事可当回事了，每天走在上下学路上背啊背。我还给姐姐当评委把关，她也当评委给我把关。包括每句英语用什么语调比较好，我们都要揣摩半天。那时也没个录音机，所以没法听到原版的发音，只能靠自己的语感去揣摩。这次比赛我和我同学的对话得了一等奖，姐姐得了二等奖。

我们个个学习好这是我们家最大的荣耀，也是我们最为阳光的一面。但是一想到我们的生活，我们都会陷入无限痛苦之中。

每年到四五月，家里那个装面的长袋子就瘪瘪地耷拉着掉在地上，眼看着吃不了几天就又得找人借粮了。

爸妈愁容满面，一时决定不了，这次该向哪家借一些好呢？虽然是亲戚，但借的次数多了也不好张口了。

穷人的孩子早当家，这时我们已不再是那个吃了这顿，不管下顿怎么吃的孩童。我们看着地上耷拉的那个布袋，看着爸妈的愁容，已然明白我们的生活将面临着什么……

四五月正是门前花开的时节，此时我们再没有心情在门前的花海里玩耍。晚上我们姐妹仨睡在铺着烂席片子的土炕上，睡意全无，聊着家里的生活，想着爸妈的不易。

有时聊着聊着感觉生活快要过不下去了，我们仨便抱头痛哭。哭完后，我们又互相鼓励，只要把功课学好，就是对爸妈最大的报答！借粮的事只好让爸妈发愁了。

同样睡在另一个窑洞里的爸妈也是一夜未眠，他们商量着第二天去谁家借粮的事……

第二十六章　哥哥复读

家里的贫困并没有摧毁爸爸的座右铭——永不放弃，而是更加激励着我们勇往直前。

爸妈起鸡叫睡半夜在那几垧贫瘠的黄土地里操劳着，我们兄妹在学习—劳动、劳动—学习中循环往复，向爸爸定的那个目标努力着。

爸爸心里只有一个愿望，让孩子们跳出农门，离开这个让他伤心、痛苦的地方。只要这个愿望能实现，再苦再累都是值当的。但是愿望的实现要受到很多条件的牵制，那时考个大学就像是挤独木桥，实在是难上加难。

哥哥马上面临高考，猛然间要加考英语，这对于从未学过英语的哥哥来说就是当头一棒。哥哥是万念俱灰，差点要放弃高考。在老师和爸爸的百般劝说下，才参加了考试。

考完后就是焦急的等待，等待出分，又怕出分，那种心里的煎熬我们都有所体会。全家在期待和恐惧中迎来了高考成绩，哥哥其他成绩不错，但是英语后面是“0”。高考原则：见零不取。

全家人陷入沉默中，家里静得只剩下彼此的呼吸声。突然爸爸发话了，他用高八度的嗓音喊道：“失败是成功之母，总结经验明年再考。”他底气十足，万般苦难压不垮的老爸，再次给了哥哥极大的鼓舞。

哥哥的落榜对我们仨是莫大的打击，“考大学”这个目标时时压得人喘不过气来。谁都心知肚明，但却都守口如瓶，不敢冒出一句让人气馁的话。

在爸爸的鼓励下，我们照旧拔田、背田、打田（用连枷）、放驴割草念英语，哥姐继续着小生意……

不知不觉中夏收结束，开学已至。我们迫不及待地分了钱，各自拿着学费报了名。新学期，新目标，旧面貌的我们又开始奋斗了。

哥哥新的目标是把英语抓上去，可是从零开始要学到高考水平，谈何容易？一有时间就背，晚上我们还可以给他当英语老师。

哥哥这样没日没夜地努力了一年，最终英语还是考几分，并且英语花了过多的时间，其他几门功课受到严重影响，整个成绩下滑，又一次落榜。

哥哥席地而坐，眼泪像断线的珠子一样从脸颊上滚落下来，一年的辛苦努力又付诸东流。他觉得对不起日夜操劳的爸妈，更不知道怎样去面对望子成龙的爸爸。

他顿时觉得上大学的路是那么遥远，是可望而不可即的，过往的学习、考试都好像是梦境，过去的就成了历史，过去的就过去吧。收拾起考学的心愿，做一个踏踏实实的农民，不也是生活？

其实哥哥的落榜对爸爸造成的痛苦不亚于哥哥，只是看着痛苦欲绝的哥哥，他只能把他自己的痛深藏起来，深深地埋在心里那个不易触碰的角落。

哥哥躺在烂席炕上瘫睡着，茶饭不思，爸妈疯了似的跑前窜后地劝说：“我的娃你起来吃点，今年考不上还有明年呢。命没了那就什么都没了，你这个样子还叫我们怎么活？”

我们仨看着哥哥这样也着急，围在哥哥旁你一句我一句地喊着让他起来，哥哥嫌我们吵翻了个身接着睡，这时平时总和哥哥一伙的二姐有点不耐烦了。

“平时哄着吃我的白馍馍的那劲哪儿去了？这次考不好下次还可以考么，你这么长耶耶睡着算什么本事？你现在起来，今天我的白馍馍就全给你吃！”二姐站在炕头边喊着。

哥哥被二姐的话逗笑了，他一骨碌爬起来，说：“好！就这么定了，把你的白馍馍这会儿就拿过来！”

看病就是得对症，对于两天没吃饭的哥哥来说，这个白馍馍太对症了。

充满忧伤的日子过起来总是那么慢，这个暑假，家里的俩生意人也不出门了，哥哥只是默不作声地劳动，吃饭，睡觉，没人知道他在想什么。

开学的前一天，爸爸照样给我们分学费，这时哥猛然冒出：“我不要钱，我不上学了，我就踏踏实实在家务农，让她们三个一心上学，免得跑来跑去都念不成书。”

爸爸好似不相信自己的耳朵，对着哥哥问：“你说什么？再给我说一遍。”

决心已定，哥哥已不再胆怯，大声说：“我不上了。”

爸爸忍无可忍，他起身跑进了厨房，出来时手里拿着那把足有 15 公分长的宰猪刀，走到哥哥面前，把菜刀架在自己的脖子上，用恐怖的眼神盯着哥哥，像发疯一样怒吼着：“双儿，你上还是不上？如果你铁了心不上，那我告诉你明年的今天就是我的祭日！”

哥哥吓哭了，他也服了，他抱住爸的双膝说：“爸爸你把刀子放下，我去上我去……”

他答应爸爸去复读，但那晚上爸爸还是把刀压在自己的枕头下面，他是怕哥哥反悔。第二天哥哥去了学校，但他还是没有报名，原因是哥哥不想在镇中学读了，他给爸爸提的要求是：让我复读就得给我转学。

爸爸也知道镇中学的情况，师资力量差，有好点的老师也留不住，都调到县中学或别的地方了，师资力量的悬殊不可否认。爸爸想要让孩子考出去，老是在这个学校肯定是不行的。面对哥哥的这一要求，爸爸思考再三，最后还是答应了。

第二十七章　爸爸东跑西颠——为哥哥转学

爸爸又开始为哥哥的转学忙碌了，他先后找了县一中、地区一中，但是结果却令人失望。好在天无绝人之路，这时，爸爸想起他的一个学生孙敬业，是地区东方红中学的老师。

爸爸又穿起他那件压箱底的蓝卡其上衣和膝盖上两个大包的灯笼裤，戴着一个鸭舌帽，扒货车去了定西，找到东方红中学的孙老师。

孙老师对走向他的这位衣衫褴褛、面色黑瘦的乡下佬，没有一点印象，随口问："这位老爸您找谁？"

爸爸伸出他那双粗糙黝黑的手，拉住了孙老师的手，说："敬业啊，我是你的老师李克林啊！"

孙老师急忙端详着掩在帽檐下的脸："天啊！确实是李老师。几十年没见了怎么今天有空来我这儿了？"

一白一黑两双大手紧紧握在了一起，随之，孙老师张开他的双臂，紧紧地拥抱着他的启蒙老师，是激动，也是亲热。

孙老师带着爸爸来到了一家饭馆，点了当时最高档的菜肴，买了好酒，边吃喝边聊。孙老师对爸爸受的批斗有所了解，他不敢提及受批斗的那几年，生怕触碰到爸爸的伤痛，就避重就轻地聊着家常。

孙老师笑着说："老师经常教导我们吃水不忘挖井人，吃饭常想种粮汉，你看我们这些学生，真不像话，没有及时看望老师，也不知道老师您过得这么清苦。”

爸爸打趣地回应：“那都是书上糊弄人的，那先生还经常说，一日为师，终身为父呢，可现实生活中把师傅当父亲的有几个？还有句话，教会徒弟饿死师傅，这句倒像是真的……”说着师生俩哈哈大笑起来。

酒足饭饱后孙老师领着爸爸到他的办公室，爸爸这才谈到正事，他说：“敬业，这次我来是有个事想让你帮下我，我儿子已经高考两次了，结果都是名落孙山，主要是新开的英语不行，落后得太多。咱那儿你也知道师资力量还是赶不上城市中学，我想着你能否帮我个忙，把他转到你们学校复读一年，看能不能扭转下乾坤，考个学校，圆下我的梦？”

爸爸说话过程有点哽咽，坐对面的孙老师看见爸眼泪扑簌，安慰地说：“老师您别难过，转学这事虽然学校有学校的要求，但还是有办法的，我会全力帮您，把孩子转上来。您先坐着看书，我这就问校长去。”

不大工夫，满面笑容的孙老师返回来，告诉爸：“成了，校长听了你的过去和将来的打算，也很感动，一口答应了孩子的就读。”

爸爸激动得说不出话来，他深情地望着他的学生，拍了拍孙老师的肩膀（可能用“此时无声胜有声”形容当时的情景更为贴切），转身奔向了车站。

孙老师望着渐渐远去的背影，他的思绪被拉回到了30年前，他看到了站在讲台上那个声情并茂的李老师，他讲得精彩绝伦、扣人心弦……可是如今的李老师竟让生活折磨成了这样。孙老师长叹道：“生活啊……”

爸爸出了孙老师办公室，顿时觉得一身的轻松。他一路慢跑着奔向火车站，同时心里无数遍地默念着：谢谢你，我的好学生。他希望今天能扒个车，回到家里，尽快地把这好消息告诉给他的儿子。

夕阳西下，皎洁的圆月已早早挂在了天空。白天放牛放羊的孩子已经回到了家中，山间恢复了宁静。只有那皎洁的月光带给这片土地点点生机。

哥哥站在庄前的土墙边，双眼盯着落在他脚边的树影陷入了沉思：他提的转学这一要求，逼得爸爸东跑西颠，前两次回家他看到的都是爸爸失望的眼神。

那时，他多想给爸爸说：别跑了，我还是在这儿念吧。他不希望爸爸为他这么为难，可是话到嘴边他又咽了回来，因为他知道如果还在这儿念下去，明年的结果还是一样。还有这转了学，家里的负担更重，爸爸是否能承受得起那么大的压力……一切的一切，这时正折磨着这个 19 岁青年的心。

“双儿，我回来了。”爸爸的喊声惊醒了沉思中的他，他抬头看见爸爸正在门前的土坡上往上走，累得气喘吁吁，看样子肯定是一路小跑着来的。

哥哥看着爸爸那一脸的兴奋，再加上刚才叫他的语调，他已确信今天爸爸没有白跑。果然不出所料，爸爸把找孙老师的事前前后后说了一遍，哥哥笑逐颜开，瞬间像变了个人似的，立马跑到窑里，着手收拾书本、行囊，进入了“备战状态”。

爸爸坐在炕边，看着积极准备东西的儿子，开心地笑着，嘴里不由得说出：“乖子怂。（农村对孩子的爱称）。”

这时爸爸才觉得一身的疲惫。这几天为了哥哥的转学操碎了心，今晚他终于可以睡个安稳觉。他起身向他的窑里走去。

第二十八章　在危险中拾炭捡煤的日子

哥哥最终如愿以偿，到东方红中学复读了。学校离家远了，回一次家坐火车也得两个多小时，还得要五毛钱的车票钱，所以哥哥就很少回家了。

家里的贫穷反而给了哥哥更多的时间，除过吃饭睡觉之外就把时间全用在了学习上，周末也是一样。爸妈也不再担心儿子扒火车的危险，好似把宝贝儿子还放到了安全的地方。

哥哥这个重劳力不在，家里好多活只能落在大姐和二姐的身上，尤其是在火车站拾炭（煤）背炭的活。

20 世纪 70 年代，通安驿火车站通过的好多货车都在着站停靠加水上煤，催生了一大批拾炭族。我们离火车站近的山里人也加入到拾炭的大部队行列。

那时候的货车都是蒸汽机，用燃烧煤的方法产生内能，再将内能传递给水，水吸收大量内能后沸腾汽化，产生水蒸气，水蒸气推着火车跑。所以货车头上贮存着足够的煤。

我们家刚开始是妈妈一人去拾，每天背点黑面干粮饼子早早出发，天黑了爸爸去接妈妈回来或由上学的哥哥顺道担回来。因为妈妈运气好的话会拾到两篮子煤炭，妈妈担不动。

有一天，天快黑了，我们姐妹仨心急得不行，就想跟着去火车站找妈妈。我们仨走在铁轨中间，拾着车道中间的石子，完全没有听见远处“扑哧扑哧”的补机头（车头）在慢慢向我们靠近。一位铁路巡检的工人叔叔把我们从铁轨上叫了下来，几乎同时一辆补机头发出了刺耳的“报……报……”声，从我们面前呼啸而过。看着飞速而过的车头，我们三人吓得脸色煞白。这位好心的叔叔让我们躲过了一劫。

等到放寒假时，拾炭的活就全由哥哥和大姐承担了。我家兄妹俩和大舅家姐弟俩四人一块儿拾，巧的是哥哥和表姐同岁，大姐和表哥同岁，四个人每天比赛。每次哥拾的比表姐多，但是大姐却拾不过表哥。回家后，哥哥就会气哼哼地把大姐说上一顿：“笨死了，连个拴喜都拾不过。”

要进站的货车的报警鸣笛声特别刺耳。拾炭族远远听到鸣笛声，就靠近将要停车的铁轨边准备冲刺。因为就火车头储煤仓底下的隔板和旮旯拐角有加煤时撒下来的煤炭。只有手脚利索、动作麻利的人挤上去三至四人，然后快速地抢那些撒下来的煤炭。

车停了，司机下来会打骂，有时甚至一把把拾煤的人从台子上扯下来，摔在地上，还不解恨地踢上一脚。由于害怕，大姐这时就失去了卖杏子时的“利索”，她双手哆嗦着铲煤、装煤（这就是大姐拾不过表哥的原因），速度比哥哥慢了很多。虽然害怕，但是一家人做饭的煤只能靠这种办法获得，所以拾煤的日子还得在这种心惊胆战中继续。

那时哥姐回来时还经常讨论着哪个列车员人善良，哪个太怂哈（太坏）了，还时常口里骂骂咧咧地念叨：那个司机真是个坏怂，那么心哈（坏），咱们拾的只不过是掉下来的煤么，好像掏了他的心脏似的，脸拉得那么老长，恨不得把人摔到十八层地狱去。

大姐还幼稚地问哥：“你是打不过他们么，你怎么也不还手，老让驴脸的东西欺负？”

哥说：“你这超子（傻子），不打着人家都不让拾，还打？唉！等我以后成了火车司机，要善待和我一样拾煤的穷人。”

哥转学后，妈妈就带着二姐一起去，妈妈是小脚，车虽然是慢行，她还是跑不过车，这时就是二姐冲锋陷阵的时候了。她比较机灵，还跑得快，火车头刚刚进站时，她就像一个滚动的皮球一样跑起来了，紧紧地跟住前进的火车头，等车速慢下来的时候她就抓住司机上下踩的台阶，顺车走的方向继续跑上几步，然后一跃钻进旮旯里，把那堆掉下来的煤占住，等车停稳了，妈也爬上去，两人就开始铲煤，等装够两人背的量就回家。

有一次火车没停稳二姐就跳上火车头的煤仓底下的那个管道，眼睁睁盯着像磨盘一样大的火车轮继续向前滚动，一会儿又后退几步才停稳。停稳后，车头上的工作人员拿个铁榔头下来，朝二姐屁股蛋狠劲敲一榔头，说：“你不要命了？”二姐又哭又骂一瘸一拐地离开了火车头。

也不怨那个工作人员，因为我们这拾炭族里有好多被车轮压成两截丢掉性命的，还有好多被压断腿、胳膊伤残的。二姐的这一幕实在是太危险了。最后同去的人带话叫爸爸来把二姐背回了家。那一榔头虽然没有伤着骨头，但也让充当男子汉的二姐疼了一个来月。

因为老听拾煤的人说谁谁被火车碾死了或撞着了，所以从小我就对火车有种畏惧感，远远地听见火车“呜呜”的鸣笛声就吓得心惊肉跳，所以妈妈去拾炭的时日，我心里会一天不能安宁，尤其听同去的人说，妈妈扒在车上，车起动了还不下来时我更加担心了。

有一天妈妈和二姐又要去火车站拾煤了，有了二姐的那次危险，我心里更是担心。我整天在惊慌中等待着，希望她们俩能平安回家。

我焦急地跑出跑进，不时遥望远处的河坡上有没有回来的她们，但她们还是迟迟没有归来，我索性趴在场边的土墙上等。远处层峦叠嶂的山丘上盖着一层枯黄的野草，雪白的羊群在山丘上撕啃着，放羊的娃们点燃了土皮上的枯草，火焰被风卷着熏熏燃起，受惊的鸦雀扑棱着翅膀从地表飞起，停落在不远处的光杆树枝上。烈火过处是山丘黑一块焦一块的残体。

冬天的太阳早早地从光秃的西山上坠落，能带给这山丘一点点生机的乌鸦和麻雀也早早地回巢取暖了。龙卷风卷起的浪浪黄土，翻卷着从我身边滚过，远处麻乎乎的河坡上仍然看不到她们的身影。

爸爸也着急了，他挑起了扁担，想着可能拾得太多，背不回来了。他从门前的土坡上正往下走，准备去接她们，这时从阳坡山底上来的人喊着："李家爸，李家婶被列车员打伤了，快去拉！"爸爸失神地站在土坡上，"昂……昂……"地答应着。

他从土坡上跑上来，自言自语道：上次是红娃，这次却是你。紧接着是"哎——"的一声长叹。爸爸借了大舅家的架子车和表哥一起往车站跑去。

他们沿着山脚下蜿蜒的小道慢跑着，夜幕降临，整个山间慢慢笼罩在漆黑的夜色下，形如弓的月牙没能给这黄土山峦一点点的亮光，它羞涩地躲在一团黑云后面。

不大会儿工夫，他俩已经跑到了通安中学围墙外，漆黑的夜空下唯有火车站处灯火辉煌，好似给贫人们宣告着它的威严。那儿有爸爸的亲人，还不知伤得到底怎么样。他看着前面耀眼的灯光，心急如焚。他顾不上拉着车的拴喜，大步向车站跑去。

在火车站的候车室门口，爸爸看到了脸如黑炭的妈妈和二姐，妈妈平塌子坐在门口的水泥地上，二姐圪蹴在妈妈的身边，旁边是两个装着半满的煤筐子。娘儿俩跟要饭的没有什么区别。看到眼前的一幕，他的热泪又一次在眼眶里打转了，他用他的大手揩干了眼泪，跑过去抓着妈妈的黑手，问打哪儿了？

二姐哽咽着给爸爸讲述着事情的经过，原来妈妈和二姐爬上去拾煤时，列车员用尖嘴榔头打在妈的大腿上，这一打妈妈就动弹不了了，二姐在其他人的帮助下，把妈妈从车上扶下来。

爸爸摸着妈妈的大腿上那个肿得老高的鼓包，妈妈痛得哆嗦，他想应该是伤着筋了。这时拴喜拉的架子车也到了，他们就把妈妈扶上车拉回了家。家里也拿不出钱来给妈妈治疗，爸爸每天用白酒烧着给妈妈洗。伤筋动骨一百天，妈妈在家休养了整个冬季才勉强下地。

人穷命贱啊。拾煤的日子还得在危险中继续，在这无望的岁月里我们终于盼到了哥哥的录取通知书。

第二十九章　我家的第一个大学生终于诞生了

1984 年暑假的一个中午，我们背完麦子刚把身上的“盔甲”（绳子和护肩的烂衣服）卸掉，突然一阵清脆的车铃声传来，机灵鬼二姐一步奔到场边，爬到墙边瞭望，兴奋地喊：“你们过来看，庄下面有个送信的（邮递员），骑的自行车。”

哥好像在自言自语：“少见多怪，不知道乏的。”

哥哥的嘟哝声被不远处的二姐听见了，她凶巴巴地反驳道：“就你见识广，谁不知道你是大城市定西来的。”

场边的埂垯上一北一南长着两棵高大的杏树，此时枝叶茂盛，枝丫上挂满了黄澄澄的杏子，有那么几个淘气的还将身子藏在巴掌大的树叶下面。北边树上杏子是包黄杏，形状如槟榔，等外面黄时就全掉地上了，南边那棵树上的杏子，就如剥过皮的荔枝一样水灵，色如金，香甜可口。

我爬到南边那棵大杏树上，挑着揪了一个最大最软的杏子塞进嘴里，就开始挑着揪了满满两兜，还同时把自己埋在树叶下的阴凉里。大姐则斜躺在麦垛的阴凉里，昏昏欲睡。我俩各干其事，没心思为哥和二姐辩解。

突然传来二姐的一声尖叫：“哥，送信的在咱们家坡坡上来了。”

这时他们三个已经冲向五十米远的土坡坡那儿。俗话说上树容易下树难。身上的破衣烂衫给我下树造成了诸多不便，不是挂在这个树杈上就是那个树枝上，此时我真恨身上这身行头了。

我索性就站在高高树干上，撩开树叶看着土坡上发生的“奇迹”。果不其然邮递员已经从坡坡上上来了，他把他的飞鸽牌的半旧自行车撑起立在坡下的大路上，问跑到他跟前的哥哥：“你就是李岳军吗？”

哥连连回答：“就是就是。咋了？”

邮递员欣赏地拍了拍哥的肩：“岳军同学祝贺你，我是给你送录取通知书的，恭喜恭喜！这个年代考个学校真是太不容易了，你也是这山沟里我们送的头一个。你真棒！”

哥双手接过那个期待已久的信封，蹦了三丈高，接着是大姐二姐旁若无人地呼喊：“哥哥考上了，哥哥考上了……”

邮递员怕破坏了此情此景，挥挥手悄悄离开了，等他们反应过来时，他已骑着车远去了。

此时我再也管不了那么多，身上的衣服任由树枝去撕扯，三刨两下从树上下来，装在兜里的杏子也滚落了一地，扔下那双碍事的烂鞋（上树得穿着，免得树枝扎脚），向坡坡那边飞跑过去。

被他们的吵闹声引出门的爸妈，不知道发生什么事了，开玩笑地说：“这几个乖娃子，背了半天麦还不知道乏，要不再背上几趟去。”

哥哥高高举着那个信封说：“爸妈，我考上了，考上了！”我们四个跑过去，围住爸妈，高兴得手舞足蹈。

爸爸激动得泪花在眼睛里闪烁，他接过哥哥手里的信封，小心翼翼地打开信封，拿出里面的录取通知书，双手捧着读了起来：“李岳军同学你已被四川财经学院录取……”

随后我们跟着爸爸来到他睡觉的窑洞，他戴上老花镜坐在炕边上，再次认真地看着那张无比珍贵的录取通知书。为了这张迟来的通知书曾付出的心酸又一次展现在他的眼前。“文革”时期他没有一点点尊严地被批斗，儿子第一次上学前的谈话，儿子不复读时他刀架脖子上的以死相逼……回忆是痛苦的，他闭上了眼睛，任由眼角的泪珠在他面颊上滚落。

良久，爸爸睁开眼看到站在地上的孩子们，急忙揩干了脸上泪水，掩饰地说：“真是喜极而泣，喜极而泣啊！”他举手在已高出他半头的儿子头上摸了摸：“乖子怂（爱称），真是争气！”

这时厨房的妈妈大喊道：“饭好了！端饭了！”音量比以前大了好多倍。妈妈今天为犒劳早上辛苦的我们，做了臊子面。

大姐和二姐自觉地跑到厨房里端饭，哥哥把那个四方的炕桌一手提着放到炕上的席片上，妈妈和姐姐们每人手里端着两碗放在饭桌上。

爸和哥爬上炕，盘腿在炕桌左右两边坐下，妈妈坐在炕桌后面，我则挤在爸妈的中间，大姐二姐吊着腿一左一右坐在炕沿边上。一家六口人往常就是这个坐法。

爸爸开玩笑地说：“今天这个喜庆的日子，我真想喝上两杯。哎，没酒么！”

妈妈揶揄道：“你还愣上两杯杯……”

这时我们都拿起筷子往嘴里扒拉面了，六张嘴吸着长面，“吁吁”的哨子声此起彼伏。两个姐姐急忙吃完第一碗，一个跑去煮面，一个准备端饭。

我眼瞅着爸爸快吃完的碗，快速地往嘴里扒拉着面，以让姐姐给爸爸端时蹭上一碗。

哥哥到吃第三碗时斜躺在叠起的烂被子上，一口气吃了四碗，说今天臊子面怎么这么好吃，人逢喜事精神爽。等他要下炕时才发现他的肚子吃了个滚圆，吃得胀住了。

哥哥拿着他的录取通知书，信步来到场边的大杏树下，捧着那张通知书又看了一遍，自言自语道："是真的。"

高挂的艳阳给整个山间披上了金装，一垛垛的麦摞耸立在远处的山川里，麦秆反射出的束束金光，让人不由得皱着眼睛。

几只机灵的鸦雀趁人午睡时，在麦垛阴凉下偷吃，它们在哥哥口哨的惊吓下扑棱着飞走了，有只机灵鬼起飞时还不忘嘴里叼个麦穗。哥哥被这只机灵鬼逗得直乐。

金色的天空中时不时飞过一群麻雀，它们急忙落在河沿边那块糜子地里，偷吃还没有熟透的糜子。

天下生灵皆为嘴啊。哥哥看着这些偷食的鸟雀，情不自禁地想起了他住校生涯的艰辛。

他每学期也就回来两三次，每次都要从家里背半大袋子面，下了火车后，一肩斜挎着书包，一肩扛着面走到天黑才到学校。

周一把面交到灶上，交白面就打白面馍，交黑面就打黑面馍。家里虽然白面紧缺，但为了出门在外的他，爸妈还是尽量把白面留着他背。但是过完春节家里实在背不出来白面时，他不得不背着黑面交到食堂。

每到打饭时候，就忍不住难过，看着灶上的饭菜馋得流口水。对于每次从家来时，兜里只揣着几毛车票钱的他，吃一顿没有肉片的素菜也只能是奢望。他每顿只能打两三个馒头，再打一壶免费的开水，开水泡馒头就是一顿饭。到开春时，就只能吃开水泡黑馒头了。

后来他学聪明了，他就等到最后才去，这时饭菜都已打完，免得他"望梅止不了渴"，还流一嘴的哈喇子，也可以避免别的同学的"评头论足"。

时间不会倒流，一切都成了过去。哥哥默念道：拜拜了我的高中生涯！再见了我的少年时代！不知道开学时，迎接我的又是怎样一个学校，怎样一个环境。

1984 年在定西复读一年的哥哥终于金榜题名，哥哥的录取给了爸爸极大的鼓舞，给我们三姐妹有了一个更为明确的奋斗目标。我们全家人都沉浸在喜悦中。

但对于爸爸来说，高兴之余还有着沉重的压力：哥哥的学费（200 多元）从哪里来？这个问题困扰得他夜不能眠。

第三十章　爸爸来之不易的第一笔贷款

不管有什么惊天动地的大喜事，我们家永远和那个“穷”字撇不开关系。爸爸历尽千辛万苦供出了个大学生，可是从拿到通知书那一刻起，学费又成了爸爸的心头“大难”。对于整年整月在土里刨食的他，每年连家里六口人的口粮都刨不够，怎么能刨出这么多的学费呢?

看着全家人个个眉开眼笑，他不忍心破坏大家的兴致，他把他的“心事”深深地埋进心底，脸上也洋溢着灿烂的笑容。深夜他躺在那个铺着烂席片的土炕上，掐指算着四个孩子的学费。

儿子学费加上车费最少也得拿上300元，一个高中生，还有两个初中生怎么着也得四五十元，加起至少得350元。脑海里装着的这个“天文数字”，使他的脑子异常清醒。此时家人均匀的鼾声在这静谧的深夜显得是那么清晰。

他悄悄起身，摸黑穿上放在身边的衣服，溜下炕沿，光着那双黑瘦的大脚走出了窑门，他怕鞋底的趿拉声惊醒熟睡中的妻儿。

也是一夜未眠的妈妈，目送着爸爸摸黑走出去的背影，满脸的忧伤。她也清楚地知道，儿子去那么远的地方上学，再加上三个女儿，光靠她卖鸡卖蛋的钱是远远不够的，可是除此之外，她是一点法子也没有。就她的那几个兄弟每年借点粮食还可以，借钱肯定是没有的。

妈妈心里着急，但她又不敢问爸爸学费的事，怕给爸爸增加无谓的压力。但是她还是相信这个久经磨炼的男人，最终会把这个难题解决。

爸爸很自然地走出大门，靠着场墙坐在杏树下。他抬头望着天空眨着眼睛的繁星，此时好像在讥笑他的寒酸。深更半夜，黄土高原上的一切生灵都沉睡了，就连层峦的山丘也在静谧的夜空下沉沉入睡了，让人不忍心去打扰。

他从兜里掏出纸条再次卷起了老旱烟，烟卷叼在嘴里时才发现火柴并没带在身上。他下意识地吧嗒着嘴里的烟卷，绞尽脑汁想着筹钱的办法。借肯定不行，亲戚朋友虽然不愁吃了，但每家钱也是紧巴巴的，就是有点积蓄也不敢借给我们，是怕还钱的日子遥遥无期啊。

他思前想后，只有一个办法，就是贷款。可是贷款不是说贷就能贷上的，一要了解你的家里状况，看有无偿还能力，二还要有熟人，不然就是贷了款，钱也不能及时到手。学费不等人啊。

他自言自语道："不试怎知道能不能贷上呢？明天就去试试看。"他起身拍打着裤子上的黄土，紧锁的眉头也有了些许舒展。

远处公鸡的打鸣声从空旷的田野里穿过，紧接着近处的、远处的公鸡都"喔喔喔的……"地鸣叫了起来，公鸡的打鸣声此起彼伏，自家的花公鸡也扯着嗓子高叫着。

公鸡的打鸣声预告着黑夜的结束，白天的到来。早起的农民听到第一声鸡叫声，就得匆匆起来，开始新一天的忙碌。

一夜未眠的爸爸眼睛里已布满了血丝，他进屋和衣躺在炕上，想着稍稍眯会儿就去信用社。此时妈妈再也睡不住了，她悄声起来，缓缓闭上窑门，让这个饱经困苦的人儿多睡会儿。

天大亮时，爸爸“穿戴整齐”后向通安街上的信用社走去。

他早早地来到了信用社门口，信用社的大门紧锁着，还没到开门上班的时间，他就平塌子坐在门前的土台子上，抽上了旱烟，思考怎么向工作人员开口。别人都是盖房子、买牲口贷款，我这供学生贷款，可能也是头一个，越想心里越忐忑，嘴吧嗒烟的频率也越来越快。

信用社的门终于打开了，爸爸掐灭烟头，把没着完的半截旱烟揣在衣兜里，走了进去。他拘谨地讲述着他贷款的原因，工作人员听得有些不太耐烦，摆着手说道：“问题是我贷给你了，你怎么还？啥时候能还？”一句反问让爸爸哑口无语，他的确不知道啥时能还哩。

第一次贷款以失败告终。他蔫头耷脑地退出了信用社的门槛。一夜未睡想出的办法就被一句话否定了。俗话说，一分钱难倒男子汉，更何况是个天文数字。

他在白茬茬的碱沟里深一脚浅一脚地走着，夏天的碱沟里依然没色彩，河沟里细小的那点溪流也被高挂的艳阳“吸”干了，以前流过水的河滩此时全是大大的龟裂。

他依然沉浸在刚才的那句质问里，他什么时候能还呢？这个问题他久久不能给出答复。

他的希望破灭了，眼泪不由得从眼角再次滑落下来。他找了一块没被白碱覆盖的黄土坡，坐在土坡上。趁着没人，就让他在这安静的深沟里多哭会儿吧。

眼泪流干了，留下的是坚强。眼泪好似冲走了他心里的所有烦恼，他想起了儿子的那张录取通知书，那是大学录取通知书，那就是希望。办法总是会有的，有什么可哭的，他为自己刚才的泪流满面感到羞愧。

爸爸回到家里，大姐看到他布满血丝的眼睛，用安慰的口吻说：“爸你别太着急，实在不行我们三个女子就不上学了，识的字也不少了，可以做生意赚大钱供哥哥上学。”话还没有说完，眼中的泪水已然出卖了她。

爸爸心知肚明，大姐是四个孩子里面最爱上学的一个，怎么能舍弃上学。爸爸倒反过来安慰起姐来了：“我的娃，这事不用你们操心。你们只管学习，把成绩搞好，考上大学，爸爸就是趴在地上舔羊粪心里也是踏实的，否则我死不瞑目啊！”说着爸爸也哽咽了。

贷款的事还在无望中继续着。一天中午爸爸从信用社回来，还是两手空空，但眼神告诉我们今天是有所收获的。他坐在屋檐下，捣着罐罐茶，眼睛被火盆里冒出的浓烟熏得睁不开，就半闭着眼睛，叫我们几个过去。我们围坐在他的周围。

他说：“今天虽然没贷上款，但有收获哩。我今天问了下信用社的人，他们的头儿刚好是我的一个学生，这几次我都没碰上他，我打算明天早上再去一趟信用社，他不在的话我就直接找到他的家里去。”

第二天爸爸又去了信用社，这次运气还不错，他找到了他的学生。他的学生——信用社的社长，很热情地给他沏了热茶。他也听说他来了好几次，只是他没在社里。

爸爸有点难为情地说：“孩子考上了，就是没学费走不起了，我想贷点款，让孩子上学去，只是还款的事……”话还没有说完，社长接过了话：“李老师，这是天大的好事啊，只要孩子大学毕业了，你还怕还不上款吗？贷，肯定得贷！”

第一次爸爸找的那个工作人员此时的脸色就像酱紫的茄子，他很麻利地给爸爸办着贷款手续，爸爸签下了贷款人的大名，社长接过签批了。这次顺利地办完了贷款手续，社长让爸爸等下个赶集日时拿钱就行。

人间自有真情在，爸爸被这真情深深地感动着。心里的大石头终于落地了，他精神倍爽地走在回家的那道深沟里，头上飞过的麻雀叽叽喳喳地唱着欢快的歌曲，此时飘进爸爸的耳朵竟也是那么的悦耳。

经爸爸不懈的努力，学费终于有了着落。我们个个喜出望外，等待着开学日子的到来。在临开学的几天里，哥哥每天早起晚睡，他希望尽可能多地干些家务活，以减少他走后爸妈的辛苦。

第三十一章　家里的顶梁柱爸爸病倒了

爸爸如期拿回了贷款350元，我们四个忙得热火朝天，争取在家里的大劳力上学之前，庄稼都能颗粒收仓。

我们起鸡叫睡半夜地在家里的那个400多平方米的场里，打、扬、收装着豌豆和麦子。当然更重要的是，先把哥哥走时要交粮站的麦子打完扬好。

正午的太阳火盆似的高高挂在天空，场里摊开的一道道麦秆，反射出的金光刺得人睁不开眼睛。场边的两棵杏树也被烤得失去往日的神采，耷拉着叶子。场里那望不到边际的一片金黄的麦子，经过我们四人的打和扬，晚上都要颗粒归仓，想想心里便开始发怵。

家里的大花公鸡带领着一群母鸡大摇大摆地向麦场走去，要抓紧时间好好美餐一顿，可是哥哥举得老高的连枷吓跑了趾高气扬的鸡群，公鸡扫兴地领着它们向庄后的树荫跑去，"咕咕"的呼唤声渐行渐远。

场里的麦子在"火盆"的烧烤下时不常发出"噼啪"的声音，我们四个戴上草帽，举起连枷，在这炎炎烈日下开始了打麦子的苦力活。

这时，犁完地的爸爸肩上扛着铧犁、赶着毛驴从家门口的那个土坡走上来了。远远看着爸爸走路有点一摇三晃的样子，哥哥说今天爸爸咋累成那样了，都走不上来了。

他放下连枷跑过去，从爸爸肩膀上取下犁，扛在自己肩上，看着爸爸黑瘦的脸和干得起痂的嘴皮，顺口问："爸爸是饿着了吧？"

爸爸气喘吁吁地爬上坡，缓了会儿说："胸口憋得慌，可能是累着了。"然后就顺势坐在了狗窝旁边的埂子上缓着。哥哥放下犁，把毛驴吆着圈上后，看到爸爸还坐在那个埂子上，就叫起爸爸，让回家吃点东西歇会儿。

妈妈看着爸爸疲惫不堪的样子，就赶快端了一碗甜醅子（醪糟）。爸爸吃完后胸口是一阵剧烈的绞痛。听到妈妈的喊叫声，我们四人扔下连枷跑进屋时，爸爸痛得在炕上缩成一团，豆大的汗珠从额头上滚下，干痂的嘴唇成了紫黑色。随着一声剧烈的咳嗽声，殷红的血从他的嘴角溢出。

妈妈吓得跺着那双小脚，声音也哽咽了，我和大姐也着急地掉着眼泪。看着此情此景，哥哥那颗一直在爸爸庇护下的心，此时却有了前所未有的淡然。他想着他不能乱，不能慌，他已经成了顶天立地的男子汉，此时他就是家里的主心骨。

他让此时还没有掉泪的二姐去大舅家叫上拴喜，并拉上架子车，让妈妈把爸爸贷的钱都给他。他和拴喜送爸爸去定西，家里的活先让大姐照看着干。

他有理有条地安排完这一切，扶起缩在炕上的爸爸，背着走出了门，从土坡上走了下去。两个年轻人拉着架子车向通安火车站跑去。

妈妈手里拿着包过钱的红布，此时红布里只剩下几张破旧的分分钱和毛毛钱，她动作缓慢地把那个红布左卷卷右卷卷地重新包起，然后把顷刻变得瘪小的红布包紧紧攥在手里，所有希望瞬间变成了泡影。

她走进厨房那个大窑洞里，刚才烧的开水还在锅里冒着白气，擀开的那张白面皮在案板上干得周围已经裂开了小口，她嘴里絮絮叨叨地念着："你一定要好起来，一定要好起来……"

然后双膝跪在灶头前面，给灶火眼续上麦柴，嘴对着灶火眼"噗噗"地一顿乱吹，易燃的麦子秆在灶膛里"哗哗"地冒着火焰。那锅开过了的水很快再次在锅里冒起水泡，沸腾了起来。

妈妈跪在那里，脑子里全是刚才爸爸痛得吓人的情形，眼泪不停地从眼眶里涌出，只是机械般地往灶膛里续着麦柴。她又想到了即将开学的儿子，那些来之不易的贷款，那个瘪瘪的红布包，还有唯一的希望——那几只大大小小的鸡……

儿子收到录取通知书的欢乐、学费的难心、成功贷款的喜悦到现在的绝望，一切变得太快，让身为农妇的妈妈根本无法接受。

场里打完一遍麦子的我们三个进院准备吃饭，看到厨房门里冒出的白气，我们赶忙跑进去，热气充满了厨房的每个角落，白茫茫一片，唯一能看到的是灶膛里冒着的火焰。我们的脚步声吓醒了失神的妈妈，她站起来看着锅底剩的那点点水，说："我怎么糊涂了，水都快烧干了。"

在大姐的安排下，我们打完了麦子，二姐学会了扬场，到夜幕降临时，我们也把早上摊开的那一大片麦子颗粒收仓了。在这多半天中，我们都焦急地等待着拴喜回来，等待着爸

爸的诊断结果。吃完晚饭，辛劳一天的农民都已进入了梦乡，我们一家却趴在场边上，焦急万分地等待着拴喜回来，唯有他能带回爸爸的病情。

听着二舅家的狗叫声，我们想肯定是拴喜回来了。果然，他从二舅舅家的庄顶上来了。妈妈跑进厨房，给拴喜煮了一碗臊子面。

大夫说爸爸得的是肺病，是劳累过度，再加上压力太大，休息不好引起的，再加上吃的那个醪糟引发了。住上一个礼拜就可以回家休养了。

哥哥离开学也就差不多一个礼拜了，这几天还要办些交粮的手续，还好，大舅主动提出他去定西帮着照顾爸爸几天。

哥哥开学的日子如期到来。哥哥办完了他所有的手续，去定西把爸爸接回家，第二天就是哥哥赶赴大学报到的日子。

爸爸的脸色比走时好了许多，我们全家为爸爸的有惊无险而高兴。吃完饭，爸爸在炕上靠墙坐着，他拿出那个包得结实的纸包包，一层层打开，里面是爸爸贷的钱——我们的学费。他说："我这次住院花了一些，剩的这些，双儿你够，你先拿着。她们几个的学费我再想办法。"

这时妈妈也掏出她那个红布包，左三下右三下地展开，里面也包着三四十呢，递给哥哥，说："不够再把这些也拿上。"

看着爸妈递到他手边的两个包包，哥哥红着眼圈，他数着拿走了爸爸手上的300元，其余都让爸妈留着，给我们几个上学用。他知道，爸爸只是说个放心话而已，爸爸哪儿还有什么办法可想。

妈妈在爸爸住院的这几天，东借西借，借了三四十元钱，希望给家里是个添补。

哥哥是我们村里第一个大学生，第二天，家里热闹得又像过春节，村里家家都来了道喜的人，有的送鸡蛋，有的送白面，有的送自家做的油饼，有的还送了两三块钱。

爸爸坐在炕上和客人拉着家常，高兴得合不拢嘴。妈妈在厨房里麻利地给哥哥煮着鸡蛋，烙着葱油饼，也是一脸的喜悦。

午饭过后，哥哥背着他的一个装吃的军用黄帆包、被褥等简单行李整装待发。儿行千里母担忧，妈妈跟前跟后嘱咐着注意这注意那，对第一次出远门上学的哥哥是那么的不放心。

哥哥走了，在我们未开学的这段时间里，我们三个还是紧张地忙碌着。爸爸还得休养一段时间，犁地的活，爸爸就安排给了大姐。我去帮大姐堵驴。

大姐背着犁，我赶着毛驴，我们去耕最陡的、人人叫“死牛坡”的那块地。大姐跟在驴后面扶着犁，我跟来跟去的，在两边地头帮大姐堵驴，因为每到地头回驴时，毛驴不听话，就乱跑。

牲口也会欺负人，看一个小女子一天到晚跟在它们后面吆三喝四的，也很不爽快，所以每犁到地的尽头，那俩驴就到处乱跑。大姐喊破喉咙也无济于事，那两只长耳朵就如同摆设一样。当然驴对我也一点儿不怕，把站在地头边上的我也没当个出气的。有次那俩犟驴一合计，拉着后面的犁和我姐满地里乱跑，

我满地里追，任大姐怎么喊怎么打也不管用，那俩驴还是我行我素。大姐实在没辙了，就整个人趴在犁上让它们拉上跑，大姐被气得眼泪稀里哗啦地流。

我装出比大姐厉害的样子，呵斥着毛驴，一会儿它们慢慢停了下来，我以为我的凶样和呵斥声吓着它们了，其实完全不是这样，是因为人家俩跑累了、玩够了才停下来。折腾了一早上没犁多少地，我姐也累了，我们俩就卸犁赶驴回家了。

眼看着就要开学了，爸爸还是没有完全恢复，大姐就试探着问爸爸：“你好了吗？能耕地吗？”爸爸看着大姐渴望的眼神怎么能说出不能呢。

爸爸说：“没事，你先耕着，开学了你们就去报名，我能行。”这就是我的爸爸，那个永不被困难、病魔打垮的爸爸。一句我能行，打消了大姐的心头顾虑，让我们放心地去读书。

第三十二章　大姐转学了，我成了大劳力

哥哥去了远在成都的四川财经学院上学，身上带的300元，除去车费和学费已所剩无几。幸好那时有伙食补贴，那点伙食补贴也不敢放开了吃，他每顿就吃素菜加米饭，不过，和家里比的话已经相当好了。

这么远的路程，哥哥再也不能逃票回家了，每到假期他就不回家，在学校附近的工地找零活干，挣点学费，养活自己。

哥哥考出去的第二年，爸爸也设法把即将要上高三的大姐转到了陇西一中。哥哥背面交面的日子画上了句号，可姐姐又画上了问号，不知何时才能背到结束。

大姐第一次去报名时，拿的东西特别多，学习的全部家当，被褥以及面等。爸用麻绳捆好被褥，出发时，姐先斜挎着背上她那个装满书的大花书包，再双肩背上被褥，最后爸爸再将半袋面架到被子上。

大姐背着一大摞东西，压得她的腰弓成了90度，她又怕摞在被子上那多半袋子面滚下来，就用两只手绕过脖颈拉着面袋的两端。

她背着这一大堆宝贝弓着腰从家门口的那个坡坡上慢慢挪蹭着走了。看着她形如弓的背影，我想这什么时候才能挪到车站呢，车站离家差不多6里路呢。

初秋太阳依然像个火球，它毫不怜惜地直射在被沉重的行囊压得变了形的少女身上，晒得她汗水沿颊而下。这时的大姐连一只擦汗的手也腾不出来，就任由它“嗒嗒”地掉在黄土地上。

但此时的她累并快乐着，转入陇西一中是她梦寐以求的，这又使她离大学的门槛近了一步。

从哥哥背上书包那天开始，她就希望有一天她也能像他一样背上书包去学校。慢慢地随着岁月的流逝，年岁的增加，爸爸定的那个目标“大学”就成了她的夙愿，是她一辈子的追求，为了这个夙愿她情愿付出一切，吃这点苦能算得了什么。

她背着行囊，弓着腰闷头走在那道碱沟里，周围的沟崖、河坡上撕啃草皮的牛羊……所有的一切都进入不了她的视线内，她能看到的只有前面不到一米的曲折小路。她的头差点碰到迎面而来的大队文书的腿上。

文书挡在大姐前面，挡住了她前行的路。他弓下背，脖子扭转了90度，脸正好对着汗流满面的大姐的脸，满脸的讥讽，嘴咧了咧：“唉，这不是老李家的女子么，怎么了？背这么多难场（破烂）是要去哪儿呀？是要变成金凤凰了，这山沟子里留不住了，要飞了？”

随后直起腰绕大姐转了一圈，讥讽地哈哈大笑：“背着这些破烂该不是又高升了吧？”然后就手背在屁股后面走掉了。

大姐气得只想照着那张臭脸啐一团口水，她忍了忍，吞咽下了已在嘴边的口水，还是挪蹭着往前走。

她心里暗暗下定决心：一定要变成他口中所谓的“金凤凰”，一定要让他看见我变成“金凤凰”的那一天。这时她觉得身上的东西也没有那么重了，她把身子往直挺了挺，步履也轻盈了许多。

大姐来到通安街上的汽车站时，车上人已经挤得满满当当，车也要开动了。她急忙跑到车门旁，拉住车门爬了上去。随之车门关闭了，大姐的那个大书包夹在了车门里，怎么拉也拉不进来。

她扯着嗓子喊："我的书包夹住了，书包夹住了……"司机就是听不见。她使出全身的力气拉扯着她的大书包。

那里面全是她的宝贝，书就如她的生命，一定不能丢。看着车外从她眼前快速而过的村庄和山川，她就知道汽车在川道上全速飞驰着，没有一点点要停的意思。此时泪水和汗水交织在一起从她的脸上滚下，打在她那双黑条绒鞋上。

汽车一直跑到下一站云田时停了下来，大姐才拉进了她的大书包，看着完好无损的书包，她破涕而笑，紧紧把她的宝贝抱在了怀里。

松了口气的大姐平塌子坐在放在地板上的被褥上，心里又充满了阳光，设想着到一中的种种事情，怎么去交面，哪儿去报名，舍友会是谁呢？所有的一切像做梦一样在姐的脑子里过了一遍。

不觉班车到站了，大姐收拾着行囊准备下车，一切还得按照出发时的顺序背在身上，可不管她怎么努力那半袋子面就是摞不到被褥上。胆小怕事的她还在努力着，这时旁边过来了个好心人，微笑着说："你看你这孩子，来我帮你放，这么重的行李够你背的。"

大姐感叹着世上还是好人多啊，好心的叔叔按爸的方法，再一次把面放到了被褥上，姐才顺利地下了车。超负荷的她伸长脖子，东瞧瞧西望望地判断着去一中的方向。看着和她一样背面背书包的学生，大姐确认了他也是去一中的之后，就壮着胆子跟着一起向一中走去。

大姐转学了，我和二姐还在通安中学继续着。和以前不一样的是，家里干活的人越来越少了，我不得不成为家里的大劳力。放学回家把书包一放，就背起背篼去给驴拔草。

爸爸说，牛是反刍动物，吃会儿就得停下来反刍。毛驴可是直肠子，吃不饱，所以费草料。

我家养的那两头毛驴，一头个儿小些的新疆驴，聪明，吃得溜光，爱耍滑头，爸爸起名叫小滑头。另一头大而瘦，笨笨的，爸爸叫它傻大闷。

白天吆出去放时，小滑头往往爬到埂垃上，找着吃长长的冰草，把自己吃得光光圆圆的。傻大闷则用门牙不慌不急地啃着草皮，吃半天下来也顶不上小滑头的一口长冰草。爸爸对它们的性格了如指掌，起的名字也很贴切。

这俩吃个不停的大家伙，可苦了我们的小手。每天下学回来，二姐背个大背篼，我背个小背篼得去给毛驴拔草。

快要落山的夕阳红彤彤地挂在西山顶上，照得对面的山顶金黄一片，低洼的山脚和河滩都已沉在了背阴下。放驴放羊的人唱着山歌，已经赶着驴羊走在了回家的路上。

我和二姐口里嚼着硬邦邦的豆面饼子，在田野里寻找着毛驴爱吃的冰草。高高的埂垃上面长着长长的冰草。我和二姐用铲子在埂子上挖上脚踩的窝窝，手脚并用地爬上去，伸长胳膊拔着高高在上的冰草。锋利的冰草割破了我的手指，我把流血的手指放在嘴里吸吮下，吐出血水，算是做了个消毒，然后在烂衣服上撕下一块布条包住，拔草还得继续。

夕阳西下，天已麻乎乎的了，一群要回巢的麻雀叽喳着从空中飞过。麻利的二姐已经拔满了一大背篼冰草，我的小背篼里只有三分之二。二姐不满地哼着鼻子，叫上我回家。妈妈看到我被冰草割破的手指，她跑进厨房从灶膛里撮了点小灰儿撒在上面，说是能好得快些。然后我和二姐一人端两碗豆面酸饭，一家四口坐在炕上围着炕桌吃得津津有味。

大姐转学后，家里的白面就得先供大姐背，家里吃的大多是豆面饼子，豆面酸饭。妈妈看着家里的白面袋子和没磨的麦子，计划着多长时间给我们做顿白面饭，烙张白面饼子解解馋。家里的鸡蛋更不可能给我们吃了，因为大姐平时的生活费就全靠妈妈的鸡和蛋呢。

第三十三章　妈妈卖蛋攒生活费

如果说爸爸是一盏灯塔，照明了我们前进的方向的话，妈妈则是灯塔的助燃剂，她使得灯塔更亮、照得更远。自从哥哥考上大学后，爸爸每在我们几个开学时，都会到银行给我们贷款交学费，但是我们几个平时的生活费还是要靠妈妈来攒，尤其是转到县一中的大姐的生活费。

大姐转到一中后，插到了高三二班。面对一张张不认识的面孔，胆小自卑的她就变得沉默寡言了。还好的是，在众多生面孔里面，有一张面孔是熟悉的，他就是她通安中学的同学马耀光。只有他时常和姐拉拉家常，讨论下学习，有了耀光同学的关照，大姐对新班有了点点归属感。

大姐深知县城上学的来之不易，她除了吃饭睡觉外就抓住每一分钟时间学习。吃饭的点上就去食堂打个土豆根根，加上一个馒头，吃完了就跑到教室里学。她几乎成了独来独往的独行侠。由于学习刻苦认真，加上营养不良，没熬到高考便得了神经衰弱症。她晚上整夜整夜地失眠，白天头疼得无法学习，成绩是不进而退。这时她乱了阵脚，不管学习效率如何，时间上抓得越紧，一个劲地学啊学。

到高三第一学期期末时，几乎是无法再学习了。爸爸也着急了，带着姐姐去定西看病。医生把了下脉搏，再听下症状，一口说出：“神经衰弱，用脑过度所致。”

爸爸急忙问：“那咋办？”大夫漫不经心地说：“多吃蔬菜，不看书就好了。”

这下父女俩蒙了，学生怎能不看书呢？垂头丧气的一老一小拿着几瓶起不了多大作用的药坐上火车回家。

火车在层峦叠嶂的黄土山丘之间蜿蜒爬行，一座座暗黄色的山丘从眼前快速划过。远处山坡上啃着枯草的羊群围在一起，来抵抗寒风的侵袭，就如一个白花花的棉团一样在山坡上慢慢移动。放羊的老汉穿着烂羊皮袄斜躺在阳圪崂里晒着太阳。车道两边黑色光秃的树干从眼前掠过。

大姐望着窗外，游走在她的回忆之中，那个焦文书讥讽的每一个字眼又一次重重地击打在她的胸口上，她当时信誓旦旦地决定：“一定要变成他口中的金凤凰。”哥哥拿到录取通知书时，她相信有一天她也一定会像哥哥一样拿到这样的一张通知书，还有那一宿一宿失眠及看书时头痛欲裂的痛苦……现在一切都变了，大学的门突然变得如此之遥远，她瞬间对“大学”这个目标失去了信心，不觉间那不争气的泪水已经从眼角溢出。

山脚下的村庄炊烟袅袅，已到了吃午饭的时候。爸爸从书包里拿出白面馍馍，递到大姐的手里，她却没有反应。爸爸喊道：“兰兰吃点馍馍。”大姐才把头转向车内。

爸爸抬手擦去她脸上的泪水，劝慰道：“我的娃，别哭了，回去让你妈妈给你好好补补身子，注意休息，先把身体养好了，明年考不上就考不上，再补习。”

爸爸把馍馍强塞到大姐手里，大姐说：“爸爸，我吃不下，不饿。”

听到这话，他有些生气，厉声说道：“没听大夫说都营养不良了，还不吃，吃不下也得吃！”

回到家，妈妈着急地问爸爸是怎么回事，爸爸说大夫说没吃好，身体跟不上。

妈妈说：“比她哥好多了。”

姐姐嘀咕：“好什么，就比我哥多了五分钱的洋芋根根。”

“哎，这娃从小就身体弱，加上爱学、用功，还吃不好。以后咱尽量想办法让她吃点菜，不然这头痛了根本没办法学，还怎么考大学呢。”爸爸叹着气说，一脸的愁容。

第二天，妈妈给大姐烙了油馍馍，还破天荒地煮了几个鸡蛋。大姐临走时，妈妈又翻出她那个红布包，左左右右掺着打开，里面是一沓子零零碎碎的旧钱。她把这些钱整了整，找一张纸层层叠叠地包住，装进了大姐的衣兜。

大姐背着干粮上学去了。妈妈“咕咕”地唤回大大小小的鸡，端出一盆麦麸拌的鸡食，让它们饱餐一顿。妈妈看着七只抢食的鸡，盘算着给大姐攒钱的事。

她看着那只最耀眼、最调皮的花公鸡，沉思起来。实在不行就把它卖了吧，母鸡留着下蛋。随之她把食盆往花公鸡跟前推了推，多吃点长肥点，到时候压秤，多一分是一分。鸡也是有灵性的，从小养了好几年的鸡也和妈妈有了很深的感情，早上起来，那几只鸡在花公鸡的带领下，跟在妈妈的脚后面，“咕咕”嚷着要吃的。妈妈扬一把瘪麦子欣喜地看着它们抢食，妈妈也习惯了有它们的陪伴，不到万不得已也舍不得把它们卖掉。

妈妈每天认真地伺候着鸡群，希望母鸡能多下蛋，公鸡能吃得肥肥胖胖。每到通安街上三六九赶集时，妈妈就把几天存下的鸡蛋拿去卖。要赶集的大清早，妈妈喂过鸡后，迈着三寸金莲追着母鸡在院里跑，她要把昨天没下蛋的母鸡抱起来摸一遍，以确定有没有蛋要下，有的话等着下完了一块拿着去卖。

每次最多也就提上十枚左右的鸡蛋，站在街边叫卖，一个鸡蛋一毛六七。路过的行人议论着："这婆娘的鸡蛋搬得硬得很，少一分也不卖。"

眼看着快到中午了，妈妈的鸡蛋还是没有卖出。站累了的她干脆平塌子坐在街边的土埂子上，刺骨的寒风吹过，她伸手把头巾系紧，接着把双手筒在袖子里，这样能给她些许温暖。她想大姐急需要钱补身体，能多一分就一分，今天卖不出下次再卖。

中午时分，街上赶集的人已稀稀落落，放了学的学生娃从街道上穿过。妈妈也冻得瑟瑟发抖，她想不行就提上回家吧。她刚准备收拾眼子（圆筐子）回家，这时刚下课的老师走了过来，妈妈要了最高价一毛八，老师没有还价就把妈妈的鸡蛋全部买走了。妈妈数着手中的一块八毛钱，开心得合不拢嘴。

下课的二姐走到闷头数钱的妈妈身边，妈妈揶揄道："乖娃子吓死人了。"

二姐开玩笑地说："妈你都钻钱眼里了。"她给妈妈指着刚买走鸡蛋的老师说："妈妈你知道吗？那是我的班主任张全老师。"

妈说："我还要了个最高价，你这老师没还价就全要了，真是好人。"

二姐有点责怪地说道："估计人家都知道你是我妈哩，下回能不能少要点呢？"

"你不说他怎么知道呢，你大姐身体弱要吃不好就不能学习，你又不是不知道。"妈妈也有点着急地说。

一个月下来妈妈攒了厚厚的一沓子钱。星期天，她要把钱带给湾合里也在陇西上学的赵琴琴。她打开那个红布包，细心数着那些毛毛钱，一共数了 8 块多，她开心地笑了笑，找了一张大大的纸左卷卷右卷卷地包住，又找一块旧布里三层外三层地绑住，生怕掉出来一张丢掉。看着那个包绑得结实的包包，我心想这钱就是长着翅膀这回也飞不出来了。

用心良苦的妈妈拿着这个给予她无限希望的包包和几个油馍馍带给了赵琴琴。

每当这个包包到姐姐的手里时，她都会数着那些个毛毛钱潸然泪下，此时她眼前呈现的是妈妈在街边叫卖的身影和妈妈小心翼翼包钱的背影。是的，妈妈是个一字不识的农家妇女，不懂什么高深的道理，但她知道“爱”，知道让孩子考学，这个层层叠叠的钱包寄托着妈妈无限的爱和希望。

第三十四章　爸妈艰难的抉择

自从爸爸带大姐在定西看过病后，一直处在沉闷中。他知道神经衰弱对一个即将高考的学生来说意味着什么。这几天他的旱烟少得更快了。寒冬，农民们已进入了轻闲时节，爸爸时时坐在土炕上吧嗒着他的老旱烟，好像唯有这样才能驱走他心里的烦恼。

一个周六的晚上，我们一家四口吃着豆面酸饭。爸爸看着吃得泼实的我和二姐，说："乖子怂，吃得这么香！也是，都一天了吃什么都香。"说着把炕桌上唯有的一小碟胡萝卜咸菜往我和二姐这边推了推。

我和二姐咧着嘴笑着，仍然泼实地往嘴里扒着饭。吃完饭爸爸仍然坐在土炕上紧锁着眉头，卷上旱烟，吧嗒了起来。他看着每天在家吃着豆面饼子和豆面酸饭的两个小女儿，心里不免泛酸，这都什么年份了，家里的白面还是不够吃，家里好点的吃食都要留给大女儿。一想到兰兰，他就满脑子的操心，不知此时她的病情有没有好转？带下去的那点钱在灶上也吃不上什么好菜，可是就这样家里也是尽力了。

他好像突然想到了什么，从炕沿上溜下来，几乎是跑到了厨房，给妈妈说："现在还来得及给兰兰准备些吃的吗？我明天一早去学校看一下她去。"

听爸爸这么一说，不能妈妈也说能。妈妈就赶夜给大姐烙了几个死面白馍馍，从谷子里摸出四个鸡蛋煮了。她找来了一个布袋子，准备临睡前装起来，免得家里的两个娃早上起来看着馋。

这时她犹豫不决了，一个声音说留个鸡蛋给家里的这两个吃，另一个声音却说装上吧，家里的要吃了随时能煮。她的手也在做着艰难的抉择，一会儿拿出一个鸡蛋，一会儿又放进去。来回折腾了几次，最后她好像有了主意，把那个鸡蛋装了进去，拿出来一个白馍馍放在案板上。

妈妈长叹着气，默念着：家里的要吃了随时可以煮的，可是又什么时候给煮过呢?

手心手背都是肉，妈妈常常在这种时候做着艰难的抉择。往往这时候她的心偏向了不在身边而且身体不好的大姐。我和二姐看着家里那个装白面布袋的肥瘦，判断着我们多久能吃上一顿好饭，但是从来不向妈妈嚷嚷着要好吃的。

第二天，爸爸一早就拿着那个布袋去了火车站，扒了个货车去看大姐。爸爸站在油罐车上两个油罐连接的铁板上，货车在铁轨上全速奔跑着，寒风吹着口哨在他的耳边响着。爸爸把那个布包挎在肩上，把头上的大棉帽子压到了最低，帽子上的绳子拉得紧紧地绑住，再把拦腰的草腰绳往紧捆了捆，然后双手筒在了袖筒里。尽量把身子缩在油罐的中间，让前面的油罐能尽可能多地给他挡挡风，然后背着寒风圪蹴下来，希望风从他的头顶吹过。

此时正值期末的我和二姐披星戴月地奔跑在上下学的土路上，早上出门寒风刺骨，我们俩便全速奔跑，我跑上差不多两公里，就已气喘吁吁了，只能放慢速度，二姐却一溜烟没有了踪影。

此时我才真正知道了什么叫“黎明前的黑暗”，我心惊胆战地行走在漆黑的碱沟里，只怕在这深沟里突然冒出一个活物。还真怕什么来什么，一只夜鸽子（猫头鹰）站在沟崖上叫了起来，它似婴儿啼哭的叫声吓得我连大气都不敢出，同时想起了大人们常讲的鬼故事，腿随之打起了哆嗦。

这时想起了哥哥那次要饭回来时唱歌给自己壮胆，我就放开嗓子背英语，出声了倒是不怕了，同时迈大了脚步。出沟了天也亮了，这时看到二姐慢悠悠地在前面不远处背书呢。我径直越过她表示我的生气，鼻子里还“哼”了一两声。

当我们放学回到家时，爸爸已先一步到了家，看到一脸忧郁的他就知道大姐的病情怎么样。他不紧不慢、脸上毫无表情地给我们讲述大姐的情况，说到最后，他又提起神来说道：“这事急不得，身体重要，明年考不上再补习。不能给她太多的压力，这马上要放假了，等她回家了大家不要提学习和高考的事，让她彻底放松。”

我们都“嗯嗯”地回应着爸爸。

寒假如期到来，我和二姐都取得了优秀的成绩，爸爸高兴，却悄悄地压在心底，生怕给大姐带去压力。

大姐每天认真地吃着大夫开的药，什么刺五加、谷维素、脑立清等，她渴望着开学后有个清醒的头脑，进行高考前的冲刺复习。

严冬时节，妈妈的母鸡也懒惰了许多，不再那么勤快地下蛋了。爸妈很私心地计划大姐的“营养餐”，每天一个煮鸡蛋。这时母鸡下的蛋仅能供给大姐的“营养餐”，妈妈却没有上街卖蛋的机会了。

即便如此，我和二姐没有一点点的不情愿，全家人都在祈祷大姐的病尽快地痊愈，来年能好好地参加高考。知道病情的爸爸更是操心，每天晚饭之时，就会问一句："兰子头还疼吗？"

在家人的百般呵护下，休整了一假期的大姐好多了，开学时，她怀着百倍的信心回到学校，进入了紧张的复习阶段。她时刻想着实现自己的目标，压力与日俱增，高考在大家的倒计时中即将到来。

这时压力过大的大姐又开始彻夜不眠了，心急如焚的她跑到医院，让大夫开了镇静药。大夫嘱咐在考试前三个晚上开始吃药。姐言听计从地吃了药，前两个晚上的12点后，好像睡着了，可考前的那个晚上，从10点上床到天亮，一眼没眨。安神药失效了，身心疲惫的她起床后，感觉脑子像塞了棉花一样的虚，昏昏沉沉，头大如背篼。但她仍然做着考前准备。

吃了早饭，走进考场，当监考老师把语文卷子发到面前的一瞬间，姐的眼花了，字迹模糊不清，脑子一团糨糊。到交卷的时候，卷子都没做完，第一门已经考砸了。虽然结果已在预料之中，但姐还是认真地考完了其余课程。

大姐的第一次高考以失败告终，一切都在大家的意料之中，爸爸更是思则有备。此时他在想应该让大女儿休一年再补还是接着念。学习扔一年就不好接起来了，但接着念，身体是这么个情况，只怕到时书也没念成身体还搞垮了……

摆在爸爸面前的又是个艰难的抉择。思来想去，"这种事情也不能由他武断地做决定，还是和兰兰一起商量下再做决定吧。"

第三十五章　我收到的匿名信和第一封情书

又是一个八月的初秋，场边的两棵杏树上只剩下深绿色的大树叶，两棵接杏树上的杏子已被大姐和爸爸担在街上换成了钱，树上折断的枝丫无力地下垂着，树叶晒得卷缩成了一个干壳。院子里晒满了杏核和杏肉。苍蝇在杏肉上嗡嗡地飞来飞去，着急地寻找着下嘴的地方。

正午直射的太阳没有留给院落一席阴凉之地，春节出生的小狗花玲展展地躺在院子里，尽情地享受着日光浴。花公鸡带着它的小姐们，趴在墙根的塘土里晾着肚皮。刚在场里打完麦子的我和姐姐们，这时又在屋里的土地上锤起锤落地砸着杏核，想赶在上学之前砸完，卖了填补学费。

厨房里的妈妈擀了一张大大的白面皮，经妈妈的左折右折及娴熟的刀功，不一会儿，白面皮就成了一根根均匀的长面条，一绺一绺整齐地摆在了案板上。新麦子下来了，这几天妈妈不时地给我们改善着生活。

吃完臊子面后，妈妈端了一碗面汤倒在了花玲的食盆里，那只小可爱一骨碌爬起来，跑到食盆边把面汤舔了个精光，可是它瘪塌的肚子仍不见圆。它跑到我旁边拱舔着我的手，表示着它的饥饿。我跑进厨房把那豆面干饼子揪下一块，塞到它嘴里，转眼间，聪明的花玲叼着美餐跑了个无影无踪。

开学在即，爸爸和大姐商量着休学的事情，大姐却很淡定地说:“没事，常言道失败是成功之母，我要总结经验，继续努力，考不上大学誓不罢休。”

爸爸听着大姐坚定的表态，脸上露出了欣慰的笑容，点了点头。可是他心里的确为大姐捏着一把汗，他清楚大姐不认输的个性，可是这头痛的病……哎，既然孩子决定了就随她吧！

爸爸像往常一样，给我们分发了学费，开了那不能落下的小会。以往只强调学习的他这次却转了话风，强调身体第一位，学习第二位，好身体是“革命”的本钱。

要去通安中学报名的我和二姐帮大姐拿着行囊，一起向通安镇上走去，爸妈目送着我们远去的背影，心里不断地祈祷着：保佑大女儿来年能够实现宏愿。

开学了，我背着花书包，步入了初二年级的教室。同学们叽叽喳喳互相叙述着暑假的所见所闻和假期的相思之情，我和要好的同学也说得没完没了。

班主任仍是那位可亲可敬的数学老师张国权。新开物理课的郭老师风趣幽默。第一节物理课老师看着名册，点名认识新学生，点到我时，就夸起了我的大姐和二姐。从此我就成了郭老师关注的对象，一提问就叫我，并且时常还把我喊成二姐的名字。

有了老师的宠爱，我的回答也就无拘无束。有次讲万有引力，我课前没有预习，老师问：“什么是万有引力？”我当时就觉得没答对，郭老师却笑呵呵地说：“答得好！答得好！”

班上的学习委员是新疆来的一个女同学常玲，干练漂亮，普通话讲得好，是工人子弟，城镇户口。她活泼开朗，对人一视同仁。初一不久，她和我这个乡巴佬便成了好朋友，还有通安镇上的贾芳同学、我们沟里上阳坡的崔冬冬和高阳来的马玲玲，我们五个成了最好的朋友，形影不离。中午我们三个山里娃常去常玲家和贾芳家吃饭。

初一第二学期，马玲玲就转去了定西，五个好朋友只剩四个了。初二开学不久，常玲跟随调动工作的爸爸又要转到陇西文峰，全班同学对她依依不舍，互相赠送着英语本本之类的礼物。我们四个更是依依惜别。她转走后，班主任张老师鼓励我参加学习委员竞选，最终胜出，我成了班上的学习委员。

至此，五朵金花只有三朵了。好友的转走，我心里有了或多或少的失落。晚上放学回家的路上，第一次感觉到没有心情拿着课本边走边读。

离学校不远的沙石沟里，各式各样的鹅卵石铺满了宽阔的河道。河道中间溪流清澈见底，河底的小石子五彩缤纷，小鱼儿在石头中间捉着迷藏。有几只口渴的绵羊“咩咩”叫着，跑到河边喝水。河岸两侧的河坡上绿草茵茵，吃饱了的大黑牛卧在草地上反刍食物。

我踩着河里的大石头跨过河道，往前百米河道就分岔了，左手边是我们的碱沟也叫许家沟，右手边是西岔沟，这个沟里却是沙石沟。

每次路过沙石沟时，我都拾几块漂亮的鹅卵石扔到我们的碱沟里，希望它慢慢地也变成西岔沟那样的沙石沟。今天我多挑了几块扔到我们的碱沟里，恨不得它立即变成沙石沟。

扔了那么多，可是河边白茬茬的碱仍然还在。天一下雨，碱沟仍然滑得搭不住脚，河坡仍旧是黄一色、寸草不生的碱土。突然我明白了，虽然一步之遥，但这碱沟永远是碱沟，无论我拿了多少石头来装扮，它的性质是改变不了的。沟和沟千差万别，更何况是人呢。

班里的同学贫富悬殊。记得上次春节，我的四位好朋友相约来到了我家的寒舍。全家人想法招待着我的小贵客，在烂席片上铺上了一个烂被子，油渍黑得发亮的枕头上却找不上盖的枕巾。没见过“世面”的常玲，问这个枕头怎么这么亮这么冰。其实她不是嫌弃，而是真正的没见过。

转走的两个好朋友，每天穿着叫不上名字的好看衣服，吃着我们没有见过的好吃的，说转走就转走。可是我呢，身上依旧是故衣摊上的故衣。不过好的是，现在也穿上了一手故衣了。每天饥肠辘辘地回到家，能吃上的只是豆面酸饭，还有的就是没完没了的拾草拾柴。

我伸出那双满是茧子的小黑手，想象着什么时候才能改变它的命运呢？碱沟永远是碱沟，可是这双手我是可以改变的，我要学，好好地学……远处，二姐看着心不在焉的我，大声喊着：“想什么呢？快点走，回去还要拔草呢！”

期中考试，我英语、物理、数学百分，政治 95 分，语文稍差。班里排名第一。期中过后不久的一个中午，班主任叫住了正要回家的我，说：“有你的信呢。”心里纳闷，是不是错了，怎么会有我的信呢？我取上信，的确写的是我的年级我的名字，没有错。

打开信封，里面是厚达三页的匿名信，信里全是对我成绩好的敬仰之情，尤其是政治也考到 90 多分更是佩服，落款是定西董某某。

我奇怪加好奇，没听说也没见过这位董姓的学生，怎么会有他的信呢？看着信，心紧张得扑通扑通跳个不停，看完后像做贼一样，悄悄把这封匿名信藏了起来。时间流逝，再也没有收到过董某的信件，匿名信的事也慢慢忘却，写信的人永远成了谜。

有次下午，我们上完第一节语文课后，全班同学一拥而上，挤在教室门口，兴奋地想第一时间跑到操场上，上体育课。我也挤在人群中，挤着往外跑，伸手去拉前面贾芳的手，却拉上前面一位男生的手。只怪手太多，拉错了。

没几天，那个拉错了手的插班男生，给我写了小情书，纸里夹着两元钱，在放学的路上硬塞到我手里。错误的“牵手”竟让他会错了意。

第一次收到“情书”的我心里七上八下，慌张得不行，只觉得所有的学生都知道我收到“情书”了。心里暗想，这男生怎么这么龌龊，还给女生写条条，越想越气。回家就找二姐想办法，二姐出主意，好好退回去。

我心想，好好退回去有点太便宜这男生了，得好好羞辱下他呢，想着把钱撕开还给他。最后钱还是没撕，写了个“厚颜无耻”的条，夹上钱还给了他。

这样还不解气，我每天收作业本时不收他的，故意刁难他。轮我值日时，故意不扫他的课桌底下……哎，傻傻单纯的我，就这么对待了第一个给我写情书的人。但愿我当时的“绝情”没有对他伤害太大。

这时，快一岁的花玲，已长得超过了它的妈妈，是个黏人的小可爱，每天我们上学时，都要送我们好长一段路，然后自己再跑回家。

送着送着小东西慢慢胆大了，有时就一直跟着我们去学校。我和二姐都觉得身后跟着只狗进教室特别难堪，所以快到学校时，我和二姐真的就要进行一次百米赛跑了，花玲就跟着后面那个失败者进了教室。

当然了百米赛跑我永远不会是输的那个，虽然我耐力不行，但是速度还是特别赢人的。我以我飞毛腿的优势先回到教室，放下书包，以幸灾乐祸的心态站在教室门口，等着看二姐带着尾巴（花玲）进她教室的那一幕。

不一会儿二姐果然后面跟着花玲进校门了，它大摇大摆地一直跟着二姐进了她们班的教室，紧接着她们班教室里发出了叫喊声。我知道这是我家那一人一狗走进去时，班里的同学的起哄声。我庆幸我是赢家，不然承受这种窘况的就是我了。

家里穷得人都吃不好，更别说狗了。花玲每天就喝个水饱。它每天也就舔半盆洗锅水，好的时候水里加上些麦麸，根本吃不饱，成天饥饿的它跟到学校就是为了混点吃的，吃点学生掉的馍馍渣子，有时运气好还能碰到掉的大渣子。

淘气的男生打它，有时打得很凶，慢慢地它就不敢再进学校了。它跟我们到校门口，看着我们进了校门，就到处流浪，大多数是去火车站捡吃的。狗不嫌家穷，花玲无论多晚，晚上总会回到家。

这种流浪的日子持续了一段时间。有一天，花玲出去再没有回家来。听大舅家的表哥说，它被火车站的工人打死吃狗肉了。那个小可爱成了他们的盘中餐。花玲的死给我们全家带来了很大的伤痛，从此我们家再也没养过狗。

妈妈和二姐拾煤时被打伤的情形，再次浮现在我的眼前，心想人在他们眼里都一文不值，更何况是只狗呢！自此，我对那个车站没有了一点点的好感。

岁月荏苒，转眼春节已过，农民又开始在黄土里播种希望，大姐又走进了一中的大门，开始了她的“辛勤耕耘”。我们全家殷切期待着大姐的“金榜题名”。

第三十六章　大姐终于金榜题名

惊蛰已过，冻土化开。农民的吆喝声、牲口的嘶叫声再次唤醒了沉睡半年的这片土地。一年之计在于春，勤劳的人们在这片荒凉的黄土地上，又开始了新一轮的忙碌，只为那个算不上奢侈的愿望——多打粮食，填饱肚子。

打发走了上学的学生，爸妈也着手准备耕田种地。大姐转走后，爸爸就和村里同样少劳力的一家合伙种田，以让我们在学校踏实学习。

“五一”过后，通安中学四周及走廊上两排高大的白杨树长出了嫩绿色的叶子。东边初升的阳光洒在嫩叶上，嫩叶泛起了微小的光晕。而那些从树叶间漏下的金光则被筛成斑驳的影子，变成或明或暗的影，成了印在地上的、满是铜钱大小的粼粼光斑。

晨读的学生在杨树下走来走去，尽情地呼吸着大自然赐予的新鲜空气。琅琅的读书声充满了整个校园。我也在教室前的杨树下读着英语。二姐却在操场上那群体育生后面练习着高抬腿，为即将召开的春季运动会做准备。

这次的运动会，我和二姐都报了 100 米和 200 米。有了我和她丢狗的那场比赛，二姐很自然地想到了我这个强劲的对手，每天早上放弃晨读早早地训练了起来。

预复赛她都有幸躲过了我，可是决赛我们俩就得站在同一条起跑线上了。我是我们小组第一，二姐是她们小组第一，有我们这一对短跑健将姐妹花，今天的这场百米决赛是相当精彩的，百米跑道的两边围满了学生和老师。

我一道她二道，还紧紧挨着。预备枪声一响，啦啦队的喊叫声不绝于耳，我们班的啦啦队一拨大喊着："李瑛子"，另一拨接着喊"加油！"我姐班上的喊着："李红红，加油……"

在这热烈的鼓励声中，我们俩都把姐妹情抛在了脑后，此时想的是：为集体荣誉拼搏，为集体而战。二姐起步快了一秒，我飞速追赶着比我先一步的二姐，没几秒钟，我追上了二姐，并超越了她，到终点时我遥遥领先，二姐第二。二姐噘起小嘴表示着她的不服气。

这时学校的高音喇叭里播出了《百米赛道上的姐妹花》的宣传稿。听着喇叭里说着我和二姐的名字，心里无比兴奋。

复读的日子里，大姐像变了一个人似的，开朗活泼的性格全抛洒了出来，学习之余和同学打打闹闹，有说有笑，还蠢蠢欲动地想谈个恋爱，可惜的是"人靠衣装"，没有一件像样衣服的她，就是一个不起眼的山妹子，没人相得上，倒也免去了不少麻烦。

补习这一年，她也知道了劳逸结合，晚自习的灯一熄，就早早上床睡觉，再不点蜡烛开夜车了，睡眠也好了，早上学校的起床铃才能把她叫醒。

谋事在人，成事在天。1988年大姐被兰州师专物理系录取。师范院校大姐还觉得不太如意，可是爸爸高兴，一来有人继承了他的大业，二来师范院校补贴高，家里的压力会小一些。

李家真的飞出了"金凤凰"，家里又是一派喜庆。爸爸更是喜不自胜，他心里的石头落地了，让他纠心的大女儿终于"金榜题名”了，不管什么样的学校，只要能端上个铁饭碗就好。

心里默默念叨着：“乖子怂，师专还不爱上，哎，只要考上了就好得很啊。你的神经衰弱可把爸给操心死了……”

那次在定西诊断出大姐神经衰弱后，爸爸一度觉得大学的大门可能永远给大姐关闭了，他心痛至极。好的是，大女儿的坚持不懈，又给他点燃了希望之火。

远在四川的哥哥听到此喜讯，激动得热泪盈眶，久悬的心也踏实了，写信寄来了他在大姐高考结束那天写的打油诗：

一年一度七月九，
进举学士收砚纸。
千人欢笑万人愁，
跨过门槛枕无忧。
今日又是七月九，
家中兰妹也同民，
不知欢乐还是愁，
但愿她身无烦忧。

1988 年 7 月 9 日于校

人逢喜事精神爽，这一暑假全家人个个精神抖擞。“小黄金”般的庄稼在轻松愉快中收割到场，准备颗粒归仓。妈妈为大姐的开学又忙碌起来了。妈妈说着要准备的东西，我按照妈说的写着清单：要缝两个花布手提包，两双鞋子，两双袜子，一套被褥……

接下来就是筹钱——唯一的出路还是卖鸡卖蛋。一个逢集的早上，妈妈起得比往常还早，和了满满一盆子鸡食，端出来放在院子中间，让刚下架的鸡群们饱餐一顿，对于大花公鸡来说这也是它和小姐们的最后聚餐。

然后把攒了一假期的鸡蛋往篮子里装，妈妈先在篮子底撒了一层麦衣（包麦子的皮），小心翼翼地把鸡蛋放在麦衣上，口里还数着“一双、两双、三双……”，一层放满后又在鸡蛋上撒一层麦衣，接着放鸡蛋。这样一层麦衣一层蛋地把个大篮子装得满满当当，最后把一块旧布盖在蛋上。收拾妥当后，叫我吃点馍馍准备出发换钱去。

妈妈把打算卖的大公鸡又单圈在厨房地上，抓了一把谷子，让它吃得饱饱的。妈妈说这么多年了，让它吃饱了走，再一个吃多点过秤时也会重一点。然后把它装在了一个蛇皮袋子里。

到了镇上，我发现任我怎么抖动袋子，那只大公鸡却在里面纹丝不动，我想它应该是死了。我把这个“噩耗”告诉了妈妈，妈妈解袋子的手在颤抖，她多么希望它还能从袋子里蹦出来，可是老天好像是在故意捉弄我们，它的的确确死了。

妈妈急得像疯了一样，一双小脚不停地跺地，双手颤抖，热泪盈眶，嘴里还不停地发出“唉、唉”的惋惜声。吓傻的我也只能扶着妈妈大哭。

我们母女俩的哭声引来了好多围观的赶集人，妈妈断断续续地讲诉着：“打算卖了鸡，给考上大学的娃儿缝被子，现在鸡死了不知道怎么办呢。”听着妈妈的哭诉，众人也发出了各种同情的议论声。

妈妈唯一的希望在一瞬间破灭了。她心里清楚地知道，家里的粮食也只能维持家里人两三个月的口粮，这点全家人活下去的粮食是绝对不能卖的。她不知道该怎么办了，她能做的就只能是瘫坐在田埂上痛哭流涕了。

这时从围观的人群中挤进一个中年男人，他知道了事情的原委，看到了妈妈的凄惨，走到妈妈身旁，拿起了那只死了的大公鸡，劝妈妈说："李家婶，别伤心难过了，这鸡我要了，上学的事情解决了。"

妈妈一个农妇不知道怎么表达感激之情，只是看着眼前的人说："啊，你就是张老师吧，这鸡出门时好好的，是刚才走路上死的，是在袋子里闷死的，你放心吃。麻烦你了，你一直在帮我。"

说完了，可是连一句谢谢的话也没有说出，只有我能明白妈妈此刻的感激之情，她只是不会表达不会说而已。我紧接着妈妈的话把谢谢的话补给了张老师。

妈妈说的这位张老师就是二姐说过的她的班主任。他当时只是想帮帮困境中的妈妈，可能并非真的想吃那鸡肉。他不想看着他学生的妈妈为筹孩子上学的钱而被逼成那样，他也不愿意看到他那么优秀的学生因为缴不起学费而辍学。

真心谢谢张老师，不是张老师的那次出手相助，不知姐姐走时还有没有背的被子。

妈妈卖鸡和鸡蛋供孩子上学的事也"远近闻名"，因为父母的不易加上我们孩子们的争气，一些好心人对妈妈卖鸡卖蛋的要价从来都不砍价。有二姐的班主任张老师（张全），后来又有了我的班主任张老师（张国权），还有火车站一位不知名字的工人叔叔，谢谢这些帮过我们的好老师，好心人！

大姐考上后，车站的这位工人叔叔还在一个小报上发文，对我们家的事报道过一二。

大姐在艰难困苦中结束了她的中学生活。录取通知书拿到手的那天晚上，大姐又是个不眠之夜，走过的路，经过的事像演电影一样，一幕幕呈现在眼前：小时候洗不掉的黑，缺吃少穿的忧愁，别人的讥讽，神经衰弱的折磨，妈妈厚厚的毛毛钱，学习上的不甘落后和陌生男生鼓励的书信，还有那次篮球场上的六亲不认……

想起那次篮球比赛，她又一次忍俊不禁。那是大姐在高一的上学期，二姐在初二时，学校举行全校年级篮球循环赛，她俩都是各班的运动员。有一场比赛是她们两班对决。

二姐别看人小，手脚却很麻利，跑得快，带球投球相当不错。上场没几分钟，二姐连续得了八分，大姐班上还是零分，这下可把大姐的班主任急坏了。没人防得住二姐，班主任就把这个任务交给了大姐，他说："你就死缠住李红红，不让她得逞，这样我们班才有赢的可能。"

大姐接了这个任务，只要二姐手里有球，她就死缠烂打地夺，结果两人都滚在了球场上。二姐气得瞪着眼珠子，厉声道："你这都犯规了，懂不懂？"

大姐嬉皮笑脸地反驳道："裁判员没吹哨子，谁说我犯规了！"两人睡在地上四只手抱着一个篮球，互不相让。赛场外是大家"哈哈"的大笑声和口哨声。

过去的快乐只是一个又一个的瞬间，大多数时间她都过在缺衣少吃和刻苦学习的煎熬里。幸好的是时间不能倒流，过去的永远过去。在不久的将来，她将奔向她的梦想之地"大学"……她转了个身平躺在土炕上，闭上沉重的眼皮慢慢地睡去。

第三十七章　二姐的美差

就在大姐补习的这年春天，刚上高二的二姐接了件美差，帮铁路职工子弟、一个高挑精瘦的美女姐姐进行招工考试。她的哥哥在通安火车站上班，通过学校老师找到了二姐。

老师和那兄妹俩把二姐叫到教师办公室，谈了谈考试注意细节：不能考得太好冒尖了，也不能落榜了。

那时候学生都很尊敬老师，听老师的话。这还把二姐给难住了，考试总得尽力考好的，让自己把握考个中不溜还真难办。但她也不能拒绝老师安排的任务，满口答应了下来。这时正是春季开学阶段，考试时间和高考时间前后差不多。

二姐自从接了这一美差后，就像准备高考的学生一样，学习突然用功了起来，从来都是晚上熬不到 9 点的她，此时也每晚学到 10 点多，早晨也是定个闹铃早早起来，那个学习的精气神就像自己考大学一样。

用她自己的话说，人家慕名找到她，不能对不起别人，更重要的是不能丢了自己的人。

时间在她的紧张复习中过得飞快，转眼快到期末考试的时候了，招工考试也如期到来。在美女姐姐考试的前一天，兄妹俩把二姐接到了陇西文峰火车站，那里有他们的公寓楼。

没见过世面的二姐这次的确开了眼界。第一次被人当成了贵客，第一次坐上了买了票的客车，也是第一次没有了扒火车的担忧。

第一次走到大地方的二姐，眼球飞速转动，还是应接不暇：文峰火车站停靠着那么多的货车和票车，这么多的煤车头，她想在这里拾炭的话多方便啊！勤快顾家的二姐走到哪儿都想的是现实中那个过得穷困的家。

出了车站，这里竟是高楼林立，文峰镇的柏油马路上车水马龙，熙来攘往的人群，像潮水。看着眼前矗立的高楼大厦，二姐想，楼修得这么高，这从哪儿爬上去呢？街边还摆放着那些叫不上名的小吃摊……城里的一切在她的眼里是新奇的。

他们带着她来到公寓，二姐这才知道这高楼里都有个楼梯。公寓里是一张单人床，床上铺着洋气漂亮的床单，一张写字桌，还有两把方凳子。一身土气的她，看着房子里的陈设，拘谨得不知坐哪儿。

漂亮姐姐看到了二姐的拘谨，赶忙招呼她坐在床边上。二姐看着床上一尘不染的床单，她没敢坐，就走过去坐在一个方凳上。看着二姐坐下了，他们俩去打饭了。二姐紧张的心此时有些舒展，她站起来走到窗子旁，想透过玻璃窗子看看外面的花花世界。

正对着窗子的是一马平川，川地里金黄的麦子有一人高，还有一块绿油油的玉米地，还有那些瓜蔓，瓜蔓旁边吊着大大的东西应该是西瓜。啊，原来这大西瓜也是长在蔓子上的。山已经遥远得只能看见山边，二姐刚要站在窗边斜视另一侧的风景，这时打饭的他们回来了。

看着兄妹俩手里端的几个菜和米饭，第一次见这么多的佳肴，二姐被完全镇住了。对于一个吃过最好的饭就是臊子面的二姐，这就是她想象中的山珍海味、满汉全席了。每个菜都那么香甜可口，但是她不敢放开肚皮吃，害怕人家笑话她。

看着兄妹俩不吃了，二姐也不好意思继续吃。吃剩的饭菜他们拿去倒掉，二姐心里是一万个的不舍得，心想：哎，多可惜啊！我自己全能吃掉的。但已是大姑娘的她还是忍住了，心里纠结着，嘴巴馋馋地、眼巴巴地看着那些美食进入了垃圾桶。

吃过晚饭，兄妹俩领二姐到附近马路边、小公园里散步放松，白天车水马龙的柏油马路上，此时已没有白天的喧嚣，只有一些吃完晚饭三三两两散步的职工。

马路两边的电线杆子上高高挂着路灯，路边的大小商场仍旧灯火辉煌，各色霓虹灯闪烁在歌厅和舞厅的门口。在白色的灯光和各色霓虹灯的映衬下，柏油马路变成了皓光闪耀的银河，此时天上的星星已黯然失色。街边小店里还放着高昂的摇滚音乐。

马路上时不常跑来一两趟大公交车，公交车上也是只有稀疏的几个人。路边随风摇曳的树木、婀娜多姿的花花草草在灯光的映衬下也是那么的赏心悦目。看样子这里是没有黑夜的。

家里有那么多树，还有爸爸种的牡丹花、芍药、红刺玫、黄刺玫，春天也会持续开好长一段时间，从来没有过今天这种感觉。哎，真是生活环境造就不同的人生。我们除了上学，回家来还得拔草干农活，哪有闲情逸致去欣赏花草树木呢。

晚上睡在干净整洁、软绵绵的床上，心想自己以后能不能拥有这么舒服的床铺、漂亮的床单、被子……想着想着甜甜地进入了梦乡。

吃过丰盛的早餐，二姐就进入考场了。考试过程中，还时刻铭记着老师交代的注意细节，故意把几个选择题选错了。

回来的二姐炫耀着她见过的大世面，滴溜溜转动的眼睛里，诚然流露出了对城市生活的羡慕之情。

二姐这次意外的城市之行，是对她人生观的一次巨大改变，使她真正意识到城市生活的幸福。那里的高楼大厦、霓虹灯、路灯、大小汽车等等，这些都是她生活的这个土窝窝里所没有的，还有那厚实舒服的席梦思床……一切都是那么美好。

“哎，我差点还弃学从农了，幸好有深谋远虑的爸爸。”她还清楚记得，那次四年级不去上学时，爸爸“鞭打”的教训，打得那么痛，她还真有好几天怨恨爸爸呢。后来初三中考完，她报考幼师分数够了，可是面试没过。她又一次辍学，要帮家里种田。这次爸爸没有动武，而是苦口婆心地劝她，最后在爸爸的坚持下她未能如愿……还好，一切还来得及，一定要努力学，一定要考上大学，将来也生活在那样的环境里。

过了十来天的时间，二姐都快忘记考试的事了，一天中午休息时间，那兄妹俩来找二姐。他们告诉二姐，考了个第一名，还给二姐带来了一些半新衣服，还有一条色彩艳丽、光彩照人的羊毛围巾。看着眼前的这些，二姐的心里是满满的惊喜。这些比妈妈在故衣摊子上买的好多了。

下午放学回到家，二姐把她收到的贵重礼物带回家，一件件摆开给家里人炫耀。我也眼馋地瞅瞅这件，看看那件，小心地问能不能分给我一件。

别看二姐平时脾气坏，干活泼实利索，还老训我和大姐，嫌我俩不好好干活，但是她的心特别善良，妈妈平时分给我们的白面馍馍，她老是存着舍不得吃。我早早把我的吃完后，等她吃的时候眼巴巴瞅着她，她就不忍心，还得给我掰点。所以她这次收到的礼物肯定也少不了我和大姐的。

二姐给我们三个分摊了她的礼物，把她认为最好的分给了大姐，说等大姐上大学去时穿。

第三十八章　爸爸说：要考就要考大学

1988年的这个暑假我们在欢歌笑语中度过：大姐金榜题名，二姐意外的“城市”之行，还有我人生中第一次重要考试——中考。

开学在一场暴雨后到来。暴晒一天的天空在夕阳西下之时，突然乌云四起，闪电雷鸣。不大会儿工夫，雨帘就在空中直洒而下，豆大的雨点“噼里啪啦”地击打在地上。妈妈从厨房跑出来，喊着：“快点把水接上！”

爸爸从厨房里滚出了水缸，我和姐姐们手忙脚乱地找着水桶、脸盆……顿时，各种器皿在房檐下面排成了一排，紧接着瀑布似的雨水从房檐上泻下，直入水桶、脸盆和水缸，打得水花四溅。

我们在屋子里欣赏着这场来势迅猛的暴雨。院子里，密集成线的雨水砸在地面上，形成无数个跳跃的大水泡，白茫茫的水雾笼罩在水泡上，雨水漫过了地面。此时，整个院子就像一个沸腾着的大锅。

这场暴雨来得快去得也快，一会儿，急促的雨点已缓和了下来，房檐下的各类器皿中传来了均匀的“滴答”声。这时爸爸拿出学费，给我们分发了学费，同时也召开那个惯有的小会。

第二天，刚被大雨冲洗过的天空一片湛蓝，庄后的树叶一片碧绿。大姐起了个老早，这次比初上学那次还要激动。身穿二姐分给她的那套半新衣服，脚穿一双自己假期做的黑条绒方口鞋，脚面上漏出的袜子白得有些刺眼。用洗衣粉洗得乌黑亮丽的头发扎成一个马尾，经过一番打扮，原来土气的她也变得美丽动人。

大姐双手各提一个蓝花布提包，爸爸背着包裹好的被褥，整装待发。妈妈突然踮着小脚噔噔地向厨房跑去，出来时手里拿着一个葱油饼，跑到姐跟前就往手提包里塞，大姐着急地说："这是新包，包油了。"

妈说："人要紧，你坐上慢车到兰州时就黑了，一天不吃怎能挨得住呢。"

机灵的二姐跑进屋撕来了几张作业本上的纸，在葱油饼上包了几层，然后放心地塞进包里。迫不及待的大姐蹦跳着出了大门，回头喊着："同志们，你们能不能麻利点，车跑了咋办？"

爸爸看着活蹦乱跳的她，随口念着："乖子怂怎么等到今天呢！"

我们一拥而出，相跟着向火车站进发。湛蓝的天空中，自由飞翔的麻雀"叽喳"地唱个不停，山坡上一团一簇的羊群好似天上的朵朵白云。放驴的人们斜躺在阴凉里哼着山歌，吃饱的毛驴脖子交着脖子，相互啃着痒痒。路边刚洗过澡的野草一片碧绿，轻盈、水灵的身姿随风摆动，五彩缤纷的山花咧开小嘴欢送着饱受饥寒的"金凤凰"。

我和二姐看着走在前面、身着花衣的大姐，挑逗地唱着儿歌："小燕子穿花衣，年年春天来这里……"爸爸迈着轻快的步伐，也附和着哼上了，妈妈迈着小脚慢跑着跟在大部队后面。

通安车站人不是很多，大姐买完火车票，把仅剩的十元钱塞进手提的布袋里。妈妈这时却是眼疾手快，她拿出大姐塞到袋子里的钱，很老练地塞到大姐的袜把里，还提醒大姐时常摸一下。妈妈的这一动作，让已是大学生的大姐哭笑不得。

车来了，大姐快速跳上车，接过爸爸递给的被子，向车厢走去。大姐找了个座位坐下，车也慢慢向前滑动，我们互相挥着手说着再见。我看到爸妈眼里噙满了泪水，不舍和以往的不易此时全汇成了眼中的泪水。

送走了大姐，二姐也报名上了高三，唯有我还在举棋不定，初三补习考小中专还是上高中。我站在人生的第一个十字路口，不知该往哪边迈脚。爸爸也索性让我自己做次决定，没有太多的干涉。

此时，通安中学已正常开学上课，只有校门口聚集着三三两两想要补习的学生。我就是其中一位，还有我的好朋友崔冬冬。在三五成群的人群中，同样有个人在里面，那就是我们班的学霸马小斌。

看到他，我不由得想起了初二第二学期的那次物理竞赛。初二两个班，我是二班参赛者，马小斌是一班的参赛者。竞赛分笔答和抢答题，抢答铃一响，次次都是马小斌抢先，而且答案准确无误。

老师口中优秀生的我却在赛场失利。结果他得了第一，我屈居第二，我陷入了沉沉的失落之中。哎，真是人外有人，山外有山啊！

看到失落的我，班主任张老师安慰道："没关系，你只是失误而已，一班那个马小斌跟你比差得远着呢。"

听到张老师的鼓励，心里也是乐呵呵。可是我知道，马小斌的灵敏和思维缜密远远超出了我的想象。

到了初三，由于补习人数多的原因，就把原有的两个班打乱重新分班，分成三个班，再往每个班插进些补习生。我和马小斌都分到了二班，还好的是，我的好朋友崔冬冬也和我在一起。

初三的学习本应该是紧张的，可是到了第二学期，课已结束，进入了复习阶段的我，却放松了自己，我和崔冬冬每天背着书包跑到操场后面的阳圪塄里晒太阳。有次我俩晒得正美，突然远处的班长大喊让我们回教室。心想，这下糟糕了，肯定是班主任来了。

我和崔冬冬背起书包就往教室跑，果真，班主任张老师（以前二姐的班主任）铁青着脸站在讲台上，挨个儿地批，轮到了我时，张老师更是生气了："还有你，你还学习委员呢……"挨完骂的我偷偷抬头看到挨批的男生堆里也有那个马小斌。

经过这次张老师的批评，我也意识到了自己的自由散漫。老师说的有错就改就是好学生，我决心把思想集中起来，要好好利用中考前的这段时间。

中考在大家的紧张复习中如期到来，我考了460多分，平时吊儿郎当的马小斌却考了490多分，他差一点就上了小中专。心里暗自佩服，这不是张老师说的他比我差远了，而是我比他差远了。

我在做了很长的思想斗争之后，还是决定在初三补习一年，考个小中专算了。所以我每天就泡在这群在校门口等信儿的学生中。

每天都是那么几张面孔在学校门口晃荡，慢慢地有着同样遭遇的我们便熟识起来，都成了在一起谈天说地的好朋友。此时分数高的马小斌也还被拒在补习潮之外，心想他都报不上，我肯定更没戏。于是我和崔冬冬决定去趟古城中学试试。

我们俩走出通安中学的大门时，下午第一节课的下课铃声刚响。我们顶着烈日奔跑在川道上，边跑边打听地找到了古城中学。问了古城中学校长，最后也没有答应。

我们俩沮丧地走出了古城校门，此时太阳已在西山畔上，整个平川都沉在阴凉里，川地里是一望无际的黄色麦茬儿。不一会儿，那个火红的太阳被一团黑云遮挡，瞬间，天空乌云密布，天空没有经过黄昏，直接黑了下来。一声霹雳从空中穿过，闪电折射着在云层中穿梭。

雷阵雨要来了，我和崔冬冬快速跑了起来，跑到我们许家沟时已是上气不接下气，可是又一声霹雷惊得我们不得不加快步伐。我俩使出全身力气跑上河坡，就听见爸爸在家里场边上的喊叫声。我一边应着一边跑着，刚走进家门，倾盆大雨已在黑夜中泼下。

妈妈端来了臊子面，一脸的担忧。爸爸看着狼吞虎咽的我和崔冬冬，给我说："瑛子，你都跑了这么多天了，开学也一礼拜了。咱不找了，要考就考大学不考小中专。崔冬冬你和你家商量下，就上高中吧。"

最终爸爸给我拿了主意。对，要考就考大学不考小中专。第二天我就报名上了高一一班。崔冬冬却被家长剥夺了上学的权利，不久便听到她嫁为人妻的消息。

听到这个消息，我的心再次沉入到深深的悲哀之中，这次是为我的好朋友。那么好学的孩子，若能坚持下来，将来肯定能考上大学，跳出农门，可是她却要面朝黄土背朝天地过一辈子了。此时我是多么庆幸我有这么好的爸爸！

第三十九章　爸爸让大姐给我转学

通安中学是附近乡镇唯一一所高中，所以高一一班这个大集体里，又有了许多从四面八方来的新面孔。

开学一周后的周一，我背着书包又要踏进那个熟悉的校门。校门前两排高大的白杨树上挂满了深绿色的大叶子，树下宽阔的林荫大道上是晨读的学生。在校门口，我碰到了同样是第一天上学的马小斌，他也被分到了高一一班。已有那么多天校门口的偶遇和闲聊，彼此不再陌生，就前后相跟着走进了新班。

面对着无数张陌生的面孔，我心里不免有些紧张。在四十多张面孔里我找寻着认识的同学，有杜小花、王晓宏，还有党小霞，这三个都是我初三时的同班同学。老同学再相见，倍感亲切。

班上人多板凳少，我们后去的学生没有板凳坐，就只能和别的同学挤着，我和杜小花挤坐在了一起。过了几天，班里加了几把板凳，马小斌给我了一个，他自己也有了一个。

有一次课间，学生们大都跑出去，尽情享受课间十分钟。待我们走进教室里，马小斌的板凳却不翼而飞。他满教室地找来找去，最终在崔同学那儿找到了。原来是没有板凳的崔同学趁下课之时拿走了，两个抢板凳的同学吵了起来，最后马小斌大大地扇了崔同学一个嘴巴子，并拿走了他的板凳。大家看着温文尔雅的他出手打人，有点吃惊，我的心却偏向了同是“天涯沦落人”的马小斌，暗想：“该出手时就出手。”

课已落下了一周，除语文、英语外，数理化已讲了许多，为了跟得上进度，我每天拼命地补，不出几天其他课程已补得差不多了，唯那高中新开的立体几何怎么补都是不行，这可把我难住了。立体几何要有丰富的空间想象力，我真是想不来。

立体几何却是马小斌的长项，问他时，他总会讲得头头是道，分析得透彻清楚。他便成了我的立体几何老师。英语可是我的长项，我时常给他讲讲英语。这就是所谓的礼尚往来，来而不往非礼也。

我和党小霞、王晓宏、杜小花成了好朋友。我给我们四人起了爱称，杜大毛，党二毛，王三毛，小李毛。我们一天喊着“大毛、二毛……”都不知这名字是怎么起的。杜大毛和党二毛住校，中午我们四个时不常去宿舍做饭。

上学两周后，收到兰州师专大姐的来信。信中写着她的所见所闻，无限放大地叙述着她大学生活的美好，鼓励我们一定好好学习，也一定要考上大学。

她走那天，火车再次在崇山峻岭中穿梭，她透过车窗，想起爸爸领她去定西看病时的荒凉情景，不免有些黯然，还好一切都过去了。而此时外面却生机盎然，田野里绿草茵茵，牛羊满山，车道两边翠绿的杨柳树从她眼前划过。农民们在玉米地里掰着玉米。

中午时分，山脚下的村庄炊烟袅袅，大姐掏出妈妈给她塞的葱花饼，饥肠辘辘的她已顾不了少女的温雅，如风卷残云般地把那块葱油饼吃了个精光。相继而来的便是瞌睡，她趴在小桌上，在晃荡的车中很快入睡，一觉醒来时已到了兰州。

她麻利地背起行李下了火车，可是初来兰州的她辨不清东南西北，她随大流走出站口，迎面而来的是兰州师专接新生的红牌子。一阵狂喜的她跑过去站在牌子那儿等候，一会儿聚集了好多学生，举牌的同学吆喝着：“跟我走！”

姐随着大家上了师专的校车，校车在宽阔的大道上全速飞跑，路边的高楼大厦被校车远远地甩在了后面，一会儿“兰州师专”几个醒目大字映入了她的眼帘。“啊，到了，这就是我将要生活三年的大学。”正是晚饭时节，校园里有三三两两拿着饭盆的学生。

下车后热情的老乡们争先恐后地拿行李，领姐到女生楼，安排稳妥后才各自离开了。姐感叹道：天上人间啊！与中学大相径庭！

她大学的生活比较滋润，学校发的菜票饭票女孩子每月还有剩余，利用剩余的票可以在校园里的商店换些日用品，所以她走时拿的十元钱还揣在衣兜里。

舍友八人，亲如姐妹，她经常受她人的馈赠，牛琴琴给件裤子，张辉辉给件衬衣……令人更想不到的是她竟然学会了打台球，输赢赌菜票，她有时候还能赚点菜票，所以她得寸进尺，每吃完晚饭上自习前的这段时间她总在打台球玩。

大学生活是充满阳光的，每周六学校还举行交谊舞晚会，她们宿舍的姑娘们早早吃完晚餐，浓妆淡抹后，进入舞场。在霓虹灯的照射下，八位美女亭亭玉立，光彩照人。音乐响起，四对美女迈着轻盈的舞步滑入舞池，跳着交谊舞。她跳着男步，带着娇小的张辉辉。此时的她没有了一点来自农村的自卑感，轻松自如地带着好友跳遍了舞厅的角角落落……了解到大学生活的丰富多彩，我和二姐羡慕之极，梦想着什么时候也能像大姐一样过上幸福美好的大学生活。但我们的学习道路依然艰辛。

爸爸看完了大姐的来信，高兴地说：“这乖子怂还活泛得很，学会打台球了。哎，我看瑛子老在这儿念下去，也不行，想办法要转到一中去，红红你先好好学，高考完再说。我让你大姐先把瑛子转下去。”

眼看着家里劳力紧缺成这样，还有我们几个人每年的学费还得贷款，爸爸这时却决然要给我转学。我在想，我转走了，二姐不是考走，就是在一中补习，家里就剩下爸妈两个人，怎么种地？哪来的学费？还有那两个吃不饱的毛驴，谁拔草……一连串的疑问在我脑海里闪现。

爸爸，我的好爸爸，家里的这些困难你是否想到过？你真的扛得起这所有的压力吗？我为我有这样的好爸爸庆幸之时，心里也充满了心酸，心酸到想哭。看着爸爸那一身几年未换，已分不清颜色的蓝上衣，还有已完全褪色的黄裤子，以及腰上那根长长的草腰绳，泪水已模糊了我的双眼。爸爸啊，你就是世界上最伟大的爸爸！

第四十章　我和二姐都踏入了一中的大门

当我把心里的疑问一个个摆在爸爸面前时，他仍旧非常淡然，他说："我的娃，这些我都想过了，家里是紧张，但是车已拉到半山了，不拉不行。现在总比以前有盼头，你哥马上毕业了，你大姐也没几年的事。只要你俩争气考出去，我这一辈子就没白活。我希望我吃过的苦、走过的路，不要再在你们身上重演。"

爸爸说着，起身打开他那个放纸笔的小木箱子，准备给大姐写信。可是那一封他写的"平反昭雪"申请书，却展展地躺在盒子的最上面，那曾经的一幕幕又展现在他的眼前，那莫须有的罪名、那个脖颈上挂过的沉重屈辱的牌子、那没有一点点尊严的鞭打和辱骂，以及那些石沉大海的一封封平反昭雪申请……

他迟疑了下，拿出那封1987年写的申请，快速地折起来压在了小木箱的最下面，他想把这封申请和他心里的"伤痛"都深深地压在那不易让他触碰的角落。因为这段回忆是那么地让他痛不欲生。此时眼泪已情不自禁地从他的眼角滑落，他戴上箱子里深色镜片的老花镜，把那只泪眼藏在了镜片下面。

他收拾起悲凉的心情，坐在炕上的炕桌后面开始给大姐写信，把给我转学的任务下达给了她。大姐国庆放假时专门跑了趟一中，找了老师，但是插班很难。最后老师给大姐出个主意，就是等着下年中考时再考一次，直接报到一中。这样的话，我就得浪费一年的时间。没别的办法，为了能转到一中，也只能这样了。

高三的二姐也开始分秒必争地学了起来。为了给二姐更多的学习时间，我包揽了好多家务活。下午放学回家，我一人背起大背篼去给毛驴拔草，待夕阳西下时，我却连二分之一都没装满。这时空中回巢的麻雀用“叽喳”声嘲笑我。爸爸看着背篼里不够一头驴的草料，说以后回家就干脆去割苜蓿，吃完了再说。这下我的劳动量大大地减少了，也不用担心拔不上草毛驴饿肚子了。

虽然要转学，这一年的时间也不能白白浪费，我还在高一继续着学业。有一天，班主任陈老师突发奇想，座位要男女混搭，免得女生们坐一起聊天，男生坐一起玩耍。全班学生在教室门前排队，男生一排，女生一排，一男一女往教室走。

走着走着我发现下一位就是我和男生队里的马小斌了，马小斌赶快和他后面的景同学换了位，我的同桌便成了景同学。看着马小斌的这一举动，我心里不是滋味，他竟然还逃避和学霸级的我当同桌。

个儿不高的景同学对我非常尊敬，差不多可以说是彬彬有礼了。可能是我对他不是十分友好的原因，有一天，他给我写了张条条“人不可貌相，海水不可斗量”。看看条，又看看他，其貌也不错呢，心想这娃怎么这么不自信。

我和马小斌成了前后桌，但因为有他那次故意逃避和我做同桌，我心里对他有了点点介怀。可是他像没事人，依旧向我请教英语。慢慢地我也释怀，又像以前一样做学习上的好帮手。

时间飞快，转眼高一的第二学期期中考试已过，我的成绩和马小斌不相上下，排名也是遥遥领先。期中过后，我将要窝在家里复习第二次的中考，班主任陈老师也大力支持我这么做。再见了我的同学们，还有我的小老师——马小斌。

中考的前天，第一次要进城参考的我还真是胆战心惊，生怕把自己丢了。在车站爸爸把我送上火车时，嘱咐我第几站下车，别坐过了站。我一站一站数着，按爸爸的要求下了车。在出口处找到了来接我的大姐同学，悬着的心这才放了下来。

第一次进入城市的我，同样也是目不暇接。可惜的是，坐上大班车后不久，天空下起了小雨，城市的高楼大厦都笼罩在灰蒙蒙的细雨里。霎时，各色的雨伞就像彩色的蘑菇一样在街道上移动，车水马龙的街道上，跑过的汽车轱辘带起来一绺一绺灰白色的水雾，整条街道覆盖在了水雾之下，远处山顶也是水雾相连。

接我的大姐姐看着外面的细雨，念叨着："还真是，中高考都是雨天相伴，又下起了雨。"

最终我以 460 多分（和我第一次中考的成绩一分不差）被一中录取。接到录取通知之后，我最后一次去了通安中学，和我要好的同学做了告别。我的大毛、二毛、三毛同学，还有马小斌同学。马小斌给我赠送了精致的绿笔记本和钢笔，让我受宠若惊，本本里还夹着一封鼓励我的信。这是我正儿八经收到的第一封男同学的信件，我倍感珍惜。

是的，就像信上说的，我们一定要友谊长存，再见了朋友，我的小老师。在这分别之时，我才意识到对马小斌竟有那么多的不舍。习惯了在一起学习，习惯了听他娓娓道来的讲题，喜欢听他带有磁性的声音，喜欢高大帅气的他总是出现在我的眼前。可是这所有的一切将随着我的转学而结束了。

参加高考的二姐却因几分之差落榜了。二姐虽然在通安中学是名列前茅的，但毕竟教学质量和县城高中有较大的差别。经过一年的辛苦努力，还是未能如愿。爸爸虽有失望，但似乎也在意料之中。他知道这个女儿是最机灵的了，今年考不上，在一中补习一年肯定没问题。心想，开学了就去一中补习，刚好和瑛子是个伴。

这年秋季开学，陇西一中的补习班，是按当年高考成绩招收，二姐凭高考成绩免费进入了补习一班。二姐还算争气，为本就拮据的家节省了这笔不菲的补习费用。

我和二姐都相继踏入陇西一中的大门。新学年，新环境，新目标。迎接我们的将是更艰苦的学习生活。

第四十一章　爸爸说钱得自己挣

同年暑假，哥哥毕业分配到玉门石油管理局油建公司。即将步入工作岗位的哥哥，拿着他简单的行李回了家。学校还不错，给毕业的学生发了委派费，还配发了一个漂亮的红黑格子皮箱。

几年的大学生活让哥哥从一个乡巴佬出落成了英俊潇洒的“绅士”。大学不但让他增长了知识，也重塑了他的形象。此时的他变得白白净净，再加上他那双“纯天然”的双眼皮大眼睛，能真正算得上帅哥了。如果在农村待一辈子，谁还能发现他原来是如此清新俊逸呢！

他在包里翻出他买的一些小吃，其中有两包方便面。晚饭时分，哥哥说方便面泡泡就能吃，我看着那一块曲折如电打了的干面饼，感觉如此神奇，第一次见到如此稀奇的东西。哥哥把那个面饼放到他的饭盒里，浇上刚开锅的水，等了十多分钟，他打开饭盒，香气四溢。我们几个围到饭盒旁边你一口我一口地品尝着人间美味。

爸爸给哥哥说着给我转学的前前后后，哥哥也是觉得两个人在城里上学，加上大姐在兰州上学，爸妈的压力太大了，关键是那么多的家务活怎么办？

哥哥看着操劳得已经驼背的爸爸，还有三寸金莲的妈妈，他实在是不忍心让年迈的他们有太多的压力。他就给我做思想工作，让我别上学了，他每月给我5元钱，让我帮爸爸干农活。

我心里盘算着5元钱，真的不少呢，妈妈一次卖的鸡蛋钱也就1块多，那得妈妈卖上好几次鸡蛋呢，心里暗自高兴，就跑去跟爸爸商量，是否答应哥哥的建议。爸爸想都没有想，就直接给否定了。

爸爸说："孩子，钱得自己挣，不能要他的5元钱。你一定要考上大学自己挣，自己有本事了，挣钱才能挣得长久。"我听得似懂非懂，只觉得不挣那5元钱有点亏哩。

8月底，大姐背着我的铺盖卷，提着借来的煤油炉子和家里的那个铝锅，我背着大书包，向一中进发，要开始我的住校生涯了。

我却没有大姐当时转学时的兴奋，我心里涌上了无穷的悲凉。我走这天，从没有给毛驴拔过草的妈妈背起那个大背篼出去给驴拔草。看着她背后的那个大背篼和她矮小的身子是那么的不协调，再看看她那双小脚，怎么能支撑得起那满满一背篼青草呢？还有那近乎30度的陡坡，怎么爬上去？

我背着大书包，走在上学时必行的那道深碱沟里，脑海里闪现的是妈妈背着一大背篼青草，佝偻着爬坡的样子，以及爸爸在荒凉的陡坡上深一脚浅一脚犁地的样子，真是"才下眉头，却上心头"，挥之不去。没有离开却已想念。

我希望今天的碱沟越长越好，让我和父母的距离能近一些，近的时间尽可能地长一些。可是今天这碱沟却是这么短，没一会儿就出沟了。出沟上了河坡，母校通安中学那茂盛的一大片白杨树又映入了我的眼帘，学校整个校舍笼罩在茂密的深绿色树叶下。开学报名的学生三五成群地聚集在校门口。我的视线在人群中搜索着那些熟悉的身影，大毛、二毛、三毛还有马小斌。

随之那条蜿蜒曲折且看不见尽头的铁轨进入了我的视线，

我将要沿着它去寻找我的未来……

我和大姐在夕阳几近西山畔时，到达了陇西一中。那座黄色的教学楼，正对着校门威严耸立着。它的后面是陈旧的大教室，现已成了学生宿舍或实验室。唯有大食堂前面那两个大教室还分别挂着高三“补习一班”和“补习二班”的牌子。和众多平房相比，它是那么高高在上和特立独行。

我和大姐背着行囊先往女生宿舍走去，那扇浅黄色陈旧的烂门显示着它的年龄和沧桑。宿舍门前的土地上漫着油腻腻的洗锅水，还有一些饭菜残渣。门口水泥台子上站着几个女生正在往嘴里扒拉饭。

我随大姐进入宿舍。那是一间长约 14 米、宽约 6 米的长方形旧教室。顺着宽度的方向，两边靠墙各摆着一排高低床，两排加起来是 20 张，能住 40 个学生。床板都是用宽窄不同的木板拼成。教室中间留一米多的过道，便是学生出入的通道。

那个前面曾经是讲台的地方，此时成了学生们的灶台，上面摆放着近 20 个煤油炉子，炉子上各架着一只铝锅。有几个学生正在做着简单的晚饭，煤油炉子上“哗哗”地冒着黄色的火焰，煤油的烟味刺鼻熏眼，气雾缭绕。

抬头看向挨床板的墙上，白色的墙面上是大小不一、钉过钉子的洞眼，墙面千疮百孔、伤痕累累。新来的学生又钉上了大小钉子，钉子上挂着色彩缤纷的花布包。床头拉上好多条麻绳，搭着同学们五彩斑斓的洗脸毛巾。

上铺已让先来的学生占得差不多了，宿舍后门的下铺还有两张空床铺，大姐把我的行囊放在上面，另外一张占着给过几天后来的二姐用。大姐给我铺好床铺，把煤油炉子也在讲台上找个空间安顿下来，上面架上了铝锅。

收拾妥当后，大姐带我到大食堂前面的开水房打了开水，开水泡白面饼子就算是我到一中的第一顿晚饭。饭后大姐带我到学校后面走了半圈，认了认道。

学校最后面一排的西头是大食堂，此时大食堂人去屋空，门上挂着一把大铁锁。紧挨着食堂就是一个大开水房。紧邻水房便是男生宿舍，男生宿舍同样是旧教室，宿舍门前漫着的洗锅水在屋内灯光的照射下也是波光粼粼。

再往东是教职工宿舍，东头还有一栋教职工宿舍楼。教职工宿舍前面是两个小花园，砖砌的镂空围墙不到一人高。这里也是一片静谧。我们高一的教室在那栋黄色的新楼上，此时天黑已经锁门。

夜色下，形似香蕉的月牙没有给这片校舍带来多少光亮，西边的大食堂、开水房以及东边的教职工宿舍都黑漆漆一片。唯有男生宿舍里那个黄色的灯泡发出了昏黄的灯光，以及男生们的吵闹声提示着这里已是开学时节。

回宿舍后，我和大姐躺在床板上。我久久凝视着讲台上那些“数不清”的煤油炉子，不由得叹息道：这就是我将要吃住生活的地方了，又是一个开始，可不知什么时候结束。此时，我又想起了哥哥付的5元钱劳务费，拿着5元钱干家务应该比住在这里强一些。

现在想想，幸亏爸爸是一位深谋远虑的爸爸。如果他当时答应了，不知我现在还在农村哪个旮旯里待着呢。家长的一个决定影响着孩子的一生，我为我们有这样既开明又有远见的爸爸而自豪。爸爸，真的谢谢您帮我做了正确的选择！谢谢您对我们的付出！没有您对哥哥的以死相逼，没有您对二姐的那次痛打，哪有我们现在的生活。

第四十二章　一中的住校生涯

第二天，大姐就要去兰州上学了，已有住校经验的她给我叮嘱着注意这注意那，然后一步三回头地走出了宿舍。看着她走出宿舍门的背影，我眼圈发红，眼泪巴巴。只怕送她到校门口时，看见我的泪眼，她不忍心离去，所以我连宿舍门都没敢出。看样子她们给我起的"哭包"这名字太贴合我了。

早晨的校园，已没有了昨晚的宁静，一群群来往的学生充满了校园的每个角落，不时传来学生们的喧嚣声。穿着五颜六色服装的城里姑娘们，就如一个个美丽的花蝴蝶，在校园里穿梭，单调的校园顿时五彩缤纷。我在后勤处交完学费、报完名，就去了四楼高一二班教室。长方形的教室里摆了三排课桌和板凳。靠墙和靠窗户各是两个课桌挨着的一排，中间是四个课桌挨着的一大排。三排课桌中间是两条一米多宽供学生出入的走道。

一中的课桌不再是两人或三人的大长桌，而是每人一个的小课桌，比通安中学的好了许多。冲西的高层教室宽敞明亮。唯有一点不方便的是，楼上还没有通水，厕所在校园最南端的旧校门附近。

班主任卫老师给我们排了座位，我在中间那一大排靠后面。一下子四个同桌，挨我最近的同桌是男生李小军，腼腆得像个小姑娘，没事不说话，一说话就脸红。第一节课，听写英语单词，我还没有作业本，小军同学给我撕下了他本本上的一张纸，小心翼翼地递给了我，此时感觉到他细长圆润的手指适合弹钢琴。

班主任卫老师和蔼可亲，古铜色的圆脸上镶嵌着一双有神的大眼睛。他化学课讲得如行云流水，跌宕起伏。卫老师选出了班委——徐班长、团支书史书记和学习委员王晓阳。点名时我听到李春华（女）和李春阳（男）两个相近的名字，我揣摩这两个同学是不是龙凤胎。但是一个是来自种和，一个来自高堺，明显我的猜测是错误的。

开学两天后的晚饭时分，二姐背着她的铺盖卷来到了宿舍。看到两天未见的二姐，真有如隔三秋的感觉，激动得泪水涟涟。二姐很顺利地报到了高三补习一班。

中午下课后，二姐准备做饭，我提着电壶（保温壶）去接开水。此时食堂门口和开水房前排了两条长长的队，食堂那边学生的饭盒碰撞发出了清脆的“锵锵”声，食堂里冒出的香气惹得我多咽了几口口水。

食堂那边是打饭的，开水房这一长队是打开水自己做饭的。食堂门口排的那些人悠然自得，吃完就完事了，他们打饭的速度远远快于我们打开水的。一会儿工夫，食堂门口的队已缩短了不少。我们这边队伍还是很长，人头攒动，慢如蜗牛。眼看着买完饭的学生已经三三两两地蹲在房檐下的台子上吃了起来，我们做饭的人还连开水都没打上，我们这队的人开始着急慌忙了，人群里不时地发出“快点快点”的催促声。

排队的时间是漫长的，我前面还是长长的列队，这时饥肠辘辘的我只能吞咽着口水。

打完水回去时，宿舍那3平方米左右的讲台上挤得水泄不通，二三十个姑娘在“灶台”前操持做饭，现场杂乱无章，形如打仗。二十多个煤油炉子上都跳跃着黄色的火焰，炉子上架着的铝锅里冒着白气。二十多个煤油炉子同时燃烧，宿舍里顿时烟熏火燎，白气缭绕，油烟熏得学生们的眼里饱含泪水。

李春华也在讲台上伺候着她的煤油炉子，可能是灯芯的原因，她的炉火总是着得不旺，她揪揪这个灯芯，再捏捏那个，两只漂亮的大眼睛被烟熏得通红，她不时地揉着眼睛。真是可惜那两只忽闪的大眼睛了。

二姐洗切好了洋芋根根，放入架在炉子上的铝锅里，着急地等着我打的开水。我一来，二姐就点着煤油炉子，我在铝锅里倒入开水，水很快就冒着白气滚开了，煮上面条，土豆面就是我们简单的午餐。我们一人盛上一碗，狼吞虎咽地吃了起来。

秋收结束，颗粒归仓，此时我和二姐背的是新磨的白面，在校外压成白面条，晾干差不多就能吃上一周。我们每天的伙食就是土豆加面条，再撒上点盐，滴两滴胡麻油。有时放上菠菜，添点绿意。不管有菜没菜我们都会吃得津津有味，因为一到中午早已饥肠辘辘了，吃什么都是香的。

转到一中虽然很陌生，但比起大姐好多了，有二姐，还有好几个早认识的大姐姐，大姐的好朋友张国琴就是其中一个。更巧的是她和我住在同一个宿舍，有她们的悉心照顾，我很快适应了集体宿舍。

初中时，我就认识了国琴姐，她和大姐是滚在一个被窝里的好朋友。在通安上高中时，她离家比较远，就开始住校，每周末要回家背一周的口粮。和大姐成好朋友后，她俩就一个周末在我家，一个周末去她家，玩得不亦乐乎。

去她家的周末，大姐就帮她背来两周的口粮。在我家的一周，热闹非凡，那可算得上“四个美女”一台戏了。白天我们出动去地里干活，晚上在炕上打闹嬉戏。

有一次，我们背着干粮，扛上镢头、铁锹，雄赳赳气昂昂地走在山间小道上。我和二姐走在前面，大姐和琴姐尾随后面，故意做着解放军的步伐，震破天地唱着："革命军人个个要牢记，三大纪律八项注意，一切行动听指挥……"唱完就哈哈大笑。

到达洋芋地后，大姐和琴姐挖洋芋，我和二姐跟在后面往篮子里拾，等累了我们就平躺在洋芋秆子上，仰望着蓝天白云，嘴里啃着白面饼子，开始缓人了。我和二姐深深地陶醉在蓝天白天、任鸟飞翔的仙境里。

突然听见大姐和国琴姐气喘吁吁的声音，心想这两人干吗着呢？一回头，人家两人手里各提着两个大红萝卜跑向我俩，上气不接下气地说："我们偷的三舅家的。"在衣服上蹭了几下，她俩就在镢头上一上一下地甩，口里唱着："绊、绊、绊萝卜，一绊萝卜比饭香，二绊萝卜比肉香……"

我和二姐被她俩的滑稽样逗得哈哈大笑。没绊几下，那水灵灵的萝卜裂开了红色的外衣，露出了白玉般的肚腩，惹得我们直吞咽口水。我们每人一手拿着饼子，一手拿着萝卜，吃一口馍馍，啃一嘴萝卜，吃得津津有味，馍馍和萝卜秒杀似的进了肚。

斗转星移，没想到事隔几年后的今天我们又在同一个学校、同一个宿舍里相遇。我们同甘苦，共患难。

大西北的冬天非常冷，我们的大宿舍没有暖气，也没有生炉子，到了冬天宿舍如寒窑，整个大宿舍就靠我们近四十个人的体温取暖。

宿舍门前的洗锅水已经结成了厚厚的黄冰，此时已没有了夏天那种刺鼻熏人的难闻气味。每到做饭时刻，每个人打着哆嗦跑进宿舍，手脚麻利地做着简单的饭，吃点热饭身上能稍微暖和些。

寒夜更不好过，钻进冰凉的被窝需要很大的勇气。大多数同学买了暖水袋，我们姐俩买不起，我俩把褥子铺在一起，晚上挤在一个被窝里，互相取暖。我们又从家里拿来了个大塑料壶，晚上装满满一壶开水，把盖子拧得紧紧的，放被窝里，下自习时被窝里热腾腾的。

可是有一次下自习我钻被窝时发现被子湿了一大片，冰得没法睡。原来是壶盖松了漏水了。二姐高三，她还在教室挑灯夜战呢。我重新拧紧壶盖，放在湿了的那块被子上，希望二姐回来时能暖干，然后就挤进同学的被窝里睡了。第二天早上看到二姐和衣从我们的被窝里爬出来，就知道她昨晚回来时被子还没有干呢。

和大姐一样，环境的陌生及家里生活的艰辛，我和二姐除了吃饭睡觉外，其余的时间全用在了学习上，中午急忙吃过简单的面条，就跑到教室看书，不管效果如何，就知道学啊学。此时的二姐也真正知道用功了。

晚自习下课后，教室里电灯熄灭，在高三补习班的那个大教室里，城里的学生全部回家，教室里燃起了星星点点的煤油灯，那是住校生在挑灯夜战，其中一个煤油灯下坐着的就是二姐。那如萤火般跳跃着的火苗发出了昏暗的光芒，使那些莘莘学子不得不匍匐在课桌上认真研读。

一分耕耘，一分收获。真希望辛苦的学子，来年都考出理想的分数，考上梦想的大学。

第四十三章　爸爸在大雪中为我们觅食

俗话说“金窝、银窝不如自己的狗窝”，虽然身处县一中，出门便是高楼大厦、柏油马路，但我还是十分想念那个黄土山丘上的家。那里有我的爸妈，还有熟悉的乡间小道，荒凉的山坡，那条寸草不生的深碱沟……县城虽好，但我不属于这里，这里也不属于我，我只是千万过客中的一员。所以每到周末之时，我便归心似箭。

二姐高三复习紧张，回家取东西的“美差”就由我全权代办了。回家正常的话都是先坐班车到火车站，再坐火车。可是每次班车和火车票加起来差不多得两元钱。陇西火车站有检票口，不买票进不了站。陇西北站没有检票口，可以直接进站上车。为了逃票，周六早上的第二节课下课后，马河和通安的学生们相约一起，从学校直接走到陇西北站。

我们跋山涉水，一个多小时才能到达北站。在北站虽然能免费上车，但运气不好的话也会在车上碰到检票的。听着列车员从上个车厢检过来了，我们一群学生就往下节车厢跑，如果这时刚好赶上进站就好了，我们就从这个车厢下去，从已检完了的那个车厢上去，就算逃票成功了。

如果被抓住了，没钱补票，只能挨一顿列车员的呵斥。我胆小，一旦被抓着，人家还没骂呢，就被吓哭了，这么一哭吧，检票员也就省得骂了，看样子“哭包”也有“哭包”的好处。

有个周六，我们五六个学生往北站走，刚下完雨的空中飘荡着重重的土腥味，从一团黑云里钻出来的太阳光芒四射，高高耸立在邮局门前的陇西有名的钟鼓楼，在金色太阳光的照耀下熠熠生辉，雄伟壮观。马路边巴掌大的树叶上滚着雨水，翠绿的小草尖上顶着一颗晶莹剔透的水珠。一切崭新得就像刚刚沐浴过一样。

我们穿过城中心，走到陇西渭河。望着那条涨了水的既宽又深的渭河，一时不知怎么办。深秋的水凉得有点刺骨，女生们已唏嘘不已。这时我们班的王强脱下鞋子，挽起裤筒，下河试了下水的深度。还好，水深刚到小腿肚。他倡议：男生背女生过河。就这样我们女生们才一个个顺利过了河、回了家。王强同学看着老实憨厚，其实还有点儿幽默风趣，平常话少，但却能一语惊人。

我下了火车又穿行在那条躲不过的深碱沟里。此时下过雨的碱沟一路泥泞，原来走人的碱路都被一层稀泥覆盖着，我每走两步都要用力甩掉鞋子上沾的稀泥。这次的碱沟出乎意料地长，让我足足走了半个小时。出沟上坡了，此时半山腰家里的场墙及那两棵大杏树已进入了我的眼帘。我睁大眼睛看看场墙上有没有趴着等我的爸妈，果然爸爸站在场边向我的方向眺望。

我兴奋地迈大了脚步，走到二舅的庄旁，看到的是陡坡上的妈妈。她背着满满一方背篼青草，腰弓成了 90 度，在陡坡上慢慢爬行，几近手脚并用了。看着妈妈的背影，我又一次泪眼朦胧。但我不敢大声喊叫，只怕听到我的声音，她激动得从坡上滚落。我快速跑上坡，扶住妈妈背上的那个大方背篼，让她慢慢靠在坡边的埂子上。我用袖口揩干妈妈脸上的汗水，把书包和空粮袋递给妈妈，把那装满青草的方背篼背在自己背上，母女俩向家走去。

我每次回家都是兴奋的，能见到爸爸妈妈，能睡上家里的热炕，能吃上妈妈做的热饭。当然回家还得抓紧时间帮爸妈干些农活，主要是想着给驴多拔些草，让妈妈轻松些。但在家也就住上一个晚上，到第二天午饭后就得回学校了，所以我再怎么努力也拔不了多少的草，只够俩毛驴吃一晚上的。

回校得带上面粉、背上土豆，还要拿些妈妈烙的馍馍。拿着我们两人两周的口粮，背上背着大包小包，为了那两元钱的车票，我们又从陇西北站下车走回县城，翻山越岭，一路艰辛。

转眼高一第一学期就在我无限的想家中度过了，由于平时的刻苦努力，期末考试我和二姐都取得了优异的成绩。

从哥考上学校那年开始，爸爸就成了信用社的常客，每到开学之时，爸爸都会去信用社给我们贷学费。幸运的时候去一趟就能贷上，不顺的时候要跑上好几趟才能成功。

此时哥哥虽已上班，可他那点工资也只够养活自己，我们的学费还得靠爸爸的贷款。这个寒假，春节刚过到初九，爸爸就开始为我们的学费劳神了。清晨，鹅毛般的大雪铺天而下，一会儿，那六角形的雪瓣汇成了白色的绒毯，覆盖在那荒芜的黄土地上。

爸爸坐在热炕上熬着罐罐茶，盯着天空落下的“白色帷幄”，无意识地叹着气。坐在炕圪崂暖炕的我，看着爸爸紧锁的眉头，问道：“爸爸怎么了？”

爸爸说：“马上要开学了，你们学费还没有着落呢。哎，信用社的社长早已换人了，最近几次都是找的别人。不知这次能不能贷上呢？”

喝完茶，吃过早饭，爸爸戴上他的旧棉帽子，穿上烂棉袄，还不忘腰上那根草腰绳，穿戴整齐后，他踩着大雪出发了。因为这天是街上赶集的日子，他想着这天信用社也该有人了。

看着爸爸在大雪中远去的背影，我心里五味杂陈。为了我们爸爸又去求人贷款，又去给人说尽好话，虽然没有亲眼看到爸爸那时和社长们是怎么谈的，但现在已身为家长的我，也能想象出他当时求人的情景。

晚饭过后，黄土山丘都笼罩在白茫茫的雪雾里，整个山丘寂静无声，山川在半尺多厚的白毯下沉睡。鹅毛般的大雪还是无休止地下着，从早到晚，好像没有一点点要停的迹象。爸爸从早饭后出门到晚饭时，一直没有回来。妈妈在门外跑了好几趟，总是不见爸爸的身影。大家都在焦急地等待，生怕大雪天外出的爸爸有什么意外。

天色已麻乎乎的了，我们姐妹三人围坐在热炕上，竖起耳朵倾听外面的动静，就如饥饿的狼崽在着急地等待着觅食的爸爸回家。天已全黑，院里的雪积得已足足有一尺厚了，我透过窗户凝视着院里的积雪，心中也是焦急万分。

门外响起了爸爸的脚步声，不知爸爸是喜还是忧，但是能听到爸爸的声音，不管成功与否，我们都非常高兴。爸爸可算回来了，四颗悬着的心终于归位了。我们下炕迎接爸爸的回来，爸爸撩起门上补了好几层的、有点沉重的门帘进屋了，看见地上的我们，说着："上炕上炕，这么冷，下来干吗呢？"

进屋的爸爸和早上出门时的爸爸判若两人，他睫毛上、眉毛上、胡子上都结满了冰碴，头上的棉帽上也结了一层白白的霜，脸冻得红扑扑的，被雪水湿过的鞋子和裤脚都已冻硬……真正和传说中的圣诞老人没有两样。

尽管爸爸是如此的狼狈不堪，但看到我们，他脸上还是露出了欣慰的笑，我们就知道爸爸肯定是有功而返了。是的，爸爸当天的借贷算是成功了，虽然几经周折，最后还是达到了目的，贷上了一百元。

爸爸说他早上先去了街上的信用社，一直等到下午时分，管事的一直没有来。无奈之下，爸爸就顶着大雪翻山越岭去了社长的家里。反正也不是头一次贷款，社长也知道爸爸的来意。他没有拒绝爸爸，只是在数额上没有答应爸爸那么多。这样爸爸还算比较顺利地贷到了款，还留爸爸在他们家吃了晚饭。

钱贷到了，爸爸高兴我们也高兴，我们又能继续我们的学业了。爸爸换了他的外套，从衣兜里拿出他贷的款——厚厚的一沓，虽然是一百元，但各种面值的都有，因为要分开给三个孩子上学，爸爸要的零钱。

爸爸为我们觅食回来了，接下来就是给我们分食了。上大学的大姐，路费和花费都要大一些，所以大姐分了 30 元，县城上高中的我和二姐，一块儿分了 30 元，其他的 40 元留下开春买化肥种田用。

真希望这种贷款煎熬的日子尽早结束，让爸爸过上没有压力的日子，好好享受一下生活。

开春了，我们三姐妹又背上行囊去了学校，爸妈又要开始在家里的十多亩山地里播种希望了。

第四十四章　二姐高考成功

新学期开始了，我们住校的学生背着简单的口粮从四面八方又汇集到了我们近 40 人的大宿舍。春天已到，冰雪融化，宿舍门前又恢复了以前的模样。

我和二姐缴完学费，30 元钱已所剩无几，还好的是吃的都是从家里背来的，平时花钱的地方也不多。这时家里的白面已没有多少，我和二姐的馍馍换成了麻面（麦子磨到后面掺有麸皮的面）锅盔。背了家里用豌豆换来的大米，还有一成不变的土豆。

看到有的同学晚上把米泡到电壶里，第二天早上便是稀饭，二姐也就把大米装到电壶里泡上。早上我们吃着大米汤泡的麻面锅盔，感觉吃上了顶好的营养餐。

一起做饭的同学们有条件稍好的，背的是白面锅盔，还有像奶粉一样的麦乳精，早上冲个麦乳精，泡着白面锅盔，吃得有滋有味。不过在那个环境里，大家都为实现梦想紧张地学习着，对于生活这方面没有攀比之心。

每天吃饭时间，我就特羡慕打饭吃的同学，不受油烟的熏烤，不用挤在那个 3 平方米的“灶台”上操持做饭，不用排长队打开水……一下课就有现成的热菜吃。班上同宿舍的史佩佩上食堂吃，每天下课后，她拿着不锈钢饭盒就去打饭，等她吃完收拾完了，我还在等铝锅里的土豆面。再加上她肤若冰雪，吹弹可破，活脱脱一个大家闺秀，真是让人好生羡慕！

春至花满园。转眼到了4月底，校园的花草树木已从沉睡中苏醒，原来光秃秃的树枝上此时挂满了嫩绿的树叶，针状松树上原来深绿色的针叶尖上，又冒出了一簇葱心绿的小针叶，就如刺猬的刺一样顽皮地竖立着。松树的每个枝尖上都点缀着一簇葱心绿的针叶，松树随风而动，在太阳光的照射下，松树枝尖上的葱心绿叶就如无数个萤火虫在树间闪烁。

校园后面东侧教职工楼前那两个花园里，牡丹花已盛开，一片姹紫嫣红。花园边上那几株高大的洋紫荆吊着一串串的紫色小花，散发出扑鼻的香气。各种花朵竞相绽放，芳香四溢。嗡嗡的蜜蜂在牡丹花上盘旋，有几只已经扎进了艳黄的花蕊里想“吃个满腹”。

晨读的学生在花园周围慢步穿行，身在五彩斑斓的花海里，吸着醉人的花香。在这花的世界里，书本的知识就像养分一样快速地穿过大脑皮层，深入脑海，滋润着它，让它快速成长，变得丰满。

蜜蜂的嗡嗡声和琅琅的读书声交织在一起，此起彼伏。我拿着英语课本，看着园中的牡丹，想象着此时家里的那个圆如大盆的牡丹也应该在娇艳地盛开着，可是面朝黄土背朝天的爸妈哪有闲心去欣赏它，没有人欣赏的花朵显得那么孤寂。

这时的我已经和班里的同学打得火热，午饭过后，便跑去教室。教室里学生寥寥无几，只有几个住校的学生趴在桌子上学习。我坐在座位上，翻着书本，吹着口哨，悠闲自得，扰得我前面认真学习的魏杰无法静心钻研，他回过头来警示着我的“放肆”。等他回过头去时，任性的我仍然打起了口哨，吹着信天游的调子，气得前面的他唉声叹气。年少无知，青春无罪，希望当时的口哨声带给他及同学们的是愉悦。“五一”、中考等放假时日，我常去城里的康晓华、叶萍萍或陈晓晓家学习和玩耍，我们互相帮助，共同进步。

师专的大姐时常写信告诉我们大学生活的丰富多彩。她时常去跳舞，晚饭后继续着她的“赌球”，周末去爬山，过得悠闲舒服。别看她疯玩，学习上一点没有马虎，成绩在班上数一数二。这次她在信上又诉说着她美好的“五一”春游。

“五一”期间，他们的班主任丁老师带领全班同学去南山春游。美女们当然又要打扮一番。姐白衬衣下是米黄色的一步裙，卡腰的一步裙紧紧束在白衬衣上，显示着凹凸有致的身材。脚穿一双白色运动鞋，马尾辫高高地扎在头顶上，此时的她已落落大方。兴奋的她是既跳又唱，上山下山总是跑在前面，一脸惊讶的丁老师说：“没发现李兰兰如此活泼开朗，学习成绩还那么好，明天在班上介绍下学习经验。”

第二天班会上，丁老师果真叫她介绍自己的学习方法，她非常感激丁老师的褒奖，因为这种奖励好长时候没轮到她了，她站起来，嘴里像倒核桃一样自述了一番，赢得了老师和同学们的掌声。

看到大姐过得如此潇洒，我和二姐心里是满满的羡慕，同时我们也更加充满了对大学生活的向往。我给大姐写了回信，汇报着我们的学习情况和家里情况。午饭过后，我和二姐先去书店给二姐买了本参考书，再顺便到邮局给大姐寄封信。我把信装进爸爸自制的信封里，把信封用糨糊粘好，就等二姐买邮票了。二姐在她的衣兜里摸了好一会儿，才摸出来了三四分，等着拿邮票的人有点不耐烦，二姐着急地摸遍了身上所有的衣兜，最后也没有凑够八分。邮票钱不够，二姐对着售货员尴尬地摇了摇头。

信发不出去了，我手里捏着那个自制的牛皮纸信封，只能蔫蔫地准备打道回府了。这时，有一个小学生模样的小男孩递给二姐几分钱，补够了邮票钱，信终于发出去了。等我们回头时，小学生已跑得无影无踪，我们被小学生的真情深深感动着。真心谢谢他的出手相助，也祝他好人一生平安！

老话说的不假，一分钱能难倒男子汉。生活拮据到了如此地步，但是我们心态依旧很好，过了今天不操心明天怎么过，只要有一口饭吃，就能学习。生活的窘迫并没有压垮我们学习的信心，而成了我们学习的动力，因为爸爸老给我们灌输：只有考出去才能改变目前我们的境况，所以那时候我们的目标只有一个，就是一定要考上大学，一定要走出山沟。

时间如白驹过隙，转瞬即逝，转眼就到了1989年的高考了。那时候高考前先进行预选考试，二姐这次预考心态调整得很好，想着把自己学到的能正常发挥就行了。结果考试结果出人意料的好，考了陇西一中第一名。这是她从未预料到的。到正式高考时，预选这个第一名倒弄得她心理压力过大，只害怕考得不如预考成绩，在紧张心态的作怪下，高考成绩只上了二本线。

那时候报志愿都不愿报农、医、师，她的原则是这三项绝对不报。她要赴哥的后尘，报的全是石油院校，最后却不遂人愿，她被调剂到甘肃农业大学畜牧系。

对于二姐的录取，高兴归高兴，但好像家里人反应没有那么大，好像就是预料之中的事。虽然她途中有两次辍学之争，平时学习也不那么认真，就像妈妈说的："每天老早上炕趴着呢，以为在看书，一看眼睛闭得严严个。"但她天资聪明，一旦认真起来肯定没问题。

二姐对她的甘农大不满意，爸爸却高兴，一来本科，二来农大补贴高，家里的压力不会很大。

此时，家里的四个孩子已考上三个，加上在一中上高一的我成绩优秀，爸爸觉得一生的宏愿几近完成。只是那个迟迟没有解决的平反昭雪之事，时时萦绕得他夜不能寐。

第四十五章　我家的福音

二姐收到录取通知书的那天，看着“甘肃农业大学”的信封，她虽然有所失望，但失望转瞬即逝。毕竟结束了她十二年艰苦的中小学学习生涯，迎接她的将是世人仰望的大学生活。就像大姐说的，那可是天上人间啊，与中学有着天壤之别。那寒冷的宿舍、冰凉的被窝、煤油灯下的钻研、3 平方米灶台上的拥挤不堪……所有的这一切将随着这张录取通知书结束了。更让她兴奋的是，她的学校离大姐的师专不到一公里的路程，有大姐的相伴，省去了她对陌生环境的惧怕。

农大这时已实行了公寓制，不用自己准备铺盖，拿钱就行，一共 200 多元。还好的是近在兰州，路费没多少。

爸爸说：“这次的学费咱们大家齐心协力，家里的接杏、杏核全卖了，还有鸡猪也全出了。上次贷的银行的钱还没还清呢，现在也没法贷。你哥那儿也不能再要了，去年年底还银行贷款时你哥寄的 500 元，也是东拼西借凑上的，哎，你哥到现在还没还上呢，刚上班也就那么几个钱。这次咱们辛苦点，不能再逼你哥了，不然你哥连饭都吃不上了。先凑着，实在不够了就把新打的豌豆卖些。”

是的，去年年底还银行贷款时，爸爸向刚毕业半年的儿子要了 500 元，对于每月 50 多元工资的哥哥来说，这也是个天文数字，哥哥知道家里的情况，靠爸爸从土里不可能刨出500元来，所以家里的这个重担就得由他来承担。他半年来，省吃俭用节约下来的钱也就100元多点，其他的都得向同事朋友借。他东拼西借了半个月才凑足了500元，寄回了家。再接下来的日子里他更得勒紧腰带给同事朋友还钱了。他想不管怎么样，现在是有工资保障的人了，他相信日子会一天比一天好过。

麦熟时节，庄前庄后埂垃上的杏树也迎来了又一茬杏黄之时，杏树上的杏子黄的如金，红的如丹，坠得树枝沉沉地弯下腰。我们姐妹仨每天在地里忙完，回家吃午饭的那点时间也不闲着，回到家就提个篮子在各个杏树下拾熟透后掉下来的杏子，先捡好的给自己嘴里塞几个，再往篮子里拾。回家后挤出杏核，杏肉和杏核分开晒在院里，满院子散发着熟透了的杏子的香甜味，惹得苍蝇一通乱飞。

晒几日后，我们趁中午时间，平塌子坐在地上，抡着铁锤，砸着杏核。我们累并快乐着，此时的我们想着大学之门，想着梦开始的地方，所以就像爸爸说的“再苦再累都是值得的”。

开学之时学费凑齐，大姐和二姐都奔赴了兰州，踏进了大学之门，我还得背着我的行囊继续我的住校生活。我一人背着行囊走在那道永远躲不过的碱沟里，显得如此孤单。此刻我的心里悲喜交加，高兴的是家里又出了个大学生，二姐又从苦海里跳了出去，悲的是爸妈年龄渐大，家务活已是力不从心，还得操心一中的我，怕二姐走了，我生活不能自理，会不会孤单影响学习……此时，我的脑海里闪现着一个念头——假如没我该多好。爸爸的心愿全部实现了，可以放下担子过几天轻松日子了。

这个“假如”一直在我的脑海里重复着，可是字典里虽有“假如”这两个字，但是世事都没有假如。现在“我”就活生生地存在，再怎么假如都是扯淡，要做的只能是背着书包继续苦读。

高二了，迎来了文理科分班。班上的好几个同学都选了文科班，从二班分到了文科五班。那个善解人意的王娴娴也选了文科。记得高一课间，我俩常在一起聊天，她精致的小脸上镶嵌着一双炯炯有神的大眼睛，高翘的小蒜鼻，唇如朱砂，美如天仙。看着学文的同学从教室走出，真有点依依不舍。就像常说的：没有不散的宴席，为了各自的前途选择了不同的道路。

我的同桌换成了学习委员王晓阳，她不但学习好，还写得一手好字，字大而豪放。她数学学得好，在我眼中很难的几何题，她在稿纸上一会儿工夫就能解决了。

我们近40人仍然挤在那个大宿舍里，仍然继续着做饭、睡觉、上课的生活，周而复始，这种日子平常得没有一点波澜。离开了二姐，现在做饭打水之事全是我一人来完成。下了课，自己先排队打水，再操持做饭，时间紧张，就如打仗。煮上两碗土豆面，吃完了，才算消停。二姐走后，我是越来越羡慕上食堂的学生，时时幻想着有一天自己也能成为上食堂的一员，可就目前家里的情况，这种幻想在短期内只能是个幻想了。

时来运转，一个喜讯给家注入了新的希望。县教育局与爸爸协商待遇的事：补全停职后的全部工资，给一个子女安排个工作（因爸爸已过退休年龄）或者发退休工资。让爸爸选一种，他没有选择子女接班，而是选择了后者。

爸爸说对于子女他有自己的考虑，他不想让孩子走捷径，他的目标是让孩子们考大学，而不是仅仅靠他的职业接个班。这就是伟大而有远见的爸爸！记得当时补发的工资是600多元，对于当时来说已经是很大的一笔财富了，并且每月还能有退休工资。这对我们全家就是个莫大的福音。只可惜的是我没有留下那个平反昭雪的原文，不知爸爸当时把如此宝贵的东西放哪儿了！

如今已身为人母的我，很难理解爸爸当时为什么不选择让一个孩子接班呢？那是怎样的一种信念在支撑着他？因为当时我们家还在为填饱肚子发难，每到5月，爸妈就借口粮。虽然哥哥姐姐们都出去了，还有一个上高中的我，每年的学费还得爸爸贷款。如果让我接班也能为他减轻不少负担。可是爸爸并没有为眼前的这点小利而改变他的初衷。当那种选择摆在他面前时他毅然决然地选择了不让孩子接班。

现在想起来，真为爸爸的伟大而震撼！爸爸是在做人才的投资，他认为这种投资给予自己的子女是最好的也是最值的。他最终实现了他的愿望，可是投资的回报爸爸没有享受一点，当我大学毕业一个月后，早有高血压的爸爸突然病情加重，脑溢血导致半身不遂。

第四十六章　哥哥遥报喜讯——家添新丁

爸爸久久地沉浸在喜讯里，他那颗久固的心释然了。他突然觉得所有的一切是那么的美好。世间的得与失并存，苦与乐并存……这些年虽然失去了工作，成了一介草夫，但他的孩子们争气，一个个地按他的设定往前走。

只因当时的屈辱，才使他下了那么大决心……让孩子们走出农门，所以逆境会使人成长得更快。爸爸回想着过去所走过的路，崎岖坎坷，不知有多少泪和汗水洒向了这片黄土高原。但是所有付出都是值得的，为了这一张平反昭雪的书信，为了孩子们的前程。现在三个孩子都已出去，他坚信日子会越来越好。只希望小女儿也争气，实现既定的目标，这样他这辈子算是成功的。

妈妈不知把那包钱藏在哪儿，提来提去最后找了她认为安全的地方——连布袋子深深地埋在粮食里。这时她计划着要给很少穿新衣服的孩子们各扯一套新衣服，下次赶集时就买料裁衣服，各种各样的花布已在她脑海里反复闪现。最后还是没定下要买的布料。因为妈妈知道，现在孩子们都大了，我做了主人家看不上咋办呢？对，等着他们回家时，让他们自己选料，做一套称心如意的新衣服。

等我们放假回家后，我们一起上街给我们仨扯了自己喜欢的布料，一人做了套新衣服。穿上新衣服，顿时觉得自己焕然一新，我那张粉嘟嘟的脸也妩媚了很多。

这年我家喜事连连，年底收到哥哥的报喜信——家添新丁。我家的第三代出生了，一个漂亮的大眼睛女孩。全家再次沉浸在喜悦的气氛里，我们都猜想着家里的新成员长得像谁，但愿和哥哥一样漂亮，和嫂子一样秀气、甜美。农村坐月子都吃小谷米，妈妈从赵家大爸家借了几斤小谷米，还有一双自己做的坐月子穿的布鞋，包好后让爸爸给嫂子邮去。

哥哥、嫂子是双职工，产假过后看孩子的事也是件难事，哥哥发愁，爸爸妈妈也是发愁。当时家里有三个学生要供，爸妈无论哪个去领孙女，留在家里的一个人都是万难，耕地、种田、除草，还有家畜等等一大堆家务，一个人只能是顾了这头顾不上那头。可是再重要的事都抵不上孙女的重要，无论如何，孩子要照看着长大。爸妈筹划着，妈妈去看孙女的话，爸一个人连饭都吃不上。最后决定照看孙女的事由爸爸承担，妈妈留在家里。

翻过年的开学之时，我们仨仍旧都去上学，爸妈赶在别人前先把自己的地种上。五一前后，爸爸准备去玉门看孙女，他穿着一件旧蓝布中山装，黄裤子上套了件旧蓝裤子，黄裤裤腿比外面的还长出了一大截，应该是黄裤子比外面的蓝裤子还要破旧一些吧。

爸爸这一路也有规划，他先坐慢车到兰州，看看大姐和二姐，看看现实中的大学生活。在兰州，大姐和二姐带爸爸在她们各自的校园转了转，爸爸还品尝了学校食堂的饭。在大姐二姐的陪伴下，爸爸第一次游览了黄河。他站在高高的黄河堤岸上，看着来势汹汹又急速而下的黄河水，他轻声吟诵着李白的诗句：“君不见黄河之水天上来，奔流到海不复回”，今天他算是真正的身临其境了。他佩服诗人把这黄河的来与去写得如此吻合又恰如其分。

爸爸看着大姐二姐大学快乐的生活，喜不自禁，给大姐和二姐说："啥时候瑛子也进入大学，我就踏实了。"

在兰州住了一晚后，大姐和二姐把爸爸送上了去玉门的火车。在兰州火车站，大姐的同学用相机留下了爸爸的这次旅行。照片中大裤腿的爸爸被两位姐姐挽着胳膊，大步走在火车站前的广场上，二位姐姐是一脸的清纯，爸爸还戴着一顶灰色的鸭舌帽。

爸爸去了远在河西的哥哥家，把一个庞杂的家留给了妈妈一人。家里的农活，还有那些家畜，都是一个个张嘴的活物。妈妈每天早上先喂好家里的所有活口，再去地里除草。家务活几乎占去了妈妈所有的时间，连吃个饭也是忙里偷闲了。虽说时间是海绵里的水，但无论妈妈怎么挤，却再也挤不出时间去给毛驴拔草，只能委屈它们吃干草。

但此时的妈妈累并快乐着，她心想，不管怎么累，现在的日子是有盼头的，孙女会一天天长大，两个女儿都在上大学。等夏收最忙时，三个孩子都放假了就好了。妈妈掐手算算，再坚持一个多月就放假了。

这个暑假在妈妈的盼望中如期而至，大姐和二姐回到家后，就着手进行夏收了。等我补完课回到家里时，夏收还在紧锣密鼓地进行着，两位大学生姐姐整天在地里跟黄土打交道，近墨则黑，她们是近土则黄，忙得天昏地暗，灰头土脸。大姐除了拔田以外还得犁地，我、二姐和妈妈成了拔田的长工，家的人手已不能腾出专职放驴的了。犁完地后，两头毛驴只能放在河沟的草坡上，慢慢撕啃着贴着地皮的草，到天黑我去吆它们回家时，两头毛驴肚皮还是瘪下一个大坑，磨了一天没吃上多少草。

这个暑假我们要在上学前把所有的庄稼都打收归仓，以减少妈妈的负担。我们马不停蹄地劳作着，拔完没几天就是背，背完没几天就又是打扬。一个暑假下来，我们干完了预计的活。两位姐姐相约放国庆假时又回来挖洋芋。

远在玉门的爸爸惦记着家，还有家里糊口的庄稼。他时常写信叙说着小孙女的聪明可爱，还说那双大眼睛像灯泡一样亮，全继承儿子儿媳妇的优点。信中也提到他在城里生活的种种不习惯（尤其是上厕所不习惯），也不忘询问家里的情况（妈妈怎么样，庄稼长势怎么样）。

别看一介农夫，他看孩子也有他的一套方法，他每天都要带漂亮的洋娃娃娴出去晒太阳，出去玩，他双手把娴举过头顶，举得高高的，逗得孩子在头顶咯咯笑，这时爸爸的心里也乐开了花，他喜欢聆听娴银铃般的笑声。在孩子睡觉时，他坐在床边看着她脸上的一个个可爱的表情，一会儿咧着小嘴笑着，一会儿又瘪着小嘴露出难过的表情。当娴露出要哭的表情时，爸爸伸手轻轻拍拍，让睡梦中的小人感觉到安慰。俗话说隔代亲，还真是，此时这个漂亮的洋娃娃的一举一动都牵着他的心，当孩子啼哭时，他能感觉到揪心的心痛；当孩子咯咯大笑时，他也是发自内心的高兴。

他和娴相处多半年，到孩子满一岁时，由于家里的原因，爸爸不得不和孙女分开，娴被送到了姥姥家，爸爸又回家了。这个庞杂的家离不开爸爸。

第四十七章　我第一次高考落榜

这个春节，回到家的爸爸最常念叨的是她的孙女娴，夸孙女漂亮又聪明，还有那双漂亮的大眼睛，又说亮得像灯泡（爸爸说眼睛大又好看就说像灯泡）。只见过照片的我们，的确也觉得孩子真是好看，那双黑亮的眼睛也的确漂亮，但爸爸说大得像灯泡却是夸张了。我们都期待着见见那个漂亮的洋娃娃。

过完年，又是一个春季开学之时，我还得背着口粮去我已熟悉的一中。虽然哥哥姐姐们已在我前进的道路上铺满了鲜花，但是我得踏着鲜花，亲自劈开荆棘，去寻找我梦中的大学。不能辜负爸妈的希望，也不能让哥哥姐姐们大失所望。

有了大姐的先例，妈妈这时把家里全部的营养品都给了我，生怕我也来个神经衰弱。我走时妈妈给我准备的白面、烙了一大袋子猪油鼓儿（炼猪油时炼出的渣子，和白面一起炒成馅，包成的馅饼），还有几个鸡蛋，都给分门别类装在袋子里。

家里一个个优秀的榜样，激励着我，我不得不在学习上分秒必争，在高一高二两年里，我学习成绩一直很好，评上了校三好学生，还发了二十几元的奖学金，照了一张三好学生的合影照。拿回家，爸爸拿着这张照片端详了好半天，盯着照片上的我呵呵地笑着。看着满脸笑容的爸爸，我是倍感自豪，在爸面前撒娇地说道：“瑛子是最棒的！对吧，爸爸？”

已到高三第二学期的我，学习更加紧张了，爸爸决定让我上食堂。长达两年多的幻想实现了，我的心里乐开了花，自己打开水做饭的艰苦日子终于结束了。这时学校有了新政策，打开水要买水票了，一壶开水要一张水票。金猪有福，刚好大姐的好朋友马耀光毕业分到了一中。老师有免费的水票，他就把水票省下来给我用。放假之时，勤快的他回家去帮着家里人收割庄稼，他就把他的宿舍借给我补课学习用。有了这位大哥哥的照顾，我生活上有了前所未有的方便，让我也是莫大的感动！

大姐和二姐的学校一步之遥，她们中午、晚上下课都在一起。周末一起游玩，时不常举办个老乡会，过得悠然自得。在大姐和二姐的互相介绍下，她们和农大、师专的老乡都成了好朋友，大姐认识了农大的不少老乡，其中一个就是权权同学，他帅气豪爽、善解人意，对大姐更是欣赏有加。

有次大姐穿了一套黄加黑的格子衣服，一双红平绒鞋，一头浓黑亮丽的长发披在肩上，此时大姐真还有点美女的样子。她这身打扮去农大找二姐，碰巧遇上权权，他睁圆那双大眼睛欣赏着眼前的大姐，“哎哟，怎么越发婀娜多姿了！像韩国小丫丫。”情窦初开的大姐听到这样的赞美，心里顿时充满了自信。心想，看样子自己也不是太丑啊。“人靠衣装马靠鞍”，这是真理啊。从此大姐鼓励自己在未来的路上要挺胸抬头，大胆追求自己想要的生活。

权权同学成了大姐无话不谈的挚友，他笑对人生的阳光心态一直影响着大姐，大姐在忧伤和烦恼之时，常常有他的排忧解难。人生有这么一个知己足矣！

时间在紧张的学习中飞速流过。高考已进入了倒计时，这时后起军都很厉害，我也开始觉得学习上的压力越来越大，尤其是数学，立体几何又是我的难点。有次我的数学老师周老师批作业时，给我的评语是：“学如逆水行舟，不进则退。”一行醒目的红字，让我觉得难堪。周老师看到我的状况也有点“怒其不争”了。我对于即将到来的高考越来越害怕，弦绷的越来越紧，致使高考以失败而告终。

1991 年我高考落榜，这次失败对我的打击很大，对爸爸的打击也不小。因为高一高二我一直学习很好，高三有所下降，但是没有想到会考不上。顿时觉得自己是那么不争气，那么没用，让父母操心！高考后的这个暑假，我在无比痛苦中度过，在家干活也经常丢三落四的。有次割苜蓿把镰刀放哪儿找不到了，爸爸说这么个样子么，怎么能考上大学呢！这是爸爸第一次因为学习的事说我，肯定是爸爸怒我的不争气，也就是所谓的希望越大，则失望越大。

爸爸可能想着我应该是最省心的一个，应届当年就能如愿以偿的，可是我辜负了他老人家的希望。我当时只顾着自己的伤感而忽视了爸爸的感受。生气归生气，爸爸也决不会就此让我弃学从农，这点我是坚信的。开学前一天，爸爸给我准备好了报名的学费，让我去复读，并告诉我压力不要过大，补习一年肯定没问题。

同年（1991 年），我的大姐已经读完了三年师专并分配到我们乡镇中学，开始了她的教师生涯。爸爸的担子又减轻了一些。虽然我没有考取，但大姐的毕业分配多少给爸爸心里一些慰藉。

我总感觉生活就是一个一个的磨砺，不知我的中学阶段什么时候才能真正的翻篇，我彷徨……开学的前几天，我翻着那一本本再熟悉不过的课本，寻找着问题的根源，却始终没有找到。就让我在补习的这一年里找到问题所在吧。我始终相信，大学之门不会拒绝勤奋好学的我。

第四十八章　解除娃娃亲

20世纪六七十年代的农村，还延续着“父母之命，媒妁之言”的习俗，这个习俗在我们家也没有破除，哥哥、姐姐都没逃过娃娃亲的命运。

哥哥是我们家的唯一男孩子，怕大了找不上媳妇，所以就早早地又定了门娃娃亲。对于两个姐姐爸爸倒是不着急，都是妈妈和我二姨做主给定的亲。但是随着哥姐一个个地考上大学，爸爸又面临着解除婚约的尴尬。

大姐还是在小学时，在我二姨的撮合下与二姨同队的董姓家定了娃娃亲，当时大姐是非常不情愿的，但是最终未能拧过强势的妈妈，这门亲事还是定了下来。

事后大姐几次公然提出解除婚约，但爸爸也是个有头有脸、一言九鼎的人，觉得我们毁约丢颜面，就说如果大姐要毁婚，就不让她上学了。爸爸知道“不让上学”这是大姐的死穴，真是“知子莫如父”啊！

大姐立马老实了，但大姐也打着心里的小算盘，学必须得上，就先把毁婚这事缓缓再说，以后“见机行事”。

天降大运于大姐也，就在大姐为婚事揪心的时候，正好赶上农村招兵，大姐的娃娃亲成功入伍，真是好事，起码大姐又能踏踏实实地读两年的书。

哥哥的娃娃亲定得特别早，从我记事起，哥就有个娃娃亲，并且我还特害怕那个“准嫂子”，她看见我横眉竖眼的。当时那种条件那种环境下，能把女儿许配给哥，确实是好人家。

随着年龄的增长，哥哥出落得越发英俊，大眼睛高鼻梁，白白净净的翩翩少年，还上着学，看起来一脸的斯文，他的娃娃亲也就慢慢地转变了态度。到哥考上大学后，他们的关系貌似友好了起来。

二姐这个瘦小鬼灵的家伙，鬼点子最多，坏主意也最多。哥上学回家时，总会叫他的娃娃亲来我家玩上几天。家里孩子多，房子又少，对他们的二人世界也极为不便，他们聊天就只能在院外面的场里。

每每这时我这个机灵二姐就想办法去偷窥，她爬庄墙上到我家的窑顶上，充分发挥站得高看得远的优势。不过她也不敢光明正大地站着看，她只能平趴在那窑顶上。夏天只穿个小背心，窑顶上全是割过的草茬，为了饱她眼福，她不得不忍受草茬对她肚皮肆无忌惮的蹂躏。

我是她的小跟班，爬不上去，还想分享二姐的“偷看成果”，就在下面问：“看到了吗？看到了吗？”得到的往往是二姐的一声呵斥：“别出声！”我就大气也不敢出地在下面等啊等。

二姐趴了一会儿，估计她那肚皮也和她反抗得厉害，总算听到她的动静了，她手脚麻利地翻下墙，天啊，我一看她的肚皮，一肚皮的麻子窝窝，有的窝窝里还掺杂着些小土疙瘩。她这形象真让我忍俊不禁，完全忘记了不能出声这回事，这一笑不打紧，把正事给忘了，直到现在也不知道她到底看到什么了，也不知当时的笑声哥哥是否听见。

哥哥在解除婚约上算得上是深藏不露型的，他上大学期间在“娃娃亲”这事上一直表现良好，和他的娃娃亲处得也不错，一直到毕业工作一年后，他直接给女方写了信，解除了婚约。

等女方的父母骂上门来时爸爸才知道，爸爸说孩子的事他的确不知道，再说孩子大了，孩子的事他也做不了主了。可是爸爸无论怎么解释也没有停止女方父母的谩骂。爸爸的内心还是觉得对不起人家，耽误了女娃的终身大事，骂就让人家骂吧！

爸爸也埋怨他这个儿子，怎么不跟他说一声就这么解除了呢，后来他写信劝过，可是最终没能改变哥哥的决定。现在想想，哥哥的做法也是对的，那是要相守一辈子的人，要营造一个幸福美满的家，起码要有共同语言，工作之余有个互相倾诉苦与乐的对象。正如老人家说的：金山对银山，窑窑对坷坛（土窝窝）。哥哥选择了读书之人作为伴侣，那是明智的选择。

后来我们就问："哥哥，你不是一直和你的娃娃亲处得不错吗，怎么后来就解除了呢？"

他说："咱们是农村长大的，没走出去过，等进入大学的门你就会发现，你的世界观是那么的不成熟，所见所闻，就像井底之蛙。没走出去时只知道婚姻大事是'父母之命、媒妁之言'，哪还知道什么是自由恋爱呢？既然走出去了，我就不想过那种互不理解、互不相爱、互不宽容，甚至是连一个共同话题都没有的家庭生活，我要的是我说她懂、她疾我痛的生活伴侣。"

二姐虽然鬼机灵，但是也没有逃脱娃娃亲的宿命。二姨牵线所成的大姐的娃娃亲，在初三暑假被大姐快刀斩乱麻了，因为人家等不了她没完没了地上学，逼着谈婚论嫁了。二姨还是没有放弃媒婆的"职业"，她又想方设法，把我二姐介绍给她的小姑子做儿媳妇，当时二姐在上小学三年级。

也就像哥说的，没见过大世面的二姐也只能听之任之了。那男孩没有上过学，但长得高大英俊，用现在话说，帅哥一个，所以，二姐的娃娃亲一直延续到她上了大学。

在大学那个如梦的世界里，她看到无数的情侣在林荫大道上散步，无数的少男少女在校园里谈情说爱，此时她才意识到了鸳鸯戏水蝶双飞的爱情是如此诱人。

她开始怀疑她和娃娃亲之间的感情，没有见面时的脸红心跳，没有渴望见面的感觉，没有给他写情书的冲动，更没有见面时相互拥抱的激情……甚至生疏得连手都没拉过。

她觉得娃娃亲有的只是婚姻的约定，没有爱情的存在。自从有了婚约以后，在她的意识里就认为，那就是以后要和她一起生活的人，就像爸爸和妈妈一样。什么爱呀什么情，她都没有想过，也不懂也没时间去想。而现在身处在这个环境里，她才开始慢慢意识到什么才是爱情。

二姐是个急性子，对她认定的事向来都是办得干净、利落，在萌发的爱情观里，她果断地做出了决定：解除娃娃亲的婚约。

解除婚约很顺利，说散就散了。因那个男生长得好看，出去打工时，也结识了些要好的女性朋友。可麻烦的事是，要给人家退彩礼钱，乱七八糟算了好几百元。

爸爸又为这几百元发愁了，忙完农活，他平塌子坐在房檐下的台子上，捣着罐罐茶，深思着怎么解决这一问题呢。家里的鸡、猪，俩女儿上大学时卖得差不多了。想来想去，就想到了家里那个傻大闷（毛驴）刚生的不到半岁的小驴娃了。嗯，这是个来钱的门路，到人家定的交钱之日，也就能卖了。驴娃卖了也还不够，再把家里剩的豌豆卖了，不够的话就只能东拼西借了。

想好了来钱的路子，就顺着这个思路凑了。第二天赶集，爸爸担着两半袋子豌豆，和妈妈一起去了通安街上，卖东西可是妈妈的特长，她不跟着，怕爸爸把豌豆便宜出售了。所以爸爸担到街上，卖的事就交给妈妈了。妈妈在街边站了多半天，这豌豆也没有达到妈妈预计的好价钱，眼看着今天又要担回家了。天无绝人之路，这时来了个大手脚，两半袋子豌豆全要了，没讨价还价，按妈妈要的价钱付了钱，妈妈一脸的兴奋。事后才知道那人就是火车站的那个工人叔叔，对于我们家的事也略知一二，曾写文章报道过爸爸供孩子上学的事迹。

这位好心的叔叔解了我家的燃眉之急，还差一些是大姐找她的高中老师借的，通过七凑八凑这笔款终于结清了，二姐的娃娃亲也圆满地解决了。

事后听二姨说，二姐退亲后那个男生很快和与他一起打工的姑娘定了亲并结婚了，二姐心里也踏实了，因为她担心她把人家拖大了，不好找对象。对于我，爸爸有先见之明，来一个媒婆，爸爸就用“娃还小，等长大了再说”这句话婉言谢绝了。

那时乡村的婚事，还是沿袭着封建思想的父母之命、媒妁之言。如若爸爸的思想陈旧，哥哥姐姐的娃娃亲不会那么顺利地解除。因为有一次失败婚姻的爸爸，深知每个人的另一半对家的重要性，所以当哥姐们提出退婚时，爸爸并没有过多干涉，还是积极去面对该来的一切，包括对方家长的谩骂和对彩礼的筹退。

爸爸退清了姐的彩礼，但他没打算让“准儿媳妇”家退彩礼，爸爸觉得理亏的是自己。爸爸就是这样宁可自己吃亏，也不能让别人吃亏，拿了人家的如数偿还，给出去的一分没要。只要孩子能够如愿，他自己挨骂吃亏都是值得的。

因为这三次娃娃亲的失败，爸爸便决定，关于孩子婚姻之事还是由孩子自己做主。所以我们四人谈恋爱，找对象，爸爸妈妈几乎没过问，他们的原则就是：只要你们自己觉得好就行。

哥哥姐姐们只想着解除不满的婚约，追求自己的自由恋爱，对于爸爸承担的压力并没有想那么多。可是在当时那个世俗的农村，孩子们的婚姻是父母的脸，所以三次娃娃亲的失败，丢的都是爸爸的脸，对方都认为是他的责任，所以各种谩骂、各种非议指的都是他，他为孩子的幸福承受了全部。在思想落后的农村，谁都不会相信我家还会有民主存在。

第四十九章　我竟然成了二姐的校友

无论你是喜是悲，岁月的车轮从不会为你停息，日复一日，年复一年，循环往复。又到了一个初秋，我家庄下的土路上传来了小学生的喧哗声，他们追赶着向学校跑去，从他们的欢声笑语中就能知道他们对新学期的向往。阳坡山脚下的土路上也是三五成群去通安中学报名的学生。

即将挤入高三补习人群之列的我，此时却处之泰然，仍圪蹴在庄旁的苜蓿地里为毛驴铲草。看着那一群群活蹦乱跳的小学生，我想起了六七年前的自己，那个胆小得连学校都不敢去的小毛丫头，还有那次为了一件故衣（白衬衫）公然和爸爸对抗的小姑娘……此时的她已没有了当时的胆怯，也失去了和爸爸对抗时的暴虐，更多的是经过几年学习及住校生活磨砺后的成熟。

火红的太阳挂在湛蓝的高空，我双手麻利地铲着不到一尺长的二刀苜蓿，左手在苜蓿留下的老茬子上磨来磨去，不知左手上已划上多少道白色的痕迹。有几道深得已洇出了红丝丝的血迹。一个暑假下来，两只手上又留下了厚厚的老茧，在这层厚厚的“手套”保护下，拿铲刀的右手已觉不出疼痛。

嫩嫩的苜蓿在身后整齐地码成一排，在炎阳的直射下，那水嫩的苜蓿堆成的小堆在快速地缩小，表层的苜蓿已蔫蔫地耷拉着叶子。我起身把它们一一装进那个大方背篼里，然后放到埂垃下面那一米多宽的阴凉里。背篼只装了七八分满，铲苜蓿还得继续。

快正午的太阳火似的烤着这片土地及土地上所有的生灵。我圪蹴下来，把头上的草帽往下压了压，好让它施舍更多的阴凉给我的脸庞，紧接着速战速决，得赶在饭前把背篼装满。

成串的汗水从我的脸颊流淌下来，打在了苜蓿椭圆形的小叶上，我一边撩拨着汗水，一边推着铲子，眼前成片的细嫩苜蓿倒在了我的左手里。来不及擦的汗水绕过眉毛流进了眼角，我强忍着刺痛，使劲眨着眼睛，没让两只手因此而停下。

没多大工夫，我就把大方背篼装得满满当当。我使出浑身的力气，背起沉重的背篼，蹒跚着向家走去。这一个假期，我不知多少次重复着这种体力活，让它一次又一次地麻醉着我的灵魂，以免让我的思维又回到那不堪的高考中。

今天是开学的日子，刚分配了工作的大姐，迫不及待地大清早起来，从她大学带来的包裹里，精挑细选地选出了她认为最漂亮的那套黑黄相间的格子衣服，再穿上了一双小跟黑皮鞋，然后对着镜子认真打扮了一番，高高兴兴地去了通安中学报到。通安中学是她的母校，是她最熟悉不过的地方。没想到若干年后，她以另一个身份在这里入驻。

从拿到那张师专毕业证书时，她就结束了丰富多彩的大学生活。无论有多么的不舍，但时间不会倒流，过去的永远回不来了。迎接她的将是另一个环境，这里没有绚丽多彩的灯光，没有莺歌燕舞，没有挥洒舞姿的场所，亦没有亲如姐妹舍友的相伴，有的只是校园里学生的琅琅书声、一个十来平米的单身宿舍和做饭的土炉子。这才是现实中的柴米油盐酱醋茶的生活写照。

大姐又可以天天回家，陪伴在爸妈的身边了。这对即将背着行囊去一中的我，心里多了几分安慰，家里不再那么冷清，爸妈的炕桌上又有了说笑声。

我的第一次高考失败，不仅沉重地打击了我和父母，同时给哥哥姐姐添了不少担心，他们背着我嘀咕着他们的各种担心。作为当事人的我失望归失望，但我还是相信自己不会那么背运，我一定会考出去。就如爸爸说的："肯定没问题。"

就这样我带着亲人们的鼓励和期盼，又进入了一中高三补习班。宿舍也换成了校园最后面的东侧小屋，紧邻教职工宿舍，右前方就是那两个花园。

高三的补习并没有想象的那么枯燥，而是比前三年的高中生活轻松快乐了很多。在这个班里，有一个我初中时的好朋友马玲玲，真是没想到，六年后我俩又在这里相聚。我们便又回到了初中阶段那种快乐无比的生活中，这种轻松快乐的学习，反而效果不错。

我和马玲玲同住一个宿舍，同钻一个被窝，同吃同住，形影不离。走路时她时常把她的手放我上衣兜里，用现在的观念来说我们肯定被说成是"lesbian"，那个年代里就不知道有"lesbian"这回事，我们只是很要好的姐妹。我喜欢她的精灵可爱，她享受着我姐姐般的关爱。

分配到通安中学的大姐已正式成了一名物理老师。大学的环境和这里有着天壤之别，虽然刚开始有些不适应，但为了这份来之不易的工作，她只能把全部精力投入到她的教学中去。她懂得一分耕耘一分收获，在备课上精益求精，走上讲台俨然是一位久经考验的老师（教委听课组的评价）。

工作之余她就心急火燎地往家跑，那儿有她想念的、放心不下的、盼着儿女归来的老爸老妈。在家她还是干活的一把好手，帮爸妈种田、锄田、拔田、打碾归仓都离不了她。因为这时的爸妈已力不从心，爸爸时不时地感觉头晕。忙完后的饭桌上，爸妈听着大姐在学校的趣闻趣事，三人不时发出咯咯的笑声。

饭后爸爸和大姐还要斟点小酒（爸给人写祭文送的），酒足饭饱后，撒娇的大姐挤在爸妈中间聊天睡觉。六点闹铃响了，她一骨碌爬起，慢跑着去学校，这样既锻炼了身体，也不误工作，爸妈也免去孤独寂寞。

一年的复读很快就过去了，转眼我又迎来了1992年的高考。高考时，我的妈妈，还有挺着大肚子的大姐都来县城陪考，感动之余还有就是看到大姐的不易。虽然那时上班了，工资109元，但问题是，要滞后一季度甚至半年才发一次，所以大姐挺着大肚子，还穿着那件单身时的衣服，显得是那么的不协调。

有福之人常有福，考试这几天，我在康晓华爸爸的关照下，住进了他的单位宿舍。康叔叔和阿姨对我关心备至，无论在吃上住上都想得非常周到，尤其是第一天考完语文，中午时康爸爸亲自到宿舍找我，让我回家里吃饭休息，让我感激涕零。真是谢谢好叔叔好阿姨！

第二次参加高考反而没有以前那么紧张了，我很平稳地发挥了我的正常水平，考完后感觉良好。然后就是最焦急最难熬的一天，因为那时，高考完的第二天晚上，高考答案书才能到，考完后就是盼啊等啊，等那本书的到来。书还是预期到达，然后就是认真对答案，估分，估了一次又一次，估的结果差不多才算结束，最后我估了490—500分，这个分数肯定是能走起了，真是前所未有的高兴，大姐和妈妈也是高兴得合不上嘴！

报志愿，这个任务主要是交给了我的姐夫——马华。我和大姐、姐夫三人趴在教职工房前的那个花园墙上，认真研究着那张填报志愿的小报。研究来研究去，最后报了西安建筑工程学院为第一志愿，其他都是辅助的了，还填了“愿意服从调配”。报完志愿大家感觉一身轻松，姐夫给我们买了大碗面，香香地吃饱后，卷铺盖回家了。

终于结束了长达四年之久的艰苦的努力拼搏的高中生活，这次彻底是卷铺盖打道回府了。

回到家的我，真正体会到了“等待”的煎熬，跑来跑去四处打听着录取情况，听着第一批录完了，到第二批了，心又开始悬了起来，心想是不是又落榜了。那种煎熬中的等待，现在想起心还战栗。录取通知书总算到来了，一看信封上面是“甘肃农业大学”，心里很凉，又是农大，竟然和二姐成了校友！

因为填了愿意调配，报的录不上，很可能调到录不够的学校。爸爸却安慰我说：“农大好着呢，不管怎么样还是本科呢。”事到如今也只能这样了，总不能再去复读吧！好与不好，总归我们兄妹四人都按爸爸的希望考上了大学，跳出了农门。爸爸完成了他毕生最大的心愿！

第五十章　双喜临门

拿到录取通知书的那天，全家人沸腾了，只有我有点闷闷不乐。可是在家人的喜庆气氛的感染下，没一会儿我已把“农大”抛之脑后，也加入到大家的喜悦中来。

扬扬的爸爸扔下手里的木锨，拿着录取通知书看了又看，然后笑着对妈妈安排道：“今天这个好日子，你给大家做顿臊子面，好好吃一顿。真是太好了，娃娃们争气啊！”

说完，他又坐在房檐下开始喝他的罐罐茶。已有四个大学生的老爸平塌子坐在土台子上，抿嘴喝着罐罐茶，一脸的享受，嘴里还夸大其词地介绍：“你哥买的这个砖茶就是好，我喝了半年胃都好多了哩。”说起儿子是满满的幸福啊！

十多年的艰辛，就为了今天这张录取通知书，顿时我觉得这张通知书是如此珍贵，它将是我人生的一个转折点。我无比爱惜地再次打开，又一次认真地研究起来，记清报到日期和所需准备的东西，然后把那个信封小心翼翼地装进了我的书包，它就是我结束中学时代的见证，也是迈向幸福生活的起点。此时我真想对着那重峦叠嶂的山丘高呼：农大啊，我不会嫌弃你。从此以后的四年里我属于你，你属于我，我们同甘苦，共患难。

我信步来到场边那棵大杏树下，水灵灵、金色的大圆杏挂满了树枝，熟透的大黄杏在重力的作用下已躺在黄土地上。墨绿色的大树叶给大地掩遮了一片阴凉，我坐在树荫下，捡拾了几个杏子，在衣服上蹭了蹭，放进嘴里，瞬间杏子的甘甜在嘴里弥散开来，今天的杏子似乎比以往更香甜。我含着软软的杏子，一时没有舍得下咽，让那如蜜的杏汁浸润着嘴里的每个细胞。

我瞭望着那几十年不变的黄土山丘。夏天，对面阳山的山坡上虽然不是寸草不生，但毛茸茸的小草连土皮都没盖住。农民们的家畜还在这土皮上磨着洋工，啃上半天肚子还没有鼓起。在这靠天吃饭的天地里，没有雨水的滋润，草也就寸把长。

黄土高坡上的农民年复一年地在自己的那十几垧地里劳苦着，到最后还得看老天的恩赐，上天不赐雨，也是白辛苦。不知道什么时候才能改变这片土地上的农民，让他们的付出得到应有的回报。俗话说“一分耕耘，一分回报”，可是在这片干旱的土地上劳作的农民，这句谚语却失了真。

这时家里唯一的大母鸡带着它的一群小鸡仔来场里觅食，母鸡每找到一粒粮食，便啄着粮食，“咕咕”唤着它的孩子来吃，这就是人常说的人畜一理吧，妈妈的心都系在儿女上。

还记得小学时，家里根本舍不得吃鸡蛋。有次过中秋，家境好些的大舅家炒了鸡蛋，在他家院子里玩耍的我，闻着炒鸡蛋的香味儿，吞咽着口水跑回了家，嚷嚷着要吃炒鸡蛋。妈妈说要念书，就别想吃鸡蛋。“狠心”的妈，最后还是没炒。但那个炒鸡蛋的香味始终在我的嗅觉里缭绕，扰得我不停地咽着口水。这时有个大胆的想法在脑海中出现：我一定要吃炒鸡蛋。

但要吃就得想个办法，于是我就来到鸡窝，看看有没有鸡下了蛋。运气真是好，鸡窝里放着两个“无人问津”的大白蛋，上面还带着余热呢。我手里捏着两个蛋，想着如果这俩蛋破了妈妈就只能炒给我们吃。嗯，有办法了。我边跑边喊：“妈妈！妈妈！鸡下蛋了。”

小跑着进了厨房，妈妈正在灶台上忙乎，我趁妈妈没转身就极速地把蛋磕在案板上。扫了一眼两个都开口了，心中暗喜，嘴上还说妈妈收起来吧，就赶紧出了厨房。

没走几步就听到妈妈的呵斥声，当然我被叫回去挨了一顿训，还责令我以后不许拾鸡蛋。我被妈批了一顿，但看到妈妈把两个开口的蛋打在碗里时，心里却乐开了花，终于要吃上炒蛋了。妈妈在装蛋的碗里加上了足够的水，又搅上了些面粉。孩子多，这样才能让大家都吃上一口。蛋炒好后，妈妈给我们分成四等份，盛在四个大碗里，给我们一人一份。爸妈都说以前吃过不馋。

那次的炒鸡蛋是前所未有的香，虽然面多蛋少，但妈妈却炒得特别香，几年后还记忆犹新。我的小聪明让兄妹吃了一顿“炒鸡蛋”。

过了若干年后，此时已身为人父的哥哥、即将为人母的大姐，还有已读大三的二姐，是否还记得那次的蛋香味？世事变迁，或许今后我们再不会为一次“炒蛋”费那么大的周折，也不会为“炒蛋”垂涎欲滴了。

还清楚地记得，过春节时，哥哥带着美女嫂子和宝贝女儿回了老家，那个小宝贝漂亮得像个小洋娃娃。没睡过火炕的娃娃在土炕上翻过来翻过去“烙着饼子”，清早站在房檐台子上的阳光里，喊着让大公鸡和她玩，那种孩童的天真可爱深深地印在我的脑海里。爸爸看着他聪明可爱的第三代，脸上洋溢着幸福的笑。

也是这个春节，大姐和她的爱人马华步入了婚姻的殿堂。结婚那天，马华单位派了辆客货两用的柴油车，贴着大红喜字的汽车停在我们庄下土路上。马华走出车门，他身着一身军绿色中山装，黑亮的寸发，戴着一副茶色眼镜，脚上是锃亮的黑色皮鞋，左胸别着一朵新郎的胸花，今日的他也是那么英俊潇洒，手里捧着一大束红玫瑰（布花），姗姗走向我们的寒舍。

在我们家吃完烩菜，行完了礼规，大姐抱着那一束玫瑰，姐夫抱着如花似玉的新娘向汽车走去。家里五六十个亲朋好友相跟着送亲。大姐的挚友权权也在送亲的人群中。有情人终成眷属。

俗话说得好，一个女婿半个儿。从此马华和大姐一起照顾爸妈，农活上也有了得力助手，尤其农田归场的重任就落在姐夫肩上，他用架子车拉田，我们跟在后面推。与背田比，这可是轻松了很多。打仗时讲究人马未动，粮草先行。我们家是婿未进门，酒肉先上。爸爸喜欢这位勤快的女婿，有酒总是和他畅饮，常常一醉就是一双。在别人眼里，这家丈人女婿没个正形，他们只知道封建礼教，不会享受其乐融融的现代家庭生活。

可如今的大姐每天挺着大肚子，还在我家地里的“小黄金”里忙个不停，心疼女儿的妈妈老让大姐回家休息，可是大姐却说多活动好生。晚上我挤在大姐和妈妈中间，看着仰躺着肚子如山的大姐，我就把手放在大姐的肚子上感觉着那强有力的胎动，心里充满了好奇！真想扒开肚皮看看里面的小人儿长什么样子，会不会也是个漂亮小人儿……

随着预产期的临近，我随大姐和姐夫回到他们通安中学的宿舍——两间十多平方米的套间，这就是他们临时的家，将要在这里等待小宝宝的降生。8 月初的一个清晨，大姐和姐夫起来仍然出去遛弯，做产前的运动。没一会儿工夫，他们俩着急忙慌地返回了，我看着大姐裙子后面是湿湿的一大片，顿时吓得有点六神无主。姐夫把大姐安顿躺在床上，让我先看着，他去街上叫助产婆。我看着大姐痛得在床上打滚，心里着急，却不知怎么安抚。助产婆来了，她做了些简单消毒的工作，让我出屋在外面等着。

我在门外徘徊着，侧耳倾听着里面的动静，只能听到接生婆“用力！用力！”的喊声……感觉时间过了很久，房间里终于传来了一声婴儿强有力的啼哭声，助产婆宣布：“男娃儿。”谢天谢地终于顺产。我跑进房间，看见助产婆手里那个红丢丢的宝宝，还在张着大嘴使出浑身的劲儿啼哭。

我帮助产婆换着毛巾，让她清理婴儿，然后穿上妈妈准备好的小棉衫，把他放在大姐的身旁。大姐全身被汗水浸泡着，她疲惫地半闭着双眼。但当那个襁褓里的婴儿放在她身旁时，她却一扫满脸的疲惫，侧过身来，盯着她的宝贝，会心地微笑，脸上洋溢着初当母亲的幸福！

吃完姐夫给大家做的臊子面后，我回家把这一喜讯告诉了爸妈，爸爸喜上眉梢，嘴里念叨着：“双喜临门，真是双喜临门啊！”

第五十一章　哥哥姐姐勒紧裤腰带还贷款

这个暑假我们家真是“双喜临门”，既添人丁又有我的“金榜题名”，顿时觉得爸妈走路的腿脚都轻便了很多。妈妈拿着坐月子独享的“营养品”小黄米和鸡蛋去看大姐。

我和爸爸还在场里进行打扬麦子的工作，早晨摊上半场麦子，中午在炎炎烈日下用连枷打田，然后将打过的麦子秆用铁叉抄上抖了又抖，以把麦秆里的麦子全部抖落。麦秆收集起来堆积在场角上，便是冬季牲口的草料。场里剩下的就是麦子、麦衣和碎麦秆的混合物，我们把混合物扫起来，等待着风的到来。在二级左右的风中扬田能快速地把麦子从麦衣和短麦秆中分离出来。

爸爸看着场边的树叶摆动，便确信又一阵微风吹来，他快速地用木锨铲起地上的混合物扬向空中，浅褐色的饱满的麦粒像织成的渔网一样铺天而下，打在地面上是一阵“乒乒乓乓”的声响，犹如“大珠小珠落玉盘”一样清脆。而麦衣和碎麦秆被风带着飞了一阵才缓缓从空中撒下，爸爸脚下的麦子越积越多，而被风带走的麦衣和碎麦秆远远地落在麦子的旁边，混合物自然分离了开来。聪明的农民们发明的这一办法，让妇女们从没完没了的簸箕颠簸中解放了出来。

时间在不知不觉中快速地流走，转眼已到了开学的时节。

这次的学费爸爸再没有去银行贷款，妈妈从粮食里把藏着的钱包取出来，给我和二姐点着学费。拿到学费后，爸爸再没有给我们开那个惯有的小会，说明他那根绷紧的弦松弛了好多。

开学这天，有农大的二姐领我，爸妈非常放心。我们吃过早饭，急不可待地向通安中学走去，那儿有已满月的宝宝和大姐。我再次步入熟悉的校园，那高大挺拔的杨树像岗哨一样围在学校的四周。正对大门的道路两边也是两排高大的杨树，郁郁葱葱，叶子反射着金光，道路在掌大的树叶遮盖下显得清爽凉快。

走廊两边各是两排教职工宿舍，宿舍前面是一片大大小小的果树，此时果树上果实累累，拳头大的鸭梨已泛着浅浅的黄色，垂着脑袋吊在树上。姐姐宿舍前的一棵大果树枝叶茂盛，硕果累累，那大梨向阳的半面被炎阳染成了红色，就如少女脸上羞涩的红晕。其中的一枝树枝上吊的梨子太多而坠得像驼背的老人，伸向大姐宿舍的窗户，伸手便可把染有羞涩的大梨捏在手中。

我们撩开门帘进入了大姐的宿舍，床前已取下了挡风的布帘。大姐坐在床上，身体像一个天然的摇篮摇着怀中的宝宝，哄他入睡。可怀中的宝宝睁着一双大眼，没有一点儿睡意，而是环顾着四周，“探研”着世间新奇的一切。

爸爸接过怀中的宝宝，赞赏着孩子的漂亮：“这娃儿越长越好看了，看这双眼睛，既大又亮，跟你哥哥小时候一模一样的。都说养儿像舅舅，还真是。和我那孙女儿一样漂亮。”看着爸爸乐不可支的样儿，我们相视而笑。

就如爸爸夸赞的一样，小马子的脸上嵌着一双明亮的大眼睛，乌黑的眼珠在眼眶里转来转去。脸上已褪去了红色，换成了粉嘟嘟的小脸，嫩得可真是吹弹可破。

告别了家人，我和二姐向火车站走去。我和二姐行走在已停用多年的铁轨上，那些年背煤拾炭的日子又出现在了我的眼前，那时候炭里滚过、黑如炭的二姐，此时已是大四的学生，小巧精灵的她已没有那时的乡土气息，完全是一个漂亮的美人儿。

车站上我的好朋友马玲玲、张苹果还有贾小子等着为我送行。过几天马玲玲将奔向她的大学之门——天水师专。

二姐买好了车票，不一会儿那绿皮火车缓缓进站。我随人流跃上车门，在车厢里找了座位坐下，和窗外的朋友挥手告别，心里是那么多的不舍，朋友们再见了！车已缓缓驶出了车站。今天买了车票的我们没有往日逃票的心惊胆战，坦然地坐在车座上，觉得坐得是那么理所当然。

二姐趴在小桌上酣然入睡，第一次去兰州的我却激动得没有一点睡意。我趴在窗子上，窗外铁道两旁的树木及村庄被火车快速地甩在了后面。盯着那些极速在眼前划过的树木，我有点眼花缭乱，于是我闭上眼睛，尽情地想象着大学里的种种，我将会分到哪个宿舍？我们的宿友将会来自何方？……随着列车员的提示声“兰州车站就要到了”，我恍惚从梦中惊醒，睁开双眼，车速已经慢了下来，“兰州火车站”几个大字映入我的眼帘。车站上铁轨无数，停靠的车多得数不过来。没见过世面的我顿时觉得大开眼界，心里感叹道：这车站也太大了……

车已慢慢进站停稳，我们随着人流下了车，在二姐的带领下走出了车站。出站口各个大学迎接新生的牌子数不胜数，有“甘肃工业大学”“兰州医学院”“兰州商学院”，还有“兰州师专”……在众多的牌子里，我们找到了“甘肃农业大学”的牌子。找到了它就如找到了家。在举牌人的带领下，我们上了校车，继续等待着下辆火车的到来。

随着我最后一个步入大学之门，我们全家都从“黑人”的阴影里走了出来。从此我们都变“白”了，爸爸更“白”了，他被通安中学聘请为校外辅导员，发了一张奖状写的大聘书，定期做报告，讲教育孩子的方法，给学生传授学习方法，做忆苦思甜的思想教育。

我考上大学后，家里终于结束了贷款的日子，因为哥和大姐都有了稳定工作，每月有固定收入，供我上大学的重任交给了他们。尤其哥付出的最多，正应了长兄如父这句谚语。他们不仅供我上学，还要分批还银行的贷款。

从爸爸开始贷款的那年，每年年底只是保本还息，哥毕业之前，一穷二白的家连还息的钱都没有，爸爸是东家跑西家地借，凑够利息就去信用社还息，这样一来二去新的贷款马上到手，爸爸把借人的钱还掉，剩余的就是我们的学费。哥毕业后，还息主要是由哥来资助了，爸爸的压力也小了很多。

我考上大学这年，爸爸把贷款数目分成了四份，也就是我们兄妹四个各还一份。当年哥哥和大姐把吃饭攒下的钱都还贷款了，当然哥哥还是大头，剩余的一部分二姐毕业后的年底一次性还清了。家里排行老小的我，有哥哥姐姐的照顾，一分钱的贷款都没还，四年大学在哥姐的照顾下过得还很滋润。

第五十二章　初到大学的惊喜

火车站前的停车场里，数不清的校车整齐地停成了一排，校车前面的挡风玻璃上也放着一个牌子，写着这大学那大学。有的校车上已经挤满了学生，汽车的马达“突突”起动，准备驶往学校。看着那么多的校车，我就想今年又有好多学生圆满地为高中生活画上了句号，步入了大学之门。

不一会儿，我们的校车上坐满了人，有的新生是独自一人，有的是父亲相送的。与那些接我们的师兄师姐比，我们就是一个个的嫩头青、乡巴佬。校车发动了，载着我们飞奔在省城的柏油马路上。

夕阳使出最后的力气，想给这座城市留下今天最后的一束金光，它毫不吝啬地照在每个高楼大厦的高层，高楼上的玻璃窗反射出金黄色的强光，不由得让人微缩着瞳孔。那些矮楼和马路大多数已隐在阴凉下。

我透过窗户看着那如画的世界，宽阔的道路上车水马龙，飞奔着各种叫不上名字的小车。兰州特有的“招手停”在各个小站招揽着乘客，售票员趴在窗子上，不停地喊着：“刘家堡五毛，来来再上一位就走了……”身着各色裙子的女人在街道上穿梭，五彩斑斓的美女们把这座城市装扮得如此绚丽多彩。街道中间的隔离带和路边的小黄杨被修剪得平整无比，隔离带中央的小黄杨被修成一个个圆锥形。园艺师把各类树木修剪得这么精致。

校车还在急速飞奔，这时有位师兄给大家介绍道：“已经驶入咱们安宁区了，大家看，对面的那是西北师范大学。”只看到校门口耸立着几棵墨绿色的大松树，然后就在眼前快速划过。没几分钟，他又介绍道：“这就是铁道学院。”可能是因为在同侧的原因，师傅放慢了车速，我看见铁黑色的“兰州铁道学院”的大牌立在校门口，三三两两的学生走出走进。

没几分钟，校车来了个左转弯，驶离了大马路，拐进一条小道。小道边上是稀稀落落的几家店铺，两边是川地，地里是绿油油的蔬菜。二姐在我耳边嘀咕着：“快到了。”校车沿着马路行驶着，一会儿在左拐弯处，兰州师专的牌楼映入了眼帘。因大姐毕业于此，多少有了点感情，我回过头多看了几眼兰州师专，不料农大也到眼前了。

在道路的尽头，“甘肃农业大学”的牌楼巍然耸立着。随着车内大家的激动声，校车已驶入校内，缓缓地停在校门口右手边的空地上。车上的人流鱼贯而出，各系、各学院接新生的同学喊着：“园艺的跟我走！”“畜牧的跟我走。”“林学院的跟我走。”……

我和二姐跟着林学院的师兄向我们的宿舍楼走去。在校门口不远处耸立着两座浅黄色的学生宿舍楼，二姐说这是机电系的学生楼。穿过这两栋宿舍楼，有座深棕色的大楼立在中央，深棕色的玻璃门和窗户，显得与众不同。林学院的师兄指着它说道：“这栋楼一层是大食堂，二层是个小舞厅，再上面是电影院。”

越过食堂，就看见了我们的宿舍楼，那是栋五层高的矮楼，整栋楼是水泥的天然色，左拐右拐的楼梯就在楼的外侧。二姐高兴地说，她就在五层，这楼上只有五层是女生。啊？我和二姐在同楼同层了，真是太好了。林学院的师兄看着名单，寻找着我的名字：“李瑛子，502，这是钥匙。”啊！二姐又惊讶道：“我是最边上，你也是把边的。”

二姐说的是我俩分别在五楼两头的宿舍，师兄看见二姐比他还熟悉，就让二姐带我先去宿舍，等占好床后再下楼领被子。我和二姐拐来拐去爬着数不尽的楼梯，到五楼时已累得气喘吁吁了。宿舍门虚掩着，二姐缓缓推开门，靠窗子左下铺有个女生正在低头整理着床铺，边上坐着的应该是她的哥哥，她很腼腆地跟我们打了个招呼。这就是我认识的第一个宿友了。

四架高低床摆放在宿舍靠墙两边，中间是两米的过道，过道靠窗子那边放着四张小桌子和小方凳。靠里面的两张高低床上已铺好了铺盖，门口的四张床还空着。二姐让我住门后面的上铺，我便把书包放在上面，温馨地提示着这床已经有人了。

这时宿舍里，闻讯赶来了我的几个老乡，主动给我去领被子和褥子，二姐熟悉地和他们开着玩笑。整理好床铺时，已是晚饭时分，二姐拿着饭盆领我到食堂打菜。第一次走进大食堂的我目不暇接，食堂大得一眼望不到边，大厅左边是一排打菜的小窗口，现在已经过了打饭的高峰期，人员稀少，大厅的右手边摆着长长的大饭桌，这里现在却是高峰期，还有很多学生坐在那边用餐。

二姐给我们挑了两个她认为最好吃的菜，买了一馒头，一份米饭，随后我俩也加入到用餐的人群中。我吃着香喷喷的饭菜，不时扫视着来来去去的学生和外面的风景，我此刻才真正领悟到大姐所谓的“大学与中学的天壤之别”。吃完饭，走出食堂，食堂左前方的报刊亭那儿是吃完饭看报的学生，此时悠闲自在。我们宿舍楼下，有几个吃完饭的老乡等着我们去黄河边散步。

二姐跑上楼去放饭盆，把我丢给了老乡。我怯生生地听着熟悉的乡音，却不能自如地融入到他们的话题中，其中有个同院同楼的马师兄体察到了我的窘况，他主动给我介绍着学院的情况。他指着宿舍前方不远处的一座崭新的楼说：“那就是林学院的大楼，将来好多专业课将在那里上……”这时，放完饭盆的二姐已跑到我旁边，我们穿过学校操场向黄河堤岸走去，去看久闻的、波涛汹涌的黄河。

黄河堤岸上已有很多饭后乘凉散步的学生，一对对的小情侣牵着手从我们身旁走过，旁若无人，搞得土老帽的我顿时心生尴尬。黄河堤下的一群群贪玩的学生，挑着小石子，比赛谁打起的水漂多，不时地传来爽朗的大笑声。

我们下堤来到黄河岸边。那浑黄如浆的河水放荡不羁，波澜起伏的河水汹涌奔腾，滔滔浊浪，浩浩荡荡。站在此岸，望不到彼岸，没有帆影，只能隐约看到在很远很远的地方，水天相连，模糊一片。脚下的黄水卷着漩涡，不时地拍打着岸边的大石头。

夜幕降临，堤边的灯光映在黄河水面上，形成了无数的粼粼波光。我凝望着滔滔的黄河水，凝望着黄河水面上泛起的粼粼波光，随他们忘情地沿岸行走着。

第五十三章　美好的大学时光

等我回过神来时，天已完全黑了下来，折腾了一天的我筋疲力尽，可是这帮老乡却游心正浓，二姐看出了我的心思，提示大家该往回走了。

校园里学生宿舍楼这侧灯火通明，教学楼上还是漆黑一片，稀疏的路灯并没有带给黑漆漆的教学楼多少光亮。二姐把我送到宿舍里，她就向楼道那头走去。宿舍里还有几个舍友们的老乡，看到宿舍成员慢慢来齐，他们也起身告别。

俗话说老乡见老乡，两眼泪汪汪。无论身在哪里，遇到老乡时，总会增加几分亲切感。尤其在这陌生异地的第一天，能有老乡的关照该是何等幸福之事。老乡可以让我们这群新生很快地度过这段生疏期。

宿舍里这时只空下门口那个下铺了，还有一位成员迟迟没有到来。我们七个来自异地他乡的姐妹们互相介绍着自己，很快排出了老大、老二……老七，我们猜最后来的那个应该是个老八。我排行老三。更巧的是我对面门口的上铺老二是我的老乡，虽然家在遥远的河北，但从同一个地方考来，怎么着也得算上半个老乡，便和柔弱纤细的她多了份亲近感。

老大是个山东姑娘，我们俩晚上头顶着头睡，她白皙的脸上佩戴着一副深度近视眼镜，乌黑亮丽的头发自然地搭在肩上，齐齐的小刘海儿显示着几分调皮。她甜甜的微笑很是迷人，为人处世真有点老大风格。老四是我的下铺，一个漂亮的大眼睛姑娘。

老五留着一头利落的短发，干起事来也是干练利落。她细致地整理着她的行李箱，里面生活用品样样齐全，零食不少，药品也不少，感冒药、胃药、腹泻药……什么都有，感觉她的箱子就是个百宝箱。看着这些，突然觉得自己从小到大活得如此粗糙，这次上大学也是背个书包就来了，除了那个宝贵的录取通知书以外再没有什么值钱的。不同的生活背景造就了每个人千差万别的生活习性。

老六粉嘟嘟的脸上也架着一副近视眼镜，透着几分斯文，几分腼腆，长发在脑后自然地挽起。老七留着圆圆的波波头，同样也没少那副近视眼镜，皮肤白里透红，真是好看健康的苹果色。

第一次躺在高高的棕垫床上，回想着这一天内发生的事，一天之内翻天覆地的变化，像不真实的梦。一天的奔波，让疲惫不堪的我很快沉沉入睡。

我入住 502 室，就像在家里，二姐住东房，我住西房。第二天早上，我洗漱完毕时，二姐已打好了早饭。我很享受这种“饭来张口”的生活。早饭后我们宿舍的最后一位终于来了，头上扎着两个羊角辫，鹅蛋形的脸上忽闪着一双灵气十足的大眼睛，俊俏的小蒜鼻，樱桃唇瓣不染自赤，肌肤胜雪，眉目如画，齿列如贝，真是个难得的小美女。她热情大方地跟大家打着招呼。她不但来宿舍报到是第八，宿舍排名也是老八，真应了我们的猜测。

清晨，红彤彤的太阳从东边冉冉升起，金黄的光束从校园东边的教学楼和十多层的主办公楼间透射过来。我站在宿舍门口的那个小露台中，迎着东边初升的第一缕阳光观望着那一望无际的校园。

我们宿舍楼的西侧是一座座六七层的浅灰色的学生宿舍楼，其中有一座是女生楼，女生楼下有几个男生正焦急地等待楼上的女友。宿舍楼下不远处就是一个方形的大水房，四周都是一个放电壶的不到一米的水泥槽，槽子上方便是一个个的开水龙头，此时还有三三两两的学生在打开水，水龙头上的白雾徐徐而升。

宿舍楼的东侧还是一片因修建堆起的荒包，穿过这片荒地，不远处便是几个大的阶梯教室和五层的主教学楼，再往前是农大高达十多层的主办公楼，在众多楼群里高高耸立着，深蓝色的玻璃幕墙显示它的与众不同。我们林学院的主教学楼就在我们宿舍的正前方。

校园里横七竖八的道路两边都是修剪平整的一排小黄杨绿化带，不到一米宽的绿化带里均匀地点缀着一棵棵的侧柏。教学楼周围都是绿油油的草坪或绿化林，清新的空气令人心旷神怡。不一会儿，朝阳给整个校园都披上了金装，预示着老师学生们一天工作学习的开始。高年级的学姐们抱着几本书，学长们直接将书夹在腋窝下，急匆匆地向教学楼那边走去，我们新生第一天的主要任务便是体检注册了。第二天我们也来到了林学楼，省去了枯燥的军营式军训，直接进入了上课学习阶段。

我们宿舍的八人中，除一个是河北的，一个是山东的外，其他的都是甘肃的，八人亲如姐妹。开学不久，便是老二的生日，我们八人齐心协力为老二庆生，买了很大的生日蛋糕，还有个影集。请来了我们的联谊宿舍 212 的男生，我们十六个人在一起谈理想、谈人生，一起吃喝、用奶油画着花脸……玩得是前所未有的尽兴。我们的老二才是那天真正的主角，她脸上被大家涂抹上了各色奶油，此时满是幸福的她漂亮得像盛开的牡丹花。在这么多人的祝福下，估计她那天许的心愿早已实现，也许这次欢聚为她的幸福人生做了引子。

我们八人群策群力，都以烨字为中心，起了八个笔名，分别是烨璐、烨馨、烨琀、烨倩、烨晴、烨静、烨帆，我是烨波。按我下铺的说法，帆和波永远分不开，有帆就会有波。她常会亲切地叫我波儿，我叫她帆。帆是一位陇南姑娘，浓眉大眼，心地善良，性格直爽，高兴了大笑，伤心了落泪，从不掩饰。心灵手巧的她毛衣织得很好，看着她织的漂亮毛衣真叫我羡慕不已。八人中就数我最笨，不会织毛衣。

八人亲密的小团体，随着有几个人逐渐有了意中人而慢慢地变得疏远，平时大家都一起去上晚自习，到了周末各有各的活动，我呢周末一般都会去跳舞或看场电影。我们学校每周都会有几场舞会，老师学生一块儿跳。大学生活丰富多彩，除了学习还学会了很多东西。

因二姐在大四，课少，我大一课多，所以在食堂打饭的事就交给了二姐。每到我中午下课时她已经把饭给我买好了，冬天怕凉就放暖气上。我很享受姐姐的这种照顾，只可惜只能持续一年。明年她将毕业，走上工作岗位了。

第五十四章　八姐妹运动场大展风采

开学的第一周，我们新生便迎来两场迎新会，一场是校院的，一场是老乡的。老生新生在迎新会上载歌载舞，欢歌笑语，热闹非凡。我们宿舍的姐妹们也尽自己所能为大家带去欢乐，我们老八漂亮的舞姿和美妙的歌喉迎来了大家的阵阵掌声，我也斗胆献上了一首《我是浪花一朵》的歌曲。随着两场迎新会的结束，新生们也慢慢从初始的浮躁回归到了正常的学习生活中。

我们宿舍对门的501室是我们班的另外8朵金花，也是学霸云集之屋。课后，教学楼上总有她们勤奋学习的身影。而我们宿舍的姐妹们相对来说比较闲散些，课后，那几个"能工巧匠"就开始尽情地发挥她们的特长。

她们挑选着漂亮的毛线，着手为自己或好朋友精心编织着漂亮的"毛织物"：围巾、毛衣、毛背心……应有尽有。她们用两根竹签熟练地织着各种漂亮的花纹，尤其是老四和老六的手艺，在我眼里堪称一绝。老六的织活细致入微，她织会儿总是摊铺在床上用软尺丈量着，看样子"衣不过寸"在她眼里是铁的原则；老四却相当神速，在她的极力奋战下，没几天就会织完一件"成品"。当然老大、老二也毫不逊色，更让我惊讶的是老八，这样漂亮娇惯的"人间尤物"也能织得一手漂亮的手工活。她用大棒针织着一件粗毛线的超大蝙蝠衫。

看着别人织，我自己也手痒痒，想着给我的马小斌同学也织个啥，何况有这么多现成的老师，哪有学不会之理呢。说干就干，于是有天午饭后便和老四跑到市场上采购毛线，想着他白皙的肤色搭配着符合他的颜色，最终选定了铁锈红，这种颜色的围巾他戴上肯定好看。

在舍友们的指导下，我开始了我的第一件“织品”。我用两根竹签笨拙地戳来捣去地织着最简单的大平针，来回的大平针织出来，便是一个个小砖块错位码起的小花纹，看着也是美观大方。我上完课也是“勤奋”地干着手工，想着寒假给他一个惊喜，神奇的是他戴着铁锈红围巾的帅气样，不停地出现在竹签穿插间，不禁让我会心地一笑。

学院开展宿舍卫生大比拼，以在年末时评出“文明标兵宿舍”。早操后会不定期地抽查宿舍卫生，每周五下午必须查卫生。我们宿舍把这个当成了“一项重大事务”去做，每天把被子叠成“方砖块”，床单平整得没有一点儿皱褶，蚊帐整齐地用挂钩挂起。水泥地让我们拖扫得一尘不染，站在门口看，它还反射着亮光。玻璃窗子擦得洁净无瑕、锃亮发光。地上的课桌、方凳、床栏……细到门框，都擦得干干净净。每次检查，我们屋都会得第一，那个流动红旗几乎成了我舍的“专旗”。一年下来，我们屋当然拿到了文明标兵宿舍，发了多多的奖品，漂亮的大窗帘是其中之一。

大学生活没有了以往的学习压力，周末活动颇多，我们宿舍楼下的食堂一层，周末晚上会办大型的交谊舞晚会。我们乡下来的孩子都是舞盲，为了能融入那个集体，我们时常在宿舍练习什么中三步，慢四步，快三步……经过舞蹈入门训练的我们，进入舞场基本上能踩上点子了。这时我们宿舍的美女们个个打扮得花枝招展，去舞会施展才艺。

大食堂里此时色彩斑斓的霓虹灯高高旋转着，把整个大厅装扮得五颜六色。动听的三步舞曲响起，男生们带着如花似玉的姑娘滑入舞池，在男生的带动下，他们跳得游刃有余，姑娘们在男生的手下旋转、交叠、翻花，那漂亮的大摆裙犹如早晚的荷花一样变换无穷，随着舞姿的变换，各色漂亮的大摆裙时而含苞待放，时而又徐徐打开，像盛开的大荷花。

班上210室的高个儿“刘少”邀请我们的四姑娘做舞伴，他很优雅地带着她，踩着节奏慢慢融入舞池，跳得有板有眼。从此，刘少总会在舞会之时，邀四姑娘去跳舞。我在大三学长王老乡的应邀下，迈着不协调的脚步进入舞池，踩不准舞点的我脚下就像捣蒜，无数次踩着他锃亮的皮鞋，让我一脸的尴尬，一曲下来紧张得面红耳赤，大汗淋漓。

为了让我的舞技有所长进，午饭后，二姐给我一通恶补，再经过二姐在舞会上的亲自陪练，我的舞技也慢慢过关，舞姿日渐优美。在四年的大学生活里，每周末我便在舞场上听着动人的旋律，尽情地舞动着柔美的舞姿。

俗话说女大十八变，随着快一年大学生活的熏陶，我们从一个个的嫩头青变成了美少女，一个个也是长发飘逸、成熟稳重、美丽动人。老八用披肩的长发换掉了刚来时的羊角辫，她那张精致的小脸在深棕色长发的衬托下显得更加妩媚动人，让同性别的我看着也是赏心悦目，更别说男生了。她既是我们班的班花，也算得上是校花。

有次晚饭后，我和老八去黄河边游玩，我们捡着小扁石头打水漂，采着野花编了一个小花环，戴在头上当装饰。挑了好多漂亮的鹅卵石，泡在装水的玻璃瓶子里，五颜六色非常好看。夕阳西下之时，我俩拿着战利品，走在回宿舍的路上，互相看着各自的玻璃瓶，不停地发出咯咯的笑声。路过同学的回头率很高，同时我看到男生们惊愕的表情上写着：好美啊！姑且把这种高回头率就叫作“美人效应”吧。

我们俩爬着宿舍楼那拐来拐去的楼梯，猛然看见我们班210的赵芬站在二楼露台上，眼巴巴瞅着美女从他眼前飘过。其实我每天都会看见他站在二楼的露台上，貌似等着什么，后来才知道了他的心思——等待老八的出现，看一眼漂亮的人儿。真是个痴情儿!

一年一度的校运动会是学校的一个大型活动，我们502全体人员都积极地投入到这项重大活动之中。对于短跑健将的我来说，这可有了我的用武之地，短跑100米、200米我当仁不让，4×100米接力赛也少不了我。除我之外，我们宿舍的老二、老五也是接力赛成员之一，四个运动员我们屋占了仨，还有一个是501的漂亮小妹。老大是个中长跑健将，她报了800米和1500米。

大一的第一次运动会我100米和200米都拿了第一，4×100米接力赛在我们四人的全力拼搏下也拿了第一。老大的中长跑也拿了两个第二。林学院总分全校排名第三。从此，我的名字便在运动场上家喻户晓，我也成了小小名人。这次的运动会，大四的二姐没有报100米和200米，她转成了中长跑，报的800米，拿了三等奖。不过这时到处找工作的她在这上面已没有过多的心思。

大一至大三这三年里，每次运动会，我都自信地飞奔在学校的运动场上，且每次都是第一个冲过了终点，每次那红色的警示绳被我撞上带着跑动时，我都无比自豪和兴奋。这三年的100米、200米的冠军都非我莫属，4×100米的接力赛也从未落后过第三，林学院的总排名也总在前三名中徘徊。大三时还参加了全省大学生运动会，不过这次大赛我没有拿上名次，因为正好赶上生理期，没有尽力发挥。

毫不夸张地说，我的这双飞毛腿给我们林学院赢了不少荣誉，当然也给我自己赢来了不少荣誉，更重要的是给我积了不少分，发了不少奖金，补贴了好多零花钱。

第五十五章　二姐毕业留给我孤独

在二姐的照顾下我的大一过得相当滋润，可是这种“饭来张口”的日子随着 1993 年二姐的毕业很快就结束了。二姐毕业这年实行了单位和学生间的双向选择。她参加了好多次的人才交流会，最终选中了玉门石油管理局。这下可好了，兄妹俩在同一单位能够互相照应着，嫂子做着一手好菜，二姐隔三岔五地去蹭饭。有了亲戚的来往走动，哥嫂乐不可支。

1993 年 6 月底，又迎来了二姐这级大四学生的毕业季。宿舍楼上大四的学生着手收拾行装，准备着奔赴工作岗位，又是人生的一个分水岭。校园里各个教学楼前、花园里、绿化林里都是学生们举着照相机的“咔嚓”声，随着这一声声的“咔嚓”声，即将离开大学的学子们，把这美好的瞬间永远地留在记忆中，这些照片将是每个人“大学时代”的见证。

校园里到处是三三两两告别的学生，充满了离别的伤感。看着二姐以及所有大四的学生，背着行囊坐着校车离去，我的心里满是惆怅。世上没有不散的宴席，四年的相聚终究有散去的那一天，为了各自的生计，从此天各一方。

校车慢慢驶出我的视线，顿时心里空了下来。二姐，我儿时的玩伴，从小学到大学的相依相伴，陪我一路走来的亲人，此时已越来越远地离开了我。从此我们厮守的日子会越来越少，我们将在不同的地方为自己的生活奔波。亲爱的姐姐，再见了！三年后，我也将从这里出发，去那属于我的天地。哭包的我，泪水再次模糊了双眼。一是对二姐的不舍，二是对自己独立生活的胆怯。我擦去眼角的泪水，转身看着那栋灰色大楼，却第一次没有心思爬那拐来拐去的楼梯，二姐的宿舍人去屋空，留给我的只是无数的回忆……

我漫无目的地在校园四处游荡，不知不觉地穿过了操场，来到了黄河岸边，黄如泥浆的河水咆哮着，在宽阔无垠的河道里翻滚着一个又一个的浪头，后浪推着前浪，像匆匆过客一样急驰而下，不分昼夜，永不停息。留给河岸的便是一片落寞。在大四学生离校之时，岸边也恢复了少有的清静，此时没有了学生们昔日的嘈杂声，只有那黄河之水呜咽的咆哮声。这道多情的母亲河也为那已相伴四年学子的离校而伤感。抬头看到湛蓝的空中那已到西山畔的夕阳，我急匆匆赶回宿舍，我不能在二姐离开我的第一天就误了晚饭。

我快速爬上楼梯，拿着饭盆向食堂跑去，食堂里只有两三个用餐的学生，大多数都已吃完洗涮了。而食堂那一排打菜的小窗口还开着一两个，我跑到其中一个窗口旁，只有土豆片了，那就要土豆片吧。我端着半盆已无余温的土豆片，回到宿舍，七成熟的土豆片嚼着费劲，食之无味，于是很沮丧地盖上饭盒。

思绪又跑到念念不忘的二姐那儿，第一次感觉心痛得无法忍受，为掩饰自己的脆弱，我爬上床，拽开被子，把自己包在里面躺下，任由憋屈的泪水滚淌……一夜未眠。旭日东升，照亮了我的脸颊，我才起身轻擦泪珠，痴笑自己就像离不开娘的小孩儿，那还得了，自立自强的念头催促我跳下床去，麻利地收拾昨晚的残局。

一夜之间，我长大了，我不要做“衣来伸手饭来张口”的懒虫，我要向哥哥姐姐学习，学会照顾他人。很快我从伤感中走出，着手准备大一的期末考试，然后就可以回家看老爸老妈。想到即将回到爸妈身边，心情激动万分。

的确，大学生活是丰富多彩的，除了上课学习外，还有丰富的业余活动，周末有电影、有舞会，课外活动还有院、系的足球赛、篮球赛。可是这两个赛都不是我的长项，我只能做个替补队员。篮球赛只要我一上场，就会引起全场陷入快速奔跑的紧张气氛中。因为只要我得球了，我就拍着球神速地跑到我们篮架下，这时其他队员还在上半场拼力追赶着我，我举起球投篮，却很少投准，一次不进，再投一次那些队员才跑到我旁边，可是球仍然在篮筐里打了几个转跳了出来，白白浪费了。篮球赛讲的就是打配合，我却拿上球就喜欢自己拍着跑，引得大家都在跑，搞得篮球场上像百米冲刺一样。

大学的日子在无忧无虑中过得很快，一眨眼就到了大三。大三时林学院分了两个专业，林学和水土保持。我们屋四人选了水土保持专业，另一半选了林学专业，我选的水土保持专业。

这时开设了一门制图课。天啦，就如高中时的立体几何一样，绘制各种立体的图形，这可把我难住了，一上这课我觉得头都大了。幸好有我前面坐的韩晗同学，他的图画得整洁漂亮，很多次，我的图就是他帮我画的。谢谢大眼睛的帅气男孩，二十年后的你是否依然记得那个“笨拙”得不会画图的瑛子？二十年后的你是否依然还是那么热情大方，英俊洒脱？

随着大三暑假的到来，我的大学生活也就所剩无几，大学时期的课程已经学完，大四一年便是实习和没完没了的人才交流会。

第五十六章　和爸爸度过的最后一个暑假

从二姐大学毕业后，爸爸的身体日渐消瘦，经常感觉头晕，种地已力不从心，爸爸就把大部分地送给别人种，留下离家近的几垧大姐和姐夫帮着种。

1995 年我大三那个暑假，我又回到了爸妈身边，回到了那个养育我 20 多年的“土窝窝”。此时家里已没有以往的欢乐气氛，只有爸妈两人的家安静得有点冷清。庄周围的杏树上依然果实累累，那两个接杏树上的大接杏红艳欲滴，可是杏树下却少了以往的欢乐和吵闹，此时大红接杏静静地挂在树枝上，没有人抢摘的它似乎也少去了那时的张扬，亦没有与同伴争宠的必要，它们只能等着自然熟透后，在重力的作用下掉到地上，任由家畜踩踏。

没有大家和我争抢，那红艳艳、香甜的杏子都可归我，可是此时的我，却发现没人抢的杏子好似没有了以往的香甜可口。物是人非啊。此时我们四兄妹已各奔东西，昔日嘈杂的家园也变得如此宁静。我顺手从树下摘了一个最红最大的杏子，咬了一口，可是没有姐姐们的分享，一人吃着是那么的索然无味。

抬头看着蔚蓝的天空，没有一丝碍眼的云彩，只有几只吃饱的麻雀从空中飞过。那黄土山丘依然如故，农民们的庄稼今年还算丰收，那少少的几绺川地里，麦子已是黄澄澄一片，麦穗足足有半尺长。爸爸依然坐在房檐下捣着罐罐茶。

今年远在玉门的二姐临产，妈妈和大姐都去看望二姐，家里只留下我和爸爸两人。早上我和爸爸在那几垧麦地里拔麦子，爸爸给我讲着家乡的各种事情，我给爸爸讲着学校里的奇闻趣事，当然也不忘讲述我在运动场上崭露头角、大放异彩。听着自己的女儿有这一技之长，爸爸一脸的高兴，呵呵笑着。

缓过干粮，爸爸束麦捆，我一个人拔。那时，家里只种了很少的几块地，已没有了以往的压力。等爸爸束完了，我们便一块儿早早回家。我做饭，爸爸捣那永远不忘的罐罐茶。我在一个电炉子上做着两个人的饭菜。

我想方设法给爸爸做最好的饭菜……和面拉条子，再炒个菜，就是干拌面，给爸爸一大碗，吃完后再喝碗面汤，原汤化原食；有时学妈妈的样，擀个面饼，切成宽面片，做个臊子面；有时还把面和得硬硬的，做个刀削面……无论我做什么样的饭，爸爸都吃得非常开心，还不停地夸我："真能干，做得这么好吃。"

看到他脸上发自内心的笑，我也很是开心，终于能让爸爸吃上我做的饭了。我希望爸爸能吃上可口营养的饭菜，更喜欢看到爸爸脸上的笑容，那种发自内心的笑。

饭后，闲不住的爸爸提着篮子又去杏树下拾杏子。杏树下是一片黄灿灿或红艳艳熟透了的杏子，没有"出路"的它们此时安静地躺在树下的塘土里，忍受着炎阳的烧烤。有些掉在树下生硬的黄土地上，裂着大口，如蜜的杏汁从裂口中溢出，犹如它"粉身碎骨"时的鲜血。爸爸爱怜地从地上捡起那些带有伤残的杏子，嘴对着"噗噗"地吹着上面沾着的塘土，然后轻轻地放入篮子中，嘴里还不停地念叨着："多好的杏子，可惜了！"

爸爸挑了几个最好的大接杏，在他的袖子上蹭了蹭，递给我说："瑛子，这几个最好的，你吃了。这些个我晒干了卖，卖些零花钱，给小马子买糖瓜。”

说起那个身边的小外孙子，爸爸止不住的高兴，这年他已经三岁了，被大姐带着去了二姐家。平常调到县城上班的大姐，把小马子留给爸妈照顾，给二老带来了不少欢乐。顽皮的他时常嚷嚷着和爸爸猜拳喝酒，爸爸就在小家伙的陪伴下喝一两盅白的，小家伙喝的也是白的（白开水），爷孙俩玩得不亦乐乎。

这个暑假，家门口那几块地里的麦子都得由我和爸爸收割、打碾、归仓。我们拔完了背，没几天的工夫，都全部背到场里了。今年爸爸突发奇想，麦子都要在场里那个大碾子上摔，摔完的硬麦秆要编几个麦秆帘子，给家里牲口的门挂上。

所以在爸爸的提议下，我和爸爸每人拿着一大把麦子在大碾子上“砰砰”地摔，随着不停的摔打，麦穗上包裹得紧紧的麦衣慢慢张开，摔在碾子上的瞬间，那饱满的颗粒齐刷刷从麦衣中跳出，一下两下……麦子全部跳出，留下的还是整齐的硬麦秆。闲暇之时，爸爸便把硬麦秆编成一个个整齐漂亮的帘子，以备冬天之用。

摔的麦子比连枷打的要干净很多，扬几下便已干净无比，省去很多扬的时间。我们再把粒粒小麦装进布袋……也是在这次比较轻松的夏收之中，我才真正体会到了“粒粒皆辛苦”的含义，以往都是忙得只知道干活，没有时间去想去体会。

此时家里的生活压力也不是很大，种一些麦子除爸妈生活之用外，也尽量填补一下我的大姐，因为大姐的工资迟迟不发，生活仍然很困难。

爸妈的生活也比以前轻闲了很多。孩子们就差我一个没有毕业，饭间爸爸谈到了我的毕业去向问题。爸爸那时就想让我留在乡政府，离家近，不要说每晚，起码一周能跑回家看看他们。我似乎理解了爸爸的苦心，哪有父母不想孩子、不想身边有个孩子热闹的？看着这个日渐冷清的家，我理解爸爸的心情，可是我依然说出了我真实的想法。

我告诉爸爸我想去北京，去那个遥远而神圣的地方。我能看到爸爸眼里那种不舍，可是爸爸还是点点头，说："孩子只要你能去，我支持你。虽然我不能帮你，但我不能拉你的后腿，虽然我希望你留在我的身边，但还是要以你的前程为主。"

这就是我的爸爸，他的一生总是把孩子放在第一位，把自己的事永远排在孩子的后面。相比爸爸我是狭隘和自私的。来年我大学毕业，我没有按爸爸的意愿留在他身边，而是去了北京。

这个暑假给了我许多美好的回忆，爸爸开心的笑容，爸爸留给我的那些发自肺腑的话。世事难料，没有想到这是我和爸爸在一起的最后一个暑假，也没想到这是最后一次和爸爸在自家的田地里，留下那么多让人回味无穷的欢歌笑语。第二年暑假我踏上了去北京的火车，而爸爸就在这个暑假卧病在床，再没有起来。

第五十七章　我的大学毕业季

时光荏苒，岁月如梭。这个暑假在不知不觉中结束了，妈妈和大姐也如期归来，我将要背着妈妈精心准备的辣酱炒肉片，再次踏上火车，去度过我大学的最后一年。

这天清晨，天空湛蓝，万里无云。妈妈天不亮就起身收拾着做饭，好让我吃好吃饱后出发。我陪爸爸喝着罐罐茶，今天的茶格外地香，因为有刚出锅的葱花饼，咬一口饼喝一口茶，真是爽口又爽心。品茶到炎阳高照时，妈妈端来了鸡蛋面，催促大家吃饭，我们盘腿坐在炕桌周围，在说笑中吃完了可口的面。

我不得不出发了，我又一次从家门口那个坡坡上离去，爸妈站在路口目送着渐行渐远的我，等我快到碱沟时，爸妈又跑到场墙那儿，还在举目相送，直到我消失在无尽的碱沟里，他们才肯离去，可怜天下父母心啊！

几年来爸妈经历了无数次的相送和离别，从起初的不舍，到慢慢变成了理所当然。理性的爸爸在想孩子大了就得奔自己的前程，感性的爸爸在无数次地感受着离别的伤痛。

在下河坡前，我回头眺望着仍趴在场墙上的爸妈，大声喊着："爸爸、妈妈，你们回去吧！"可是竭尽全力的喊声却淹没在山谷里，爸妈仍然一动不动地望着远处的我。此时的我真的不忍心慢慢地淡出他们的视线，可却无奈，只能硬着头皮一步一步走下河坡，等看不见了，他们当然就会回去。

想着冷清的家，孤独的爸妈，眼泪再次打湿我的双眼，不能自已。小时候那个欢乐的大家庭，虽然有干不完的农活，过着贫穷的日子，但也感觉无忧无虑，我们累但快乐着。晚上一家人围坐在热炕上，围在一个小炕桌上吃饭，有说有笑；农闲时爸爸给我们讲着有趣的故事；夏天，我们四个光着脚丫无数次地穿行在田间小道上，讲着笑话，谈着乡间故事，忙乎着庄稼。

可是如今的我们，虽然实现了爸爸的愿望，却天各一方，相聚的时间日渐减少，爸妈失去了天伦之乐，孤孤单单。这时突然有个疑问在我脑海里闪现，人为什么要长大？孩童的天真无邪，无忧无虑，如果永远生活在那片小天地里，该多好啊！可是人都得长大，无法避开生老病死这一自然规律。

走在几十年都不得不走的碱沟里，眼前的沟仍旧露着白茬茬的碱，那细如草绳的河水在河道里绕来绕去地缓缓流淌。河坡上成群的牛羊在撕扯着遮不住土皮的小草，放牛的老汉斜躺在阴凉里睡大觉。脑子里满是问题的我，不知不觉就到了火车站，又坐上那趟绿皮火车，向省城进发。绿皮火车如一条绿色巨蟒一样在山间蜿蜒穿梭，窗外单调的景色引来我一阵阵的困意，我趴在小桌上酣然入睡。不知过了多久，人们的嘈杂声把我惊醒，一看火车已慢慢驶入熟悉的兰州车站，我起身背着书包，挤在人头攒动的人群中。

出了车站，映入我眼帘的是另一片天地，宽阔的道路上车水马龙、高楼林立、色彩斑斓，人群熙熙攘攘，一派热闹景象。不知在这里生活的人们是否知道在那重峦叠嶂的黄土高原之中还生活着另外的一群人，他们日出而作，日落而息，无休无止地在贫瘠的黄土地里操劳着，只为那点点填饱肚子的奢望。或许那山沟的农民已被世人遗忘，只有自己的亲人知道那里还生活着这样一群人。

走进学校的我，从一位地地道道的农村山妹脱胎换骨成了一个大四的翩翩学子。同宿舍的姐妹们互诉着相思之情，假期所见的趣闻趣事，嘻嘻哈哈的，热闹非凡，暂且忘了离别之愁。

这一年将是我们最为松散也最为纠结的一年，实习和人才交流会是今年的主要任务。开学不久，我和宿舍老二被分到白银会宁县一个水保单位实习。

跟着我们的实习老师，一天到晚抄写着各种数据统计，晚上寄宿在已毕业分配到这里的学姐宿舍。有这位学姐的热情接待，我们很快就适应了这里的环境。只是看着学姐的小小宿舍和工作环境，心里有点点落差，这或许也是我将要过的现实生活。

学姐每天在小小的土炉子上给我们做着饭菜，我们吃着可口的饭菜，聊着学校里的趣事，时不常发出会心的大笑。学姐骑着自行车上下班，日子过得充实无比，生活充满阳光。

工作之余，学姐带着我们去附近的景点观光游玩，还不忘带我们去参观甘肃有名的“高产出”学校“会宁中学”。她给我们介绍着这所中学每年要考出多少大学生，每年的高考率要达到60%以上，以及老师们的严谨和同学们的刻苦。对这所学校我早有耳闻，今天有幸得以相见，那么高的高考率，真是让人佩服万分。

实习在校运动会举行之时结束了，可是此时的我已没有多大信心去参赛。按院主任的要求，我们按时返学，参加我们的最后一次校运动会。站在100米的起跑线上，我没有了以往的自信，虽然竭尽全力，最后还是没有进入前三，让院主任大失所望，可却在我的意料之中，此时为工作单位奔命的我哪还有这心思，没上场心里已自动淘汰了。这也许是我最后一次在运动场上驰骋了。

大四的每个人都在进行着人生的第一次规划，第一次抉择。个别人想留下来继续深造，有几个保了研，有几个考了研。准备毕业的学生急忙找着单位，否则就只能回原籍。尤其是那些相恋几年的情侣们面临着人生更大的抉择，何去何从，痛苦难定。

在所剩无几的日子里，大家都精心制作着学习简历，力争把自己的特长渲染得标新立异，以期望被招聘单位选中。然后我们带着自己的“制作精品”在硕大的人才交流会上穿梭着，像发传单一样把简历分发给一个个招人单位，绝大多数简历如石沉大海，少有的答复也是非人所愿。

女生更是悲惨，好多单位不招，这种赤裸裸的性别歧视在人才交流会上比比皆是，不足为奇。我们选择着单位，单位也选择着我们，早上信心满满地出去，晚上沮丧地回来。终了，这个专业的人，没几个把自己成功地“卖出”。倒是折腾得大家精疲力竭，仅有的一点自信丧失殆尽，一个个仰天试问：继续奔赴人才市场，还是收起心情，等着回老家?

我们班相爱的几对都不在同籍，其中的古权和欣儿，每天在人才市场出双入对，跑遍了每场人才交流会，结果都一样，招男不招女，性情中人的古权请求签他的单位一起把欣儿签了，可惜招聘单位里没有一个月老来成全他的个人情感。

每天看着他们失落的眼神，就知道他们的心愿没有实现。最后古权和欣儿各奔东西，相爱的两人最后面对的是痛苦的分别。因为那时市场还没有今天的活跃，分配不到一起就预示着两地分居，分与不分都是痛苦，他们选择了长痛不如短痛。

当然也有情感无法割舍的，虽各自回了户口所在地，经过几年的痛苦分居后，调到了一起，有情人终成了眷属。几年的痛苦等待，只为那永恒的爱情。最后结局可喜可贺，真心祝福他们白头偕老。

谁也不能评判谁是谁非，在这人生最大的抉择之时，不同的性格会做出不同的抉择。其实每个人都有自己的底线，谁都不愿意超越自己的底线。有的人是理性生活，活得快乐自在，而有的人却是感性生活，事事瞻前顾后，活得细腻。性格使然，无可厚非。

在大家着急找单位时，我也在进行一项艰难的筹款工作。甘肃农大是省内定向培养学校，若毕业时出省就得交培养费几千元，那时几千元对一个农民家庭来说就是个天文数字。筹来筹去，最后还是落在哥哥姐姐身上，在哥姐三人的共同努力下，如期交齐了培养费，顺利地拿到了去北京的派遣证。

不管每个学生的结果如何，毕业之时还是如期到来。我们也做着和往届毕业生一样的事情，在校园的每个角落里留影纪念，和每个要好的同学合影留念，互相签着留言册，那一句句温馨、烂漫的祝福，相信每位同学都会把留言册保存至今吧。那是四年友谊的见证！每当我们拿起那个本本，看着上面真诚的言语，那几年的欢乐情景又会出现在眼前，相信还能引起我们大家的会心一笑。

四年的大学生活随着一声校车的汽笛声而圆满地画上了句号。我们班的房子同学，贡献出他的大背心，我们都在上面签着帅帅的大名，不知此时的他是否还留存着那件签有“万人名”的背心？和同学们挥泪告别，再见了，同学们，“再过二十年我们来相会……”

送走了大批的同学，我和我姐夫开始打包我的行李，打好的行李直接托运到了北京，我依然背着我简单的行囊——背包，坐上校车离开了那曾经“神圣”的天堂——大学。我回望着那栋灰色的宿舍楼，那高高在顶层的502此时一片萧条，地面上散落着没用的纸张，空空的四个上下铺就如八个弃婴，此时静静地躺在那儿，等待着它们下一轮主人……再见了我的大学，我的同学们，还有这里的一切。

第五十八章　我将离开亲人远离故土

1996 年 6 月底我毕业了，至此结束了我的学生时代，将步入社会，走上工作岗位。我对即将到来的工作既充满信心，又有更多的迷茫：不知北京那个“神圣”的地方将给我什么？赋予我的工作能否胜任？能否有效地完成？那里的人文、气候、环境能否适应？我能否融入其中？她能否接纳我这个带有浓重乡土气息的大学生……

我带着无数个未知和疑问将踏上去北京的火车，但有一样我是清楚的，不论那个天地给我什么，马小斌给我的一定是温馨的港湾，那里除了他以外，一切都是陌生的。偌大的中国，我背井离乡，舍弃了爹娘及所有的亲人，只为了心中的他，去那个陌生的天地。“问世间情为何物？直教人生死相许”，就像无数痴情的少男少女们一样，我也无数次地这样询问自己，但终究没有答案。但细究那个“情”（忄和青）字不就是两颗“青涩”心的相伴吗？

我从兰州出发，在陇西车站下车，即将远去的我，急切地想见见我的亲人。在出站口出来，一眼就看到爸爸坐在出口的水泥台子上，眼睛注视着出站口，只怕错过从站口出来的我。显然他也看到了我，高兴地呵呵笑着。一脸兴奋的我跑到爸爸跟前，平塌子坐在爸爸的身边，嘘寒问暖，拉起了家常。

说好的，我启程之前在大姐家相聚，可犟脾气的爸爸老早地从大姐家出来，想在车站见见我，顺便坐车回家去。爸爸因高血压越来越重，在县城大姐那儿看病住了些日子，觉得全家人吃住在一个十二平方米的房子里，不太方便，最为主要的一点是没有他那离不开的土炉子罐罐茶。非得回去，说走谁也拦不住。因此我和爸爸在火车站相遇了。此时的他一脸黑瘦，颧骨高高凸起，腮帮子也已凹陷，那双黑瘦的手上青筋暴露。两条细如麻秆的腿穿着以前的裤子，宽大得像现在流行的阔腿裤。整个人就像快熬干的油灯，只是那只眼睛依然炯炯有神。此刻我心里冒出了“春蚕到死丝方尽，蜡炬成灰泪始干”这两句诗，立即觉得不吉利，“呸呸”了几次，什么呀这都是，胡思乱想……

爸爸为我能在北京工作而高兴，还不忘告诫我：“瑛子，爸爸很高兴你能去北京，这是我的骄傲。但你要知道北京那是个大地方，不和咱们这些小城市一样。你去了，就一定要踏实工作，顺利通过见习期，争取早日转正，站稳脚跟。工作没有什么会干不会干，只有认真不认真。咱们是农村出来的，什么苦没吃过，工作再苦再累也不至于像农村。家里现在也没什么不放心的，再说这里还有你大姐呢，你去就踏实上班，其他的都不要想，干好来之不易的工作……”一遍遍地嘱托。

爸爸对于即将远离家乡的我有那么多的不舍和不放心，在车站等我就为了给我留下这些话，生怕没有一点工作经历的我适应不了工作岗位，还有就是看看将要远去的我。我让爸爸留下来，明天我走了再回，可是爸爸决定的事谁也改变不了，他还是要按他的计划回家。

虽说高兴，我还是能清楚地看到爸爸眼里的不舍，使得我再也没有勇气看爸爸的眼睛。我突然想起妈妈常说的一句话：父母的心在儿女上，儿女的心在石板上。可不是吗，此刻的我不是要背离年迈的父母，去那千里之外吗？

此时我心里五味杂陈，是对爸妈的不舍，还有对养育我20多年的故土的留恋。爸爸反复地嘱咐着诸条注意事项，直至确认我已牢记在心后，就催促我回大姐家。在爸爸的再三催促下，我起身向进城的班车走去，留给爸爸的是背影，是不舍。爸爸目送着我渐渐消失在人群中。我没勇气再回头看孤零零坐在那儿的爸爸，只是留给他一个伤感的背影，殊不知，此时的我已是泪水涟涟。

第二天，启程去北京，买好车票后，还剩几百元钱，我想留给爸妈，大姐再三让我拿上，说穷家福路，一个人出门在外总是有花钱的地方，买几件衣服，首先衣着打扮上要匹配那个城市，这样才会更有自信地迎接一切。大染缸里出来的大姐，说话头头是道，我便把几百元钱揣在兜里。

大姐一家送我坐上了北去的火车，将去我理想中的彼岸。这是我今生第一次孤身一人坐过夜的车，忐忑的心，孤独的人。但是已有四年大学生活经历的我，已变得成熟，和窗外的大姐、姐夫挥手再见，这次我没有掉眼泪，也没有离别的伤感。

随着列车蜿蜒驰骋，外面的景色也在不断地发生着变化。从刚开始黄土高原的一个个山洞，慢慢变成了视野开阔的一马平川；从刚开始的荒凉贫瘠，慢慢变得多彩富饶……看着这些变化，我知道我已远离了家，远离了故土。

火车上人很少，三人的长座上只有我一人，晚上便可以是硬卧。经过近30个小时的颠簸，我便到了理想的天国——北京。

火车减速慢慢停靠在北京西客站，我在车站奔走的人群中看到了那个熟悉的身影——马小斌，他在十二号车厢的每个窗口里着急地寻找着我。我拍着车窗向他招手，看到我的他急匆匆地在人群中穿梭着。车门打开，一股热浪涌来，逼得气都喘不上来，看样子热将是我要征服的第一难关。

马小斌是我初中时的同学，高一时的小老师，此时也俨然成了一位翩翩公子。他身着一件半新的白 T 恤，下身是件天蓝色的直筒裤，脚上是一双棕褐色的漏孔皮凉鞋。光洁白皙的脸庞，透着棱角分明的俊朗；浓密有点粗犷的眉毛微微上翘，长长的睫毛下，那双幽暗深邃的眸子躲在镜片下面，一脸的斯文；英挺的鼻梁下面是两瓣薄而樱红的唇，他立体的五官如刀刻般俊美。此时他俊美的脸上噙着一抹会心的笑，幽深的眸子里深情满满。

他接过我手上的行李，牵着我走出了车站，向单位的轿车走去。外面热得像一个大蒸笼，使得我头晕眼花，昏昏入睡，马小斌用纸折的扇子不时地带给我一丝凉意。离开了亲人，离开了故土，但有马小斌对我无微不至的照顾和关心，让我很快忘记了各种疑虑和担心。

第五十九章　爸爸病危

接我的轿车在被誉为“神州第一街”的长安街上穿行，两边各种建筑风格的高楼大厦威严林立，庄严肃穆的中南海戒备森严。久仰的天安门城楼近在眼前，城楼上和蔼可亲的毛主席像清晰可见。闻名世界的“万人广场”上游人川流不息，广场中央矗立着人民英雄纪念碑，上面镌刻着毛主席题写的“人民英雄永垂不朽”八个镏金大字，此时在晨光照射下熠熠生辉……初到北京的我，被眼前这新奇的“世界”震撼了，北京的美丽壮阔及天安门广场的宏伟壮观远远超出了我的想象。

在我的无限感慨中，车已在立交桥上盘转而下，紧接着驶入了桥下的道路，小斌告诉我车已上了二环。没几分钟我们便到了小斌单位的大院，院子两边停靠着各种叫不上名字的大型施工车辆。院子后面是一栋绿色的四层办公小楼。我被安排在二层的一间女生宿舍里。

此时，我们兄妹四人都已大学毕业，爸爸妈妈的担子终于卸下了，地也只种了一两垧。本想着爸妈可以享享清福，安度晚年了，可令人始料未及的是，一个月后，灾难再次降临到刚从疲倦中走出来的家——爸爸永远地躺在了炕上。

1996 年 8 月初的一天，远在千里之外的我接听到大姐打来的电话，从哭声混杂中我知道了家里的不幸——爸爸病危。此时我毕业上班也仅仅一月。惊讶之余更多的是担心，我和马小斌买了车票立马回家。

等我见到爸爸时，他脑溢血已瘫痪在炕了，脑血管渗血压迫了语言神经再也说不出话来，他老指着他的手腕让大姐给他打吊针。爸爸求生的欲望让人心疼不已。可是大姐把针扎上，液输不到半小时就会起个大包，一组两三瓶的药输完得扎好几次的针。医生说由于血管堵塞和血管老化变脆，血管破裂导致的。

随着我的毕业，爸爸那绷了几十年的弦一下子放松，身体反而不适应，血压升高，冲破了脑血管，导致脑溢血。刚刚得到缓解的家再一次陷入水深火热之中，我们喊天天不灵，叫地地不应。

哥哥姐姐送爸爸住进通安卫生院，那时医疗条件差，更何况一个乡卫生院，每大就输两三瓶液，病情每况愈下，爸爸昏迷不醒。

妈妈怒骂："你爸苦死苦活一辈子，临到死还不让他归家，死到外头，就成孤魂野鬼了，每年三十日祖先都不让他进门吃供品的，你们这几个心毒的乖子怂……"妈妈像疯了一样吼着，要把爸拉回家去。还说送庙里算了，不出十天爸爸就归天。

在妈妈的固执下，他们把爸爸拉回家，开了近十天的药，大姐又成了爸爸的贴身护士，每天输着药液，十天过了，爸爸还没归天，输到最后就是我见到的情况。姐夫又请来了县城的大夫，诊断结果更是令人大失所望、后悔不已。他说已经错过了治疗的最佳时间，现已没有回天之力了。

俗话说"病来如山倒"。我毕业仅仅一个月的时间，爸爸就病倒了，这是我们意料之外的。我没想到火车站的那次聊天，竟成了和爸爸的最后一次话别，也是爸爸今生最后一次给我的嘱托。有话说"每次分别都可能是永别"，可是我还是万万没想到，那次就是爸爸给我人生“告诫”的永别，从此以后再也听不到爸爸的声音了。

总感觉人的一生，冥冥中一切皆有定数。妈妈说，爸爸病倒前一天，早上起得很早，和往常一样，坐在房檐下喝着罐罐茶，吃着葱花饼，吃喝完后随口说我上山锻炼一下去（这是爸爸一年多来的锻炼方法）。这一趟去了很久，等回来时妈妈的午饭都做好了。吃饭间爸爸奇怪地说：“我看了看咱们的洋芋，长势好得很，秆子胖，叶子绿油油的，你一个挖不来，等兰兰国庆放假回来帮你挖去。”妈妈埋怨似的问，“那你做啥去呢？”爸爸再没言语。

饭后午休到自然醒，爸爸下炕的第一句话更是莫名其妙，硬说刚来了两个娃娃，女娃穿着一身红色衣服，头上还别着朵绿花花，男娃一身俊蓝衣服，两人跪在地上给他磕头呢。问妈那是谁家孩子，怎么没缓一下就走了呢？妈妈知道爸是做梦梦见的，心里很害怕，故作没事地反驳爸：“你胡说什么呢，哪有娃娃？我没见。”两人戗戗了一会儿。

爸爸又开始捣罐罐茶，还自言自语地念叨明明来了两个娃娃么……晚饭后二老看了会儿电视后，上炕睡了，一夜无语。早起的爸爸说去上厕所，赖炕的妈妈等了好长时间还不见爸收拾火盆喝茶。常言道，人不知道心知道，妈妈一骨碌翻下炕，向大门外的厕所跑去，果不其然爸爸倒在大门口，昏迷不醒……

8 月初正值暑假，在家的大姐喊大舅家的表哥把爸爸抬到炕上，她又跑到通安镇上给在外面的我们仨打电话通知，顺便也打电话叫回了在县城上班的姐夫。此时的大姐已让生活历练成熟，虽然担心害怕，但她不能哭，这个哥哥不在时的家，她得扛起所有的责任，她按部就班地准备着一切。在街上买了纸张、蜡烛等必备品。可是让人高兴的是，大姐办完这些回到家时，爸爸坐在炕上和队里的老书记、还有舅舅们喝着茶说着话，一切又恢复了正常。

爸爸把大姐叫到跟前安排了好多事，也不忘把他的后事详细地安排给了大姐：等他去世后千万不要急着放进棺木，先用簸箕或电风扇扇凉后再入棺，不然会七窍出血。还让我们做子女的不要哭声太多，不然让他走得不放心等等。还一再嘱托，千万不要把我叫回来，怕刚上班，影响我的见习，不能按期转正。晚饭后，爸爸再次失语，大家都希望奇迹再次出现，可是直到终了爸再没有说出一句话。

听完妈妈的叙说，我泪如雨下，爸爸无论在任何时候都想着他孩子的前程，在他生命垂危之时也还想的是我的工作、我的转正。看着躺在炕上无声的爸爸，我心如刀绞，心里无数遍呐喊着："爸爸，我怎么才能拯救您！"

我们兄妹在爸爸身边轮夜值班伺候。过了一周，哥哥姐姐让我先回单位，以免影响工作，这也是爸爸的心愿。我离开了瘫痪在炕的爸爸，回到单位的我心挂爸爸，动笔写下拙劣小诗，以表分别的残酷、对重病中爸爸的牵挂和对疾病无药可治的无奈。

别　父

分别数月，
泪迹已是条条青苔。
几经寒风的偷袭，
那分别的情形便历历在目。
看着你焦黄的面孔，
我心的跳动在加速；
看见您干渴的眼角滚动的那颗泪珠，

我的血液在凝固；
看着您渴望说话的表情，
我已是泪流满颊。
一颗无助的心在呐喊……
爸爸，我怎样才能拯救您？
但分别的残酷，
犹如夕阳西下一样无情。
心的祈祷，
永远伴随着远方的您，老爸。

1996 年 8 月于北京

8 月的北京，天如桑拿，人如蒸饺，闷热难耐。我每天在闷热的环境里干着我的第一份工作，严格遵循爸爸的教导：认真踏实工作，按期转正。同时也时时牵挂着危难中的爸爸，盼望着春节的早早到来。

第六十章　爸妈在家中煎熬

在这酷暑难耐的环境里，我谨记爸爸的嘱托，兢兢业业地工作着。小斌每天从食堂给我打着绿豆汤解暑，希望它能带给我些许清凉。北京的气候还算四季分明，到了8月底，天气明显凉了下来。

酷暑远去，难熬的时日终于结束，让我揪心的唯有家中的二老。

人常说久病床前无孝子。哥哥姐姐伺候爸爸差不多一个月后，都不得不去上班了，伺候爸爸的重任只好落在单薄的妈妈身上，不知此时妈妈一人怎么照顾瘫痪在床的爸爸？如何翻身护理？有没有心情给他俩做饭？……工作之余，一个个的疑问不停地在脑海里翻腾，挥之不去，无奈的是我却在千里之外。

那时随身还没个电话，焦急万分的我就跑到邮局给大姐打电话，问问家里情况。得知还好的是，大舅家的表哥拴喜两口子借住在我家闲置的房子里，能给妈妈做个伴，急忙了能搭把手。不管多精瘦的人，一旦瘫痪在床，一个壮年人根本左右不了，更何况是年近七旬的小脚老太太。

久躺在床的人最怕身上长褥疮。最初我们给爸爸买了一块两公分厚的海绵垫子，妈妈又缝了好多尿布垫在屁股下，以防接尿不及时把海绵垫尿湿。一周下来攒了一大堆的尿布，筋疲力尽的妈妈再也没精力洗，只能等大姐周末回家时洗。那时周六早上还要上半天的课，上完课，大姐午饭都顾不上吃，领着小马子跑到车站坐慢车回家，到家后的第一件事就是从场里的窖里打水洗尿布，往往一洗就要洗到大半夜。

第二天早上大姐给爸爸喂饭时，病中的老爸感情脆弱，吃饭时总会老泪纵横，用泪水诉说着他的不幸和子女的不孝。饭后大姐再给爸爸擦洗一遍身子，还要从窖里打上满满两缸水，以备爸妈的吃用，然后又急忙背上小马子往车站跑。大姐每周末都穿行在那道碱沟里，帮妈妈照顾着患病的爸爸。

农村老人经常说“家中无病汉，胜如当富汉”。的确，人在无病无灾中过日子，时间就像白驹过隙，眨眼就是一年。此时的妈妈度日如年，感觉天是从未有过的长，黑了等不到亮，亮了又等不到黑，一周的时间更长，慢得等不到周末。大姐周日刚走，老妈立马盼着下个周末的到来。

随着天气的渐渐转凉，我的交通工具从挤公交换成了骑单车。小斌给我挑了一辆 26 的女式自行车，有了崭新的自行车，我做梦都是笑着的，这是我的第一辆自行车啊，是我喜欢的紫色。自行车是有了，但我只有从别人车上学来的那点初级水平，适合在没人的路上骑，在这车水马龙的大城市里，那点水平根本无法上路。

小斌就教练兼陪练，没事时他带着我在附近马路上练车，他每次都耐心地指导着我，有一点点进步就放大几倍地夸我，让我欣欣然。我不知疲倦地练习了几天，觉得能上路后，他每天早上陪着骑到单位，晚上他再从单位把我接回宿舍。没出一个月，我的骑车水平达到一流，每到红绿灯处脚一踩地，前轮刚好在白线处。

回到宿舍，累得我仰天长躺，一动都不想动。好的是，每天晚上小斌从食堂打饭，等我回到宿舍就有现成的饭吃，这使人心情好了不少。在这陌生的“国度”，有真心爱人的关心，让我感到莫大的幸福。晚饭后，勤奋爱学的他还去职大上课，还不忘给我找几本书，叮嘱我在宿舍看书等他。可一闲下来，我的脑子里全是那个冷清无助的家，搞得我闷闷不乐，心事重重。

心细的他，怕我抑郁，周末时便常带我去附近的公园转转，时不常去趟雍和宫，那里有不少人点着香，求着各自的愿望，我也是其中一员。晚饭后我们俩步行到三环的过街天桥上，看着三环路上没头没尾的车龙，一辆辆急驰而过，永无止境。在路灯及车灯的照射下，三环路犹如银河，闪烁的灯光犹如银河系的繁星，这里真是灯火通明的不夜城!

我就像刚上学的小学生一样，小斌事事都在教着我，不断地鼓励着我：“你比我刚来时棒多了，适应得好快。”我知道他这是在安慰我，但听着让我感觉到满满的欣喜。

转眼到了国庆节，小斌不会让初到北京的我错过天安门仙境般的夜景。晚饭后，我们早早坐地铁来到了天安门，节日里的天安门广场，花团锦簇，人山人海，来自全国各地的游客享受着天安门广场的美好夜景。

人们争先恐后地对着天安门城楼、人民大会堂和祝福祖国的中心花坛拍摄留念。天安门楼城在各色灯光照射下金碧辉煌，金水桥在华灯的映衬下好似一座变幻的彩色云梯，两侧的彩色喷泉变化无穷，时而是绿色的水柱，水柱顶端剔透的绿色碎珠齐刷刷地抛向天空，顷刻间绿色的珍珠铺天而下，打在水面上形成层层水波；时而又是红色紫色的蒲扇，从水面上徐徐打开，越打越大，然后又破成碎玉跌入水中……真是美极了。

天安门广场另侧的人民大会堂此时在灯光的照射下金光璀璨，犹如一个金色伟岸的宫殿。人民英雄纪念碑在白色灯光的照射下庄严肃穆，矗立在广场中央。广场上各类鲜花组成的各式花坛，在彩色灯光的照射下，绚丽多彩，清晰醒目。在花匠及灯光师的匠心独运下，天安门如此多娇，让人目不暇接，感叹不已，流连忘返。真可谓“火树银花不夜天，霓彩华裳醉珠水”。我和小斌也不停地举起相机“咔嚓”着，想把这所有的瞬间记录下来。

国庆过后我俩就着手准备行李，收拾心情，时刻准备着春节回家，看望家里的双亲，可是等待中的时间日长似岁。同样，家中的妈妈在无限等待的煎熬中，终于迎来了寒假放学。大姐带着小马子回家了，有了大姐和小马子的陪伴，家里又有了笑声，日子也好过了许多。

第六十一章　爸妈在昏暗的房间蜗居

大姐的放假回来，对妈妈来说无疑是莫大的安慰，妈妈终于可以忙里偷闲了。白天她们俩轮换照顾着爸爸，还有小马子围在爸爸的身边，给姥爷讲着幼儿园学来的故事，逗爸爸开心。晚上大姐先要给爸爸喂饱饭后，他们三人才能围坐在炕桌上吃，边吃边聊、说说笑笑。爸爸眼瞅着他们，也是脸露微笑。

爸爸用能抬起来的右手不停地抚摸着依偎在他身边的小马子。小马子拿着饮料瓶，示范着尿尿的动作，然后将瓶子塞进被窝里给姥爷接尿，接完后，还不忘自己也给瓶子里尿一泡，此时的爷孙俩都成了小孩儿，无大无小。爸爸顺势捏住小马子的小鸡鸡，露出灿烂的笑颜。四岁的小马子可会哄姥爷高兴了，他用幼儿园学的《中国娃》，连跳带唱，惹姥爷高兴了一段时间。春节临近，大姐带着小马子去看公婆，让爷爷奶奶看看半年未见的孙子，以便在春节时再返回家来。

临近春节的前一周，我和小斌背起早已收拾好的行囊启程回家。经过一昼夜的颠簸，我回到了离别不到半年的家。由于火车晚点，我到家时天已接近黄昏。推开大门，门内没有一丝临近春节的喜悦，院里也是漆黑一片，没有一点点生机。我来到生活了二十多年的屋子门口，屋内传来妈妈的声音：“听说瑛子今天回家哩，你高兴吗？”妈妈的话没有得到回应，好似妈妈自言自语。妈妈又说了句：“天都黑了，怎么还不到呢？”我推开门，展现在眼前的是多么凄凉的景象：15 瓦的灯泡，带给屋内一片黄丝丝的光亮，昏暗灯光下是两位凄惨老人。坐在炕上的妈妈两鬓斑白，旁边躺着瘫痪的爸爸骨瘦如柴，妈妈正在用勺子给躺着的爸爸喂饭……此情此景，让我再也不忍直视下去。

我故作轻松地喊了句：“爸，妈，我回来了。”妈妈拿着勺子的手在空中僵持了，豆大的眼泪从她的脸颊滚了下来，爸爸的眼角也流淌着珍珠般的泪珠，父母的眼泪诉说着他们被病痛的折磨和见到我的欣喜。

此刻我多想抱着爸妈痛哭一场，可是我知道我不能，我已不再是那个爱哭的“哭包”，此时的爸妈需要一个强者的支撑。我强忍住眼里打转的泪珠，擦干爸妈脸上的眼泪，从妈妈手里接过勺子，把碗里的饭喂给爸爸。爸爸睁大他噙满泪花的眼睛，注视着远道而来的我，不时地用右手摸着我的脸，嘴角露出了欣慰的笑容。

随后我打开箱子拿出给爸妈的礼物，其中一包是我特意给爸爸买的安利排毒茶，我详细地给爸爸读着说明书，让爸了解那个茶叶的好处，说能排毒能去病，能治好百病！爸爸很是高兴，眼神里充满着希望。我立即泡上茶叶，爸爸用手示意着他要喝，他相信这个神奇的茶能治好他的病。我也希望它有如此的奇效。可是最终还是事与愿违，喝了一个冬天也没见到那种神奇的效果。

看到爸妈的生活状况，我心如刀割，更是惭愧！心里在默默祈祷：老天爷，看在爸爸一生的艰难寒苦以及他在整个镇子上的“好人”名号下，求求您帮帮他，让他站起来，多给他点时间，让他享享子女的福，也让我们做子女的尽尽孝心。可是“树欲静而风不止，子欲养而亲不待！”爸爸的病不仅没有好转的迹象，而且日渐加重。

妈妈伺候得没有了盼头，怜惜地说：“你要活就健健康康的，这样罪重你还不如早点走了。”我知道妈妈实在是撑不住了。我安慰妈妈，让她好好缓缓，我暂时接替妈妈的工作，给爸爸喂饭、擦身、翻身、换尿片……

翻身时痛得爸爸发出“啊啊”的叫声，让我于心不忍。有了帮手，妈妈和我每天都把爸爸扶起来，用被子围在炕上坐会儿，看看窗外的世界。这时爸爸望着窗外，嘴角上翘，露出难得的微笑。瘦如干柴的爸爸，臀部没一点点肉，坐一会儿，便斜躺下来，我们又只好让他平躺下。看着受罪的爸爸，心中充满了无限的悲凉，可是在疾病面前人人都是弱者，无能为力。

庄周围的树木光秃秃地伸着枝干，树下面是积得有半尺厚的落叶，没人清扫。以往每年冬天，勤快的爸爸都会把树叶扫得干干净净，担回家当填炕的柴火。今年的落叶却一片片安静地躺地那儿无人问津，只能等着来年慢慢腐烂，化作春泥。门前那曾经的一片花海，此时也是枝叶残败，场里的碎麦秆和麦衣被风吹得零零散散，鸡和麻雀在碎麦秆里抢食着残留的麦子，家里每个角落都是一片萧条之象。爸爸病倒，妈妈整天伺候左右，再也没心情也没精力顾及其他。

几个月的时间，妈妈被折腾得筋疲力尽，脸色苍白，头发斑白。那两只漂亮的大眼睛更加幽深，时常饱含泪水。凄凉的夜晚，她一人躺在无声的爸爸身边，孤独无助，身心疲惫。生活的折磨给她的是撕心般的痛。她伸手给爸爸把被子压压严实，背过身，任由泪水在眼角滚落，打湿了枕头。白天忙得连流泪的时间都抽不出来，就在这夜深人静之时，任它流淌，以减轻心中的委屈。身后的爸爸已打起了均匀的鼾声。妈妈擦干泪水，起身摸了下爸爸身下的尿布是否已湿，然后才安心入睡。

爸爸常说“自古忠孝不能两全”。此时此刻我才真正地理解，面对这种无奈的抉择，我们顾了“忠”而薄了“孝”。我也慢慢体会到，人常说的“老伴”，人到终了留在你身边的人永远是你的老伴。这就是所谓的年轻夫妻老来伴吧！

为了让爸爸安心，这个春节我要完成爸爸的最后一个心愿——结婚。我与小斌将要办个简单的婚礼，有情人终成眷属，也让爸爸安心！

爸爸一生操持着这个穷家，全家人的吃喝用度，孩子的学习，孩子的复读复读再复读，加上“文化大革命”的迫害，平反昭雪的迟迟到来，都给爸爸的身心造成了很大的压力，甚至是心灵上的泯灭。他脑子里的那根弦一直绷得很紧很紧，直到我毕业分配，他才可以放松喘口气，可此时爸爸强撑的身体已经达到了极限，他身体所承受的压力远远超过他能承载的度，至此身体已全部透支，留给他的只是个强撑的虚壳，致使他在疾病面前如此脆弱，没有一点点抵御的能力！

第六十二章　我的婚礼

大年三十，哥哥和二姐春节放假，拎着大包小包也回来了，昔日冷清的家顿时热闹了起来。看着儿女齐全，躺在炕上的爸爸无比高兴。我们扶起爸爸坐在炕角圪崂里，我们兄妹围坐在炕上包着团圆饺子，爸瞅瞅包好的饺子，用右手比画着鱼，我们都明白他要鱼娃饺子。往年的这天，都是妈妈擀皮，爸爸包，到开饭时，齐刷刷的鱼娃饺子并排站满了案板，就像阅兵的队伍，爸爸说这叫年年有余。哥哥随即又包了一二十个鱼娃饺子，爸爸欣慰地笑了。妈妈脸上也扫去了久积的愁容，在厨房里跑出跑进忙活着。桌子上堆积着哥哥姐姐拿来的各种吃食，瓜果齐全，今年祖先的供品不亚于城里人的。

今年的除夕，家里没有了以往的“门庭若市”，那些求对联的人，不知今年又聚到了哪家？炕上的爸爸是否还记得每年的此时，正是他挥毫泼墨之时？爸爸自如地挥动着寸八毛笔，书写着他刚烈的个性，“刚强有力”的笔体里透露着他所历经的风风雨雨，可是潇洒的挥笔已经远离了爸爸，写字对于爸爸是可望而不可即的了。

家里的对联只能交给哥哥写。俗话说，祖传手艺传男不传女，哥哥的笔法很像爸爸的，根据遗传学，哥出生时就有此基因，再加上平日的临摹，此时派上了用场。哥哥照着爸爸叠纸的方法，把一张大红纸折了几折后裁开，在草纸上练了几笔，就开始在大红纸上写，每写一张都拿给躺在炕上的爸爸过目。爸爸看着儿子像模像样的字体，面带微笑地点头“示好”。

一切准备就绪后，我帮哥给每个门上贴对联，两个姐帮妈收拾着祖宗的供品。大约在下午 3 点时分，哥端着香表（黄色的纸钱）一步三磕头地把祖宗请进屋，安坐在桌子上（桌上有灵位），然后烧香点蜡上供品，先让祖先们吃着聊着，我们再慢慢下饺子。大年三十的晚饭宜早不宜迟，还不能吃剩。传说上天在这晚巡视着各家各户，如有剩饭说明不缺粮食，来年老天的恩泽会减少。妈妈谨记这一传说，4 点过就收拾晚饭，不到 6 点全盘饺子不剩一个全部进肚。爸爸照旧吃了他的鱼娃饺子，满意地打起了鼾声，妈妈围坐炕上，看我们四人打牌赢钱，洋娃娃般的娴揪着一岁半的丹在炕上打闹，鬼精灵的小马子示意她俩：咱们要年钱，再迟咱就睡着了，那就亏大发了。于是他仨一起喊了起来：“发年钱了！发年钱了！”

大年初一，睡得晚的大人们还想赖床，可有几个早起“鸟儿”的左掐右揪谁能赖得住，大家还是起了大早，围坐在火炉旁啃着妈妈煮的猪排骨，哥哥一边啃一边撕着给爸爸喂，高兴的爸爸还发出了少有的笑声，妈妈开玩笑地说：“你爸还是爱后人（儿子）。”饭后，大家讨论着另一件大事——我的婚礼。这也是爸爸今生的最后一个愿望，我们定不会辜负他老人家的希望，虽说简单但也要圆满地办好这件事，让爸爸安心。

爸爸给我们用手示意，妈妈坐在身边翻译。他的意思是：这是咱们家的最后一个嫁娶之事，该请的亲戚朋友都得请到，该行的礼规还得行。爸爸也用手势或摇头、点头方式要求小斌准备什么。其实爸爸什么也没有要求，没要所谓的彩礼，没有所谓的见面礼，爸爸只要求准备一辆三轮车，让全村的人能看到老李家在出嫁女儿。

结婚前一天，我家待客，村里家家都来填箱（上情），吃了家里的流水席。爸爸看到来了这么多人，非常高兴，他靠墙坐着看大家聊天。爸爸是个爱热闹的人，这半年来他没见过这么多的人，今天似乎又重现了以前过年找爸爸写对联时的热闹，爸爸微笑着嗯嗯啊啊地招待着客人。看到爸爸这样我心里钻心地疼，只觉得造化弄人，为什么不能让爸爸身体好好地等到这一天呢？为什么不能让爸爸在他的小女儿出嫁时痛饮一次，开怀一次呢……

第二天大早，大姐二姐把我早早叫醒，给我梳妆打扮，头发盘成发髻，别上红色的头花，脸上略施粉脂，唇上轻点唇彩，眼线、眉毛一勾，睫毛膏涂上……经过姐姐们精心打扮，待嫁的我，长长的睫毛微微上卷，眉如柳叶，唇如红丹，目若秋水，娇艳无比，美若天仙。看着镜中的自己，我对“世上只有懒女人，没有丑女人”这句话深信不疑。

迎亲的三轮车早早到来，照样停在庄下面的土路上，今天的小斌身着一件黑灰相间的格子呢大衣，大衣下面是一套深蓝色西装，黑如墨黛的头发梳成三七开。棱角分明的脸上款款深情，幽深的眸子脉脉含情。他进院便走进了我住的小屋，出现在眼前的我给他一脸的惊讶，紧接着眼里是赞许的目光。行完礼节，吃完饭，妈妈坐在炕上扶住爸爸，我和小斌跪拜父母的养育之恩，此时爸妈的眼泪顺着脸颊滚淌而下，我强忍住眼里的泪花，起身替爸妈擦干眼泪，拜别了双亲，小斌抱起我向三轮车走去。

送亲的人和迎亲的人都从家门口的土坡上慢慢远去，家里留下的只有爸妈两人。当我回头看时，只有妈妈一人趴在场墙边目送着渐行渐远的我，而爸爸躺在寂静的屋内，微闭着眼睛，一脸安然，了却了一桩心事，便也心安了。

三轮车后斗上用一块红色毯子遮住，提示着它是迎亲车。老幼及新娘坐在车斗里，而其他送亲的人步行或者骑着自行车。“哐哐”的三轮车行走在满是塘土的土路上，车轮过处卷起的塘土如滚滚浓烟在车后升腾。坐在车斗里的我们，随着车轮的颠簸，在车上前俯后仰，左摇右摆。不一会儿，山包上的家及场边的妈妈消失在我的视线里。

冬天的黄土高原上，寂静无比，光秃秃的山丘，还有的就是那一片片的黄土地，再没有别的色彩。这辆在蜿蜒的土路上“哐哐”行驶的三轮车和后面腾飞的黄土，倒是给这寂静的山丘添加了一点点生机。

还记得刚上大学那时我信誓旦旦地给大姐说：“等我毕业了才不会像你一样早早结婚生子，而是要风风光光地干一番大事业再说。”可是刚毕业半年的我也和大姐一样早早地嫁为人妻。此一时彼一时，谁没年少轻狂过。

就这样我完成了一个简单的婚礼，给爸爸一个完美的交代。结婚的第三天按规矩要回门，我和小斌如期回到家里，看望爸妈。爸爸爱吃搅团，也是小斌的最爱。在厨房土灶上，我烧火，大姐撒搅团。在冰冷的厨房里，我冷得浑身哆嗦，结果感冒发烧。按习俗晚饭后是要回婆家的，小斌看我发着烧，也体谅到爸妈的不舍，索性缓了。

妈煮了生姜红糖让我喝上，再用被子盖得严严实实，等着发汗，不一会汗如雨下，身体也舒服了好多。这时妈妈做的第二顿晚饭臊子面也好了。小斌说：“咱们不回去就是为爸妈高兴，吃饭咱们得在爸爸那屋吃，大家一起吃才热闹。”以防我再次着凉，小斌把我卷在大被子里，背到爸爸的屋，放到爸爸身边。看到体贴入微的小斌，爸爸呵呵笑着，拍着胸脯，表示他把女儿交给小斌放心了！

全家人在一起吃着团圆饭，屋外寒冷如冰，屋内却欢声笑语，温暖无比，爸妈脸上洋溢着幸福的微笑。可是幸福的时间总是过得很快。第二天午饭后，我们兄妹便要启程回单位了。此次的分别是痛彻心扉。爸爸泪如雨下，我们也是泪如泉涌，我一遍遍擦拭着爸爸的泪水，告诉他过一段时间再来看他，话虽如此说，可是自己也不知道啥时候能回来。我们抱头痛哭，竟是走不开。小斌把我扶出门外，他和哥安慰了会儿爸爸，一辈子替儿女想的爸爸，摇手让我们走，我们心上拧了一把，起身出发了。只有未开学的大姐还留在爸妈身边，帮妈妈照顾着爸爸。

爸爸历尽一生把他的两双儿女供了出来，立了业，在成家的事上也是那么的开明，我们各自做主选择了自己的爱人，爸爸妈妈没有一点点的干涉，而且在我们三个女儿的婚事上，从未向婆家要过彩礼。妈妈开玩笑地说："人家嫁个女儿怎么也得收入几千元，我三个大学生女儿一分钱没得见。"爸爸的思想境界让当时的亲朋好友刮目相看，他一生的努力就是让儿女们幸福。

第六十三章　伤别离

珍惜每一次的相聚，因为每一次的分别都可能是永别，这次和爸爸的分别我预感就是永别了。虽说人生如逆旅，我亦是行人，但看着渐渐消失在视线中的家，我再次泪如雨下，心如刀割，无数遍地祈祷着，爸爸我们还要再见，一定还要再见，等着我们，等着……

穿行在那道单调的深碱沟里，节前回家时那个晚上的凄凉情景，再次出现在我的眼前，昏暗灯光下的那对孤独老人，此后，会有同样的无数个凄凉之夜，孤独无助的妈妈厮守着病痛的爸爸，咽着泪度日如年。在极度无奈时，找一个诉说的对象都是奢望。此刻我心已结成千千结，由绞痛慢慢变得麻木，只有那无尽的泪滴打在脚下的黄土里，对身边小斌的安慰和劝说充耳不闻，反而让我烦躁难忍。瞬时，我以百米的冲刺速度跑起来，好似只有这样才能甩掉别离的伤痛。

回到北京，我只不过是个北漂的游子，一间十多平米的宿舍就是我俩的家，虽小但很温馨，只要能和相爱的人在一起，就像树上的鸟儿，有个栖息的小窝便足矣。

上班不久，单位内部调动，上班路途遥远，我每天挤在骑车大军中，穿行在北二环的辅路上，人多车多，时间紧，每天上班就如行军打仗，唯有这时那个让人牵肠挂肚的家，才会走出我的脑海，而由川流不息的车辆替换了它。

开春天气渐暖，家里久躺的爸爸已是皮包骨头，皮肤就像风吹日晒的塑料布一样，不堪挤压。妈妈又缝了糜褥子（糜子滑，不容易压实），替换了海绵垫子，但还是效果不好，各个骨节处长了褥疮。妈妈挖空心思地想办法，聪明的妈妈想出了让村民惊讶的方法：她缝了好多大小不一的“游泳圈”，在里面装上糜，然后在各个关节处垫上糜圈圈，支空，抹上星红药，糜烂可以得到缓解。

尽管妈妈对爸爸的照顾无微不至，细心周到，但爸爸身上的溃烂面积还是越来越大，翻滚身子换尿布时，爸疼得撕心裂肺，伺候的人也是呕心抽肠。每周大姐回家都要和妈妈给爸爸清理身体，挤出溃烂地方的脓水，清洗上药，爸爸不停地“啊啊”叫着，身子不停地抽搐着，给爸爸清理的亲人都是触目伤怀，悲天悯人。每每这时妈妈都希望爸爸长眠不起，解脱此生，少受些罪，可妈妈还是一顿不少地喂养着陪她几十年的老伴儿。

农历四月初，二姐请假回家帮妈妈照顾爸爸，那时可怜的爸爸屁股蛋、后腰那仅有的一点肌肉都溃烂化脓了，她每天和妈妈给爸爸用碘伏清洗溃烂部位，洗完再撒点药粉。但是爸爸像化了一样，脓水这儿不流那儿流，真是无计可施。看着如此惨状，二姐都不忍心去触碰爸爸的伤口，但心存希望的她还是硬着头皮狠着心给爸爸清洗疗伤。

此时的妈妈眼泪似乎流干了，只是机械地重复着每天的劳累和繁忙，眼里没有悲伤，没有希望，仅有的是无奈和疲惫。由于久卧在床，肠胃也得不到蠕动，到后来，爸爸又出现

严重的便秘，吃泻药都不起作用。没办法的情况下，开始人工往出掏，二姐和妈妈每两天就得掏一次。

四月底二姐又不得不去上班，妈妈又盼着大姐中考完放假

回家。此时正是农忙时节，亲戚朋友们各自忙着农活，白天很少有人进这个院子。二姐走后，冷清的院内只有妈妈一人忙前忙后的身影，晚上累了一天的舅舅，偶尔会来看看爸爸，陪陪妈妈拉拉家常。

农历五月初三早上，妈妈像往常一样早早起来，给爸爸做了早饭，但这次喂饭时听不到爸爸的吞咽声了。妈妈给大姐说："昨晚你爸爸一晚上都没合眼，一直睁着眼盯着房顶，现在喂饭也不咽，我觉得肯定是不行了。"

刚回家的大姐也觉得不对劲，每次爸爸看见马子回来，那是满脸的高兴，右手在马子身上摸个遍。可今天的爸目光呆滞，面无表情，大姐她们进屋也没反应，她把背来的大西瓜切开，给爸嘴里喂了一小块，爸张着口没反应。

大姐急忙跑出去叫来了村上的老书记，舅舅们闻讯也赶来了。老书记把脉是我们村的行家，他在爸爸的手腕上一摸，沉默了片刻，说准备后事吧。爸爸真的灯枯油尽了，泪流满面的大姐最后一次给爸爸清理了身体，剪了脚手指甲……最后在舅舅们的帮衬下大姐给爸穿好老衣。爸爸安详地躺了近十个小时，离开了他至亲至爱的人。

我接到大姐的电话，经过一天一夜的颠簸赶回家时，看到的爸爸已经安详地躺在那个灵柩里。他和灵柩融为一体，没有一点点温度。小时候天真的我，没想到爸爸会有离开我们的那一天，此刻我清醒地意识到，曾不被一切摧垮的爸爸，真正地离我们远去了。

爸爸的一颦一笑，亦真亦幻地出现在我的眼前：爸爸在欢笑着迎接我们的到来，嘘寒问暖，拉着家常……随着一声唢呐声的响起，我从幻觉中回到现实，屋内哭声一片，哥哥上香献茶，悲痛欲绝。不知谁给我套上孝衫，指引我跪在爸爸的灵柩前上香、磕头、烧纸钱。无声的泪“吧嗒吧嗒”地打在纸钱上，随着纸钱的燃烧，变成一缕青烟在爸爸的灵柩上方盘旋缭绕……

就在此时我怀疑“好人一生平安”说法的正确性，它只是人在最无奈时安慰自己的假话，爸爸一生磨砺，被三沟两岔的人誉为“好人”，甚至是楷模，却一生凄惨。年轻时挨饿受冻，妻离子散，本该在暮年时颐养天年，可是他的晚年却是如此悲惨，在病魔的折磨中闭上了眼睛，永远地离开了我们。爸爸的一生已进入历史，爸爸的所有已变成追忆……

在被病痛折磨的那些日月里，爸爸的眼睛始终盯着房门口，内心一直期盼着子女的出现。可是在外的我们却久久没能出现在爸爸的视野里，直到他生命的最后，留给我们的是永远无法释怀的心结。

第六十四章　缅怀父恩

1997 年农历五月初三傍晚爸爸驾鹤归西。此时正值端阳节前后，庄前那片花园里又百花齐放，争相斗艳，在无人裁剪下长得更野更疯。在爸爸出殡那天，有几朵盛开的牡丹踮起脚跟，伸长脖子，为它们的护花使者送行。那片片美丽的花瓣随着爸爸的安葬也随风飘落，只留下光秃秃的花蕊。好似约好了，只为那久经磨炼的护花使者绽放。《红楼梦》里“花落人亡两不知”用在此处再恰当不过了。

庄前庄后绿树茵茵，杏树、桃树上结满了丰硕的果实，院里那两座简陋的柳椽土房子仍然屹立着……所有的这一切，都是爸爸生前一锨一土的辛劳。跪在坟头悲痛欲绝的四个大学生是爸爸一生的心血……

为缅怀爸爸，我们四人用文字描写了各自心中的爸爸，以作悼念。

哥哥：亲爱的爸爸，您就是一棵大树，春夏秋冬我都无法离开您，春天倚着您播种，夏天倚着您结果，秋天倚着您成熟，冬天倚着您沉思。您的教诲像一盏永不熄灭的灯，为我照亮前进中的道路；您的关怀像一把油纸伞，为我遮风挡雨。您的爱是拐杖，让我人生的道路上少摔跟头！爸爸，没有您的以死相逼，就不会有今天我的辉煌。

大姐：爸爸，我爱您！您的爱是深远的，威严的，有时候是忧郁的，沉默的。母亲给我血肉，而您却给了我骨髓，使我鹤立鸡群。您给了我人生的启迪，给了一种暂时无法理解却受益终身的爱。这种爱是您一生的付出，您教会了我什么是真正的爱，爸爸我感谢您！您走后的天空是风雨交加，请系好您的草腰绳，累坏了的您好好休息，我们约好了来生在这里等您……

二姐：名为好人的老爸，我佩服您！敬重您！您没有过多的言语，没有太多的祝福，然而让我从头到脚体会到了您那颗炽热的心。您那钢板样的背影更让我忘却了窗外的寒流，冬天似乎转瞬即逝。您那知识改变命运的观念指引我如何走好每一步，无论是学生时代，还是踏上工作岗位的我，它每时每刻都在提醒着我，要做知识的主人，做社会的有用之才……

瑛子：伟大的爸爸，我高歌您，您是一位为了子女呕心沥血的父亲，一位只求奉献不求索取的父亲。生前光明磊落，走得那么从容。您不平凡的一生没有给我们留下一点物质财富，但给我们留下无尽的精神财富。您教导我们如何为人处世。您对我的爱像白酒，辛辣而热烈，让我醉在其中；又像咖啡，苦涩而醇香，让我为之振奋；像篝火，给我温暖驱走寒冷。您对人生顽强不屈的态度让我终身受益，您就是我人生道路上的楷模。

我们整理爸爸遗物，那个红色的小木箱是爸爸生前视为最珍贵的东西，里面有我们几个给他写的书信，几支毛笔，还有一副爸爸最喜欢的深色石头眼镜，是一位故交送的，爸爸一直视为珍品。除此之外再无其他。我伸手从门上撕下了留有爸爸刚劲有力笔迹的对联，折好装在背包里，留个念想。

爸爸一生经历社会变迁的巨大潮流，在这巨大的历史变革中，爸爸经受了无数次的冲击。他由刚开始的担心恐惧慢慢磨炼成了意志坚强、永不被困难打倒的强者。

在他妻离子散的那段日子，他曾消沉过。但是家的温暖让爸爸从绝望中走了出来，并用知识重塑了这个家，让孩子们跳出农门走出了山沟。

他用他的警世名言一直教育激励着子女们：当我们为一次考试成绩落泪时，他便说："失败乃成功之母"；当我们饥寒交迫时，他会说："宝剑锋从磨砺出，梅花香自苦寒来"；当我们为破衣烂衫窘迫时，又会说："人穷志不短"……

在爸爸一生的这条历史长河里，他默默地奉献着自己的全部，真是"春蚕到死丝方尽，蜡炬成灰泪始干"。从小的方面说，他改变了我们家族的历史，使所有的孩子跳出了黄土高原的土窝窝，培育了四个优秀儿女。从大的方面来说，他也为社会及国家培养了一批优秀的国家栋梁，例如核物理研究院的庞叔叔，是国家级的核物理研究专家。爸的成功震惊了四邻八舍，由此被通安中学特聘为"校外辅导员"，隔三岔五地去游说，演讲，爸爸坐在高高的主席台上，台下几百个老师和学生听着他的演讲，这时的爸爸才真正明白了成功的意义。他兴奋地感受着成功的喜悦。

可是这成功的喜悦却是那么短暂，紧接着命运又把他推向苦难的深渊，无情的病魔慢慢地逼近他，一生强大的爸爸在病魔面前如此软弱无力，疾病剥夺了他说话的权利，也剥夺了他站起来的权利……它吝啬得没有给爸爸留一点点情面，让这个久经磨炼、顽强的生命受尽切肤之痛，直至灯枯油尽。

不管你的人生有多么不堪，或曾经叱咤风云，结局都是一个土包包，融入大地。人生有如一场戏，唱完了就交给别人去评判，或轻于鸿毛或重于泰山，我评判的父亲为后一种。

爸爸永远地离我们而去了，我们的责任是照顾好活着的妈妈，四个儿女的家都是妈妈的家，我们要带她走。我再次环顾生活了二十多年的家，那杏树上累累硕果，以后将成无人照管的弃儿，门前的那片花园不知将面临着什么样的命运。这个曾经温暖的家将变成一座无人居住的弃宅。从庄的打建到庄前庄后的树木丛生都凝聚着爸爸的心血，可是在此后的岁月里，我们再不能陪伴左右，让人不忍割舍……再见了，我的爸爸！再见了，我的家！再见了，乡亲们！

第六十五章　20 年后重返故土

盛年不重来，一日难再晨。蓦然回首，脸已如山川，头已似霜雪，岁月不知不觉在人的脸上刻下不可磨灭的印迹。每个人脸上的每道沟壑纵横都是自己生活变迁、历史演变的记载。

时间悄悄从指缝间溜走，转眼间，爸爸离开我们已有20年了。在这 20 年里，我们的国家发生了翻天覆地的变化，人民的生活水平也越来越好，就连当初孕育我们的那个偏远山村也已变得今非昔比。20 年后，当我再次踏进儿时那个小山村时，出现在眼前的一切让我惊讶不已。

今年春节，我们兄妹四家开着各自的代步车，带着妈妈，踏上了回家的路。我们的四辆小轿车爬行在山脚下那条蜿蜒的土路上。车轮卷起的黄土翻腾着飞向了高空，那曾经被村民铲得千疮百孔的山包，此时已被毛茸茸的枯草覆盖着。山沟间歇息的野鸡，看到我们的“车队”，扑棱着漂亮的翅膀，慢慢地向高空飞去。那一只只“开屏”的野鸡，就如五彩缤纷的手工风筝一样缓缓升向高空，变得越来越小，渐渐成了一个黑点，最终消失在无际的天边。土路上传来摩托车的突突声，翻腾的黄土里时不时冒出一辆飞奔的摩托来。那摩托离我们越来越近，我们打下车窗辨认着摩托上的人，从五官上猜测着是谁家的后人，热情地打了招呼后，各自在腾飞的黄土中疾驰而去。

不一会儿，我们的车已进入了赵家湾，出现在眼前的一切都是陌生的，那些院落里曾经的土窑窑都换成了成套的砖混房，琉璃瓦的房檐在太阳光的照射下闪着金光，有的院墙也由以前的土墙换成了砖墙。双扇大门上贴着保佑平安的门神，还有几十年不变的习俗——红对联，大门的门檐两端各吊一个大红灯笼。院内干净的水泥地上晒着金灿灿的玉米。

我们都惊叹，山还是那座山，土路上仍旧黄土飞扬，可是山里的一切都发生了巨大的变化，庄已不是那时的庄，人也不再是那时的人。老的一辈已所剩无几，我们儿时的玩伴已被无情的岁月布满了烙印，逐渐成了这里的老一辈，孙子辈都已不认识了。看着这些变化，真不知是该喜还是该忧。草木可以重生，人一去却再也回不来了。

拐过赵家湾的大湾，山梁上熟悉的家便一览无余。爸爸的坟院里枯草足有半人深，坟堆长得越来越大，上面已是枯草密布，足见盛夏绿草多么茂盛。

土场边上那两棵杏树比小时候长大了许多，场边半人高的围墙坍塌得不再完整。小时候那个高大的庄院感觉缩小了很多，庄墙上长满的“冒冒草”（小时候觉得长得像水烟，因此得名冒冒草）此时是黑黑的一片。

真希望爸爸地下有知，站在土场里微笑着迎接我们回家，希望爸爸能看到他的子子孙孙“衣锦还乡”，如果他能看到四辆轿车沿着土路慢慢向家驶来，他该有多高兴。小时候连一辆拉田的架子车也没有的我们，此时坐在轿车里，爸爸不会想到他的子女竟会出息到这一天，连我们也没有想到。

是的爸爸，是我们四个，那时衣衫褴褛、光脚片子的我们没辜负您的重望，真正地跳出了农门，成了城里人，有了那时我们无限向往的城镇居民户口。我们也永远没有忘记您的教诲：

知识改变命运。今天我们带来了您的第三代，四个优秀的孙子辈。

我们把车停放在土场下面的土路上，爬上埂垃，走进爸爸的坟院，摆上祭品，点着冥币，冥币哗哗地蹿着火焰，烧到最后，那层层的币纸就像一朵朵盛开的红玫瑰，红艳欲滴，美不胜收，最后如昙花一现，化为灰烬。大姐盯着美丽的“玫瑰花”，喊道：“看，多漂亮的花，是爸爸在高兴地笑！”但愿正如大姐所说的，爸爸在笑。我们兄妹四人及四个孩子跪在坟前，给爸爸念叨着我们的过往。然后四个孩子分别给爷爷汇报着他们的学业。

第六十六章　孙子辈的成长录

哥哥的娴：

敬爱的爷爷，常听爸爸给我讲到您，您百折不挠的精神让我敬佩不已。我传承了咱家的聪明，从小品学兼优，2008 年我以 600 多分的高考成绩进入了国内有名的重点大学，学新闻专业。四年本科毕业后，我又去英国攻读硕士，在留学期间我挣到的奖学金折合人民币 10 万多元，最后以优秀的成绩毕业。毕业后我顺利地进入了国家事业单位，从事版权服务工作。

爷爷，就像您曾说过的，工作中没有会不会，只有认真不认真。参加工作后的我，认真对待每项工作，因此工作也是顺风顺水，游刃有余。我担任了版权服务报的主编，还时不常做回年会或业务会的主持人。经过近两年的努力工作，我已成为单位的一名中层干将。我将继续兢兢业业工作，期待有更大的成绩，为我国的版权事业做出应有的贡献，以报父母的养育之恩，国家的培育之望。

我也遗传了爸爸的优良基因，小时候那个大眼睛的洋娃娃，如今已出落得漂亮大方。用现代话来说是个大美女，咱家出了个秀外慧中的大美女，呵呵……

大姐的马子：

外公，小时候那个顽皮的小马子如今已经长大了，幼时跟随妈妈，我亲眼目睹了您的好多经历，也是从小受您的熏陶，养成了勤俭节约的好习惯。随着年岁的增长，对您的敬仰之情与日俱增。我也遗传了咱家聪明的智商，从小品学兼优，只是我的淘气从未减少，从而对学习有点点影响。我于2011年考入国内的“211”大学，学习电气自动化。本科毕业后在国外攻读硕士至今，成绩优秀，可以直博。我要努力学习，学成归来后，为我国的电气事业做出贡献。

二姐的丹：

姥爷，虽然你的模样只是在照片中见过，照片中您抱着刚满月的我，但妈妈常常提起您，她常用您的方式教育我成长。我的性格有点像我妈，她小时候设法辍学过两次，我也有点厌烦学习，但是我又不乏聪明，高考之前半年里，我开始认真学习，最后也是功夫不负有心人，我考上了国内南方的某师范学院，我庆幸中加知足，今年已到大四即将毕业。虽然学习不是我的特长，但我像我妈妈一样勤快。我长着一张漂亮的鹅蛋脸，我爱美妆，我也爱美食。姥爷，我属猪，人都说猪有福气，我想我也是个有福的猪。

我的珺：

姥爷，我是您未谋过面的最小的外孙女珺，我的妈妈是聪明却有点懒的瑛子。我是姥姥带大的，她的勤勉给我留下了很深的印象。爸爸妈妈从小就很严格地教育我，他们用您的方式，每次开学前都会开个小会，三人定目标，期末做总结，因此锻炼得我口才俱佳。我智商超人，思维缜密，小时候我所在的幼儿园升级时，区领导及外园老师听课打分，我可没少给我们幼儿园争光。小学至初中我都是班上的优等生，初中在东城区重点中学，一次期末考试中，我竟然考了全年级第一，因此我名声大震。不过我的“坏名声”也在学校有点出名。初中三年我把班主任气得够呛，也把爸爸妈妈折腾得够劲，班主任请家长的次数很多，好几次都是爸爸、老师还有我三方会谈，一谈就是三四个小时，害得爸爸午饭也吃不上。一切都是年少轻狂惹的祸。

初中三年虽然打打闹闹，但是我成绩一直不错，中考前我已被我所在中学签了协约，直升本校的叶企孙实验班（高中最好的班）。不过我还是不死心，想去上海淀区101中学的国际部。

我中考考得很好，东城区7000多名考生中，我排到了200多名。最后在我的强烈要求下，也可以说是在我的要挟下我成功地进入了101中学国际部。因为我给我爸妈说：“如果我还在本校上高中，我就混上三年出来。”这招把他们给吓住了。说起这，姥爷，我还有个秘密告诉您。我上小学三年级时，学校有个“知心小屋”，是学生和班主任说秘密的地方，我约过好几次班主任，她都说没时间，后来我就直接给班主任说了，今天你必须要和我去知心小屋，不然我就让我爸爸找校长，果然我成功了。所以我总结了：人该硬就得硬，为了达到目的来点小威胁也是可以的，呵呵……

经过三年的住校及外教学习生活，去年我申请到了去美国排名很好的大学学生物的资格。可以说，在决定我命运的几次大小升学中，我都是幸运的，小学升初中我推优成功，中考我如愿进入了101中学，大学我申请到了如愿的学院。

美国的大学环境优美，但学习非常紧张，我尽量改掉我拖延的习惯，认真学习。期末我以平均92分的成绩结束了我大学的第一学期。姥爷，我现在长大了，能体会到父母供我的不容易，我不会让我的大学四年白白流走，我会按我的目标努力下去，争取到我喜欢的名校霍普金斯去读研。我打算学成回国后，做一名优秀的医务工作者，为民解忧，争取为国内的医疗事业做出贡献。

第六十七章 农村大改观

孩子们给爷爷说着自己的悄悄话，我们其他人走进我们曾经的家。院子里已到处长满了一人深的野草。那两座曾经高大的柳椽房子现在觉得是那么的矮小；上院那间厅房的土台子也已坍塌，那曾是爸爸捣罐罐茶的地方。房内的墙上仍然贴着爸爸那张通安中学的聘书，还有我们几个的数张奖状，这些都见证着我们曾经的“辉煌”。门框上还残留着爸爸所写对联的笔迹。门外那个曾经的“花海”，已让村民们把花挖走，但愿它们也有个好的归宿。

此时沧桑的老宅，记载着我们家的兴衰起落，也承载着我们儿时及少年时代所有的酸甜苦辣，爸妈和这座老院一起培育我们长大，我用手机记录下这座老院的所有，它凝聚着爸爸的汗水和泪水。感谢曾经有你！

我们记录下家里的点点滴滴，来到庄下面的大舅家。大舅家的变化也让人目不暇接。院落外的车房里放着摩托车，犁地机，三轮车。小时候的双扇旧木门已换成了酱紫色大铁门，门扇上那两只大狮头彰显着它的威严，门檐两端是两个大红灯笼，灯下吊着长长的中国结。

走进院落，一座崭新的砖混大平房占去了院子的一半，一时分不清这到底是几室几厅。房子有一扇铝合金大门。在表弟顺子的带领下，我们走进那道铝合金门，此时才看明白，迈过这扇门便是一条 2 米来宽的长长通道，这条通道后面是一排三室一厅的房子。

我们走进大厅，宽敞的厅里摆放着“贵妃”床的大沙发，还有液晶大彩电。擦得透亮的玻璃茶几上，摆放着各种各样的吃食：水果盘、干果盘，还有各类油炸的果果、烤糖酥等。厅的两侧套着两个卧室。走廊的尽头是厨房。厨房中间地上安着大烤箱炉，它承担着做饭、烧暖气的重任。此时的炉火上架着大铁锅，煮着款待我们的猪骨头。

亲人相见，甚是亲热，妈妈和大舅、舅妈坐在热炕上喝茶拉家常。不一会儿，二舅、三舅以及他们家的表弟都来了。妈妈的老姊妹相见，非常高兴，两个舅舅给他们的老姐姐（我妈妈）一会儿递个油炸果子，一会给递块软方糖……妈妈像小孩子一样乐得合不拢口。看着这同胞相见的高兴场面，让人倍感欣慰。亲情越老越珍贵，人老了，指不定这次见面就是一辈子了。

我们和表弟们围在炉火边上，煨上罐罐茶，喝茶聊天，顺子给我们讲这些年农村的发展和变化。

在我们这个十年九旱的黄土山沟里，靠天吃饭已成为过去，不然仅靠自家的那几垧地，糊口也还是困难，再别说盖房子了。各家农活一忙完，年轻人都是出去打工挣钱，女人和年老的在家养猪养羊养牛，一年靠这些家畜收成也能比过去好得多，好的时候一只羊三四千元，一只小猪崽儿也能卖上七八百呢，再说羊和猪都繁殖快，还有牛，一头好的牛一万过去点呢。再有养牛还能造沼气，等冬天扯火后做饭就可以靠沼气了。庄稼现在主要是玉米，收获的玉米大部分卖掉，留一些当猪饲料……说着这些治家经，顺子也是一脸的高兴，他说：“在农村，只要人勤快些，日子过得也是红红火火。”

说话间，锅里的肉香味越来越浓烈，顺子的媳妇在案板旁，麻利地准备着各种凉菜：拌三丝、拌拉皮、拌海带、五香花生豆、猪耳朵丝、自制酸白菜……非常丰盛。开饭了，老人们在炕上仍用旧式的四方炕桌。顺子把我们引到厅里的茶几上用餐。我们啃着大骨头，好似又回到了小时候啃骨头的年代，回忆满满，年味浓浓。

现在农村生活是一年一个台阶，越过越红火，也是人人玩着微信，唱着 K 歌，完全进入信息化的时代。

看着亲戚家都过上了火红的日子，我们也是由衷地高兴。我们陪妈妈在舅舅家玩了一天，出发前，三个舅舅家的儿媳妇都给我们装上自制的土豆粉条和猪肉，亲人的热情感动着我们。临走时，我又回头望了望我们的家，在高高的半山坡上孤立着，显得无比寂静，又有几许安详。我想此时，爸爸又会站在门前的土墙边目送着我们驶出他的视线。

第六十八章　追忆及展今

岁月如梭，人生如潮水，跌宕起伏。这些年来，我们兄妹四人也是离多聚少，分居在祖国的天南地北，在普通的工作岗位上奉献着自己的一切。由刚开始的小职员都渐渐成了单位的骨干，也终于从刚毕业的勉强糊口，到在城里成家立业、站稳脚跟了。

哥哥从玉门石油管理局转到吐哈油田公司，做了一辈子经营，干了一辈子的预算。年轻时常驻基地，四处出差，后来才慢慢稳定下来。由于年龄的原因，目前已从计划经营科科长职务退归二线，不过还是没离老本行，仍干预算，发挥最后的余热，后半年将办理内退。

大姐继承了爸爸的职业，一直当着物理老师，现在是中学高级教师，也是学校的骨干教师。她带的班年年在校名列前茅，她的学校也是全县的龙头学校。50岁该退后线的她仍然带着3个班的物理课，校长开玩笑地说："名师得发挥名师的作用。"

二姐在玉门石油管理局干了一辈子财务，她工作也是兢兢业业，但学习上还是未改以前的懒惰，会计职称学到中级后再没去学。干得也很出色，现在是计划财务科科长。

相对于他们，我工作有点逊色。我学水土保持的，却干了大半辈子的人力资源工作。我毕业后就职于大国企，年少轻狂的我总觉得年轻就得出去多闯荡，于是我没干几年就跳槽到保险公司。民营企业虽累，却很是锻炼人，几年后我升到人力部主任，从此忙得顾不上家，接送不了孩子，所以 2008 年我辞去了工作，回家专职照顾孩子。两年后我又回到了最初的国企，仍干人事工作。

已到中年的我们，会继续在自己的岗位上发挥余热，认真负责地完成党交给我们的每项工作，任何时候都要做一名对社会有用的人，发挥正能量。不管是生活中还是工作上，爸爸永远是我们的楷模。

在这 20 年里，妈妈也是走南闯北，在四个子女家走动。临老的妈妈还做起了小手工生意。在北京时，她做绣球、做荷包，端午节前后的几天里就去摆地摊，和城管人员打游击。有一年她卖绣球荷包收入了一千多元，妈妈非常高兴，回家后搬出她装钱的纸盒子，让我和小斌给她数钱，还说："我数了一千多呢，你们再数数。"此时妈妈满脸的成就感。看着妈妈像小孩子一样的可爱样，我和小斌也高兴，我们帮着把一沓沓零钱整整齐一数，一共一千二百多。等过年时，妈妈又把她的辛苦钱分发给孙子。老人小孩都高兴。

自从 2013 年冬天妈妈在北京我这儿得过阻塞性肺气肿后，就一直留下了肺上的毛病，在北京住院医治后，回到大姐家。2014 年妈妈的肺气肿再度复发，呼吸困难得几乎上不来气。我们外地的三人赶回去，伺候妈妈在当地的县医院治疗，大夫下了病危通知书，让我们最好拉回家里等着去（因为我们地方的习俗是人老要过世在家里）。在我们的坚持下，妈妈住了两周的医院，病情缓解后出了院。在住院的两周里，哥哥和二姐轮流晚上值班，我值白班，大姐下班负责做饭。

爸爸走得早，一天福都没有享上，我们要尽我们所能让妈妈享享福，安度晚年。所以妈妈得肺病后，我们四人的原则是：尽量想办法让妈妈减少痛苦，只要有办法能让妈妈舒服地活一天，我们都会尽力去做。我们给妈妈购置了制氧机、呼吸机、还有雾化器等，以备不时之需。当妈妈呼吸困难时，我们就给戴上呼吸机帮助呼吸，制氧机一年四季离不了。在县医院住院时，大夫说你们的这些设备比医院都要先进齐全。来看妈妈的朋友们开玩笑地说，等老人百年了，大姐可以开个租赁小店了。

妈妈出院后，我们又给妈妈准备了个按摩床垫，以防爸爸的褥疮在妈妈身上重演。可喜的是，转过2014年，妈妈肺病慢慢有所好转，靠呼吸机呼吸的日子越来越少，只是氧气机再也断不了了。妈妈又可以出去走动走动了。2015年8月到二姐家后，妈妈又开始了她的手工制作——缝制绣球，那一个个漂亮的绣球，见了的人都不相信是出自80多岁的老人之手。妈妈的精品绣球也是走遍了世界各地，娴留学带去英国送朋友，珺去美国上学时也给朋友带过，看到如此精致的作品，她们都大为赞叹。

妈妈现在住在二姐家，哥哥离得也近些，周末哥哥常去二姐家看妈妈，帮二姐照顾一两天。小时候的二姐是个鬼机灵，厉害无比，没想到中年的二姐温柔贤惠，体贴孝顺，对87岁老小孩的妈妈百般孝顺，妈妈时常无理取闹，发火骂人，二姐时常装聋作哑。晚上洗脚按摩，揉头醒脑，隔三岔五拔个火罐，打通穴位。她拔罐的地方也是稀奇古怪，动不动就给老妈的肚脐眼上拔个，妈妈说肚脐眼嘬得揪心痛；还时常给两只小胖脚底拔一个，脚小不好拔，嘬一会儿就掉，她却不厌其烦，掉了再拔……

如今近87周岁的老妈妈不发火时非常可爱，圆圆的脸上那双大眼睛虽然深陷却依然有神。今年过年时给买了新衣服，早上起来换上，乐呵呵地叫我们看合适不合适。看着妈妈一脸孩子气的高兴样，我们也是发自内心的高兴。真希望妈妈能摆脱病痛的困扰，多些欢乐，安享晚年。

照顾好妈妈是我们的责任和义务，我们必须做好，让爸爸放心，也不为我们留下遗憾。

一个家犹如一株瓜藤，藤上的蔓向四处伸延，蔓上结上了一颗颗果实。我们李家的这株藤将会在祖国各地蔓延生长。坚强是我们的根基，知识是我们的养分。我们要用饱满的果实去造福社会，为人们带去幸福和温暖！

［终］

后 记

这本家庭纪实小说在我的依依不舍下画上了句号。本书是由我执笔，在兰姐的供稿下完成，当然哥哥和红姐也提供了不少素材。像小时候一样，我们兄妹四人还是一个和睦的集体，长兄如父，长姐如母。

在追忆过程中，那些个曾经的过往都历历在目，我们的感情也随着追忆而跌宕起伏。童年时的简单快乐及幼稚让我们忍俊不禁，那些个艰难又让我们痛哭流涕，尤其是在忆到妈妈因那只死去的鸡而悲痛欲绝、爸爸瘫痪后的种种时，我坐在电脑前一边流泪一边敲字。因我的兰姐亲身经历并目睹了爸爸被病痛折磨的凄惨，她更是不能自已，几次给我说写不下去了，太痛了……在我们的互相鼓励下，最终坚持到了最后。这本追忆也是我们的心路，我们又用心把过去的所有走了一遍，虽然回忆是痛苦的，但又是值得的。

《瑛子之追忆》里虽然有太多让人揪心的细节和感动，但我们认为有必要出版，因为书中是满满的正能量，爸爸永不被挫折击败的精神，将会激励一代又一代的家长，同样我们四人在艰苦的环境下顽强拼搏的学习精神也会激励一代又一代的学子。大家要坚信：办法总比困难多！

通过写这本追忆，让我们想起好多要感谢的人，比如书中的两位张老师、那个不留姓名的小男孩、我的同学们及康爸爸还有借粮食给我们的亲戚们，真心谢谢那些曾经帮助我们的人！

这本小说先后在17号小说网和陇西资讯上连载过，阅读量达到了2.5万多人次，得到了不少朋友的点赞和留言，其中有一位读者留言道：每一章都会戳到人的泪点。在这里感谢那些曾经一直在网上跟我们走到最后的朋友们，有你们的支持和鼓励，才让我们坚持到了最后。感谢陇西县文联主席许彦君为出版所付出的辛劳！感谢汪维杰老师在百忙之中对《瑛子之追忆》的校对！也感谢各位读者朋友们！